睡芒——作品
小夜曲 2
SERENADE
U0953621
廣東旅游出版社
GUANGDONG TRAVEL & TOURISM PRESS
中国·广州

春假的某个午后，和四海看了一部电影。

小夜曲
SERENADE

CONTENTS

目录

"阳阳，新年快乐。"

“戎哥，看烟花！！”

小夜曲
SERENADE

第一章

十六夜的梦

雪安静无声地落了一整夜。

赵远阳一觉睡到天亮。

自从放假，他就没再早起过了。

他感觉霍戎似乎进来过，看了自己一眼。

过了一会儿，赵远阳才敢偷偷地把眼睛睁开一条小缝隙。

霍戎进了卫生间，好一会儿才出来，赵远阳已经重新睡着，呼吸均匀，被子外面只露出毛茸茸的头顶。

霍戎一向起得很早，他和赵远阳的作息不一样，太阳还没出来时，他就要开始负重训练。

葵园里有个冰湖，湖面因为冷而结冰，但冰面极其脆弱，霍戎就用拳头在面上凿了个口子，然后钻进去，做闭气训练。

冬天结了冰的湖水有多冷？普通人在下面待半分钟就受不了，他的手却要握着秒表，看着时间，每两分钟探头换气一次，五分钟之后才出来。

除了闭气训练，他还要练靶。以前住在塞拉利昂的时候，他甚至还会负重攀岩，身下就是悬崖，他身上却只拴了一个自制的简易威亚。

这些训练，这么多年来他一次都没有断过。所以早上赵远阳醒来时，他就不见了。赵远阳估摸着他肯定是去锻炼身体了，所以并没有在意，继续睡自己的回笼觉。

有一天，赵远阳睡得很早，醒得也比平常早，他有心去看看霍戎在做什么，便早早地起来了。

他披着外套出去，站在外面客厅的窗户边。

从这里，可以看到不远处的那个冰湖，湖是原来的人工湖，不大，有喷泉，原先湖里还由原葵园负责人养着天鹅什么的，但他们入住后，天鹅就捐给动物园了。

他站了会儿，脚踝陷入长毛地毯里，看见霍戎从那结了冰的湖里钻出来，上身赤裸，头发淌水。

明明屋子里温暖如春，赵远阳却清晰地感受到了那逼人的寒气，让他从内心深处感到寒冷和苦——霍戎平时都做这么非人的训练？！

赵远阳看得心里很不是滋味，觉得心一抽一抽的，他听说在霍戎那种家庭里，孩子从小就要接受极为严苛的训练，但他没想到严苛到这种地步。

霍戎从湖面出来后，就没再进去了，披着外套往回走。

赵远阳立刻躲在窗帘背后，悄无声息地踮着脚回到房间。

他躺在床上，忍不住想，霍戎该有多冷啊。

过了一会儿，霍戎回来了，但他只是坐在床边。

赵远阳一直在装睡，却久久没听见霍戎出声。他忍了会儿，急了，假装被霍戎吵醒般，揉着眼睛说道：“哥，你不睡觉，坐着干吗？”

霍戎说：“睡醒了，不睡了。阳阳，你继续睡吧，哥等会儿再叫你。”

赵远阳躺在被窝里，霍戎坐在床边，身上披着外套，嘴唇不是惨白的，但也不红润。

赵远阳觉得他肯定还是很冷。

他的头陷在枕头里，幽深的眼眸仍然望着霍戎：“你把壁炉点上吧。”

只要赵远阳一想到他的自我训练有多么严苛，就没办法对他太冷淡，总有心想体贴这位哥哥。

霍戎打开了壁炉，就坐在一旁的软包椅上。

大约是因为戎哥在身边，安全感作祟，赵远阳还是安安心心地睡了个回笼觉。这种“打脸”的事已经不是一次两次了，他渐渐地也习惯了。

学校管得严，假期都比别的学校少几天。

起床后，赵远阳看了一眼日历，震惊地发现假期余额只剩一周了！

这时，他才急忙开始翻寒假作业。英语是抄单词、抄句子，还有十张试卷，数学也是十张，连副科都有五六张试卷，作业量非常大，这些试卷都是学校内部出的，他没办法买一套一模一样的抄答案，只能硬着头皮独立完成。

每个学生都有过在假期最后一天疯狂赶作业的经历，可对赵远阳来说是第一回。

他首先把语文老师布置的作文排除，一看见要写什么议论文、记叙文……每个体裁都要写两篇，他就头大如斗。

而且这些寒假作业里，还包含了预习内容，且其中部分试卷是下学期才会学到的内容。

别说解题了，赵远阳连题目都看不懂。

霍戎正在书房里处理公事，赵远阳没有去打扰他，一整个下午都独自坐在书桌旁的沙发上学习。他腿上搭了条红色羊毛毯，屈着腿，手里拿着试卷和笔。

他不是那种很能集中注意力的人，时常会被别的事情分心，所以一整个下午其实也没完成多少作业。后来他做得烦了，就开始乱写，选择题乱选，填空题靠抓阄。

这么下来，成效显著，只剩下大题没做了。

赵远阳挺满意，觉得自己可累了，做作业做得太辛苦了，值得表扬。

晚上，赵远阳趴在书桌上练字。霍戎得了空，顺手从他的桌上拿过试卷，检查他的作业。

“下午完成了这么多作业？”霍戎有些惊讶。

赵远阳轻轻地“嗯”了一声，看他正在翻阅，心里也有些虚，偷偷地瞥他。

霍戎只看了一眼，就知道赵远阳肯定是乱写的，但他什么都没说，神色也没有丝毫变化。

他的不动声色让赵远阳更心虚了，心知他肯定是看出来自己在偷奸耍滑，只是他不说而已。

霍戎看着他的试卷，问道："阳阳，有没有不会的题？后面大题都没做，不会？"

"有些会，有些不会。"赵远阳转着笔，"因为好多都是没学过的，是下学期的内容，我不会做。"

他说话的时候，低头看着自己临摹的字帖——和原版几乎一模一样。

"那阳阳现在想听课吗？或者你继续练字，也可以来背单词，我抽你背，明天我们再学习。"霍戎说。

赵远阳对练字没兴趣，对学习也没兴趣，背单词就更没兴趣了。虽然霍戎讲课的时候，声音好听，容易让他进入状态，听进去了就学得很快。可即便如此，他也不乐意。

他只想打游戏。

赵远阳看看试卷和桌上的书，就一阵心累。这些书都是班里提前订购的下学期的教辅资料，帮助他们自学的，但他一次都没翻过。

他心里烦，低头看着字帖，觉得自己的字很漂亮，心里才舒服许多："我还是练字吧，晚上睡觉前抽背英语，明天再学习。"

他的英语成绩不错，但有个毛病，是在国外待久了养成的，能听能说，就是不会写。

有些单词他能准确无误地说出来，发音也非常标准，可就是记不住其中的字母组成。

于是，老余单独给他布置了一项作业，就是让他背单词、记单词，一定得记牢靠了。这样，他的英语成绩就能有大幅度的提升，得满分也不成问题。

赵远阳练字，霍戎就坐在旁边陪着他。霍戎的鼻梁上架着副无框眼镜，镜片一边是红色，另一边是蓝色的。灯光下，他鼻挺眼深，蓝红色镜片的影子投在脸颊上。

他手里也拿着一支笔，不知道在写些什么。他对照着一张老旧的图纸，在记录一堆数字，像在算数，字迹很潦草，赵远阳看不懂。外公的图纸上也是一大堆数字，他从来不懂这些。

霍戎时不时地抬头看他一眼，看看他的字练得怎么样了。暖黄的灯光下，少年的轮廓饱满俊朗，一笔一画地临着字帖，就是姿势不太端正，趴着写字。

“阳阳——”他喊了一声，“练字的时候，背挺直了，坐端正。”

赵远阳漫不经心地“哦”了一声，依言坐端正了。过了会儿，肩膀又塌下去了。

太懒了。

“阳阳，背。”

赵远阳慵懒地“哎”了一声：“我的肩膀好酸啊！哥，你看，我写了四页字呢，标准的正楷字。”

霍戎摘下眼镜。他不近视，只是这副眼镜有特殊作用，可以帮助他分辨一些肉眼难以看到的细节。

他看着赵远阳临摹的字帖，说了一句：“肩膀酸了？”

赵远阳沮丧地点头。他认为自己已经十分卖力了，学习了一整天不说，晚上还练了这么久的字，而且临摹出来的字很漂亮，让他有种满足感和自豪感。

哪怕他心里知道，要是不临摹，直接在纸上写，字一秒就会被打回原形。

霍戎把眼镜和一堆资料放到一旁去：“趴着，哥帮你按摩。”

“按摩怎么还趴着啊？”

“趴着舒服些，顺便给你按摩后背，阳阳学习辛苦了。”

赵远阳想想也是，去按摩店按摩也是这样的，趴着的确舒服些。于是他听话地趴在了沙发上，下巴搁在方形抱枕上，眼睛不经意地瞥了一眼霍戎的那堆资料，话里有话：“哥……你是不是在找什么东西？”

譬如数字什么的，图纸上的解谜游戏。

霍戎沉默了几秒，才说：“小孩子，你不懂这个。”

“是，是，是，我不懂这个，但是外公给我的遗产里，有很多这东西，你要是用得上，我就全给你。”赵远阳说着，霍戎的手便按了上来。他的手劲大，赵远阳感觉有些疼，“哎哟”了一声，“你轻点儿，弄疼我了。”

霍戎笑了一声：“这么怕疼啊。”

“我不是怕疼，是你手劲大。”他侧着脸趴在枕头上，半垂着眼，思维已经发散了。

霍戎说着，从后面把他的上衣掀起来，手顺着肩膀往下滑，手掌按着穴位，没用劲，但还是疼得少年叫了出声：“轻点儿，疼，疼，疼！”

因为上午那件事情，赵远阳心里的城墙又塌陷了一块，觉得霍戎那么可怜，自己应该懂事一些，对他好点儿。

有时候，习惯就是这么被潜移默化地改变的。

灯关了，霍戎还不准他睡，手揽在他肩上，声音像夜色那样沉：“阳阳，来，我们背单词。我说中文，你回答英文和拼写，对了就奖励，错了就惩罚。”

赵远阳本来是背对着他的，一听这话就微微侧过头去：“嗯？还有奖励和惩罚？”

“当然有了。”

“我是要好好学习的人，你不能用学习作为理由来欺负我。”

霍戎一笑：“要是想欺负你，犯得着用这种理由吗？阳阳，我们先从简单点儿的单词开始。地心引力……”

赵远阳：“……”

哪有这样欺负人的？

他想闹脾气了。

“我不跟你玩了，答对了也没好处。”他真的闹脾气了，还哼了一声。

“那阳阳想要什么好处？你说得出来，我都能给你。”他的声音沉而缓，把赵远阳的脾气给磨没了。

“我没什么想要的，我不要你这个奖惩机制，求求你了，行行好，别奖励我。”赵远阳说，“地心引力是吧？这个我知道，gravity，g-r-a-v-i-t-y。答对了吧？”

霍戎倒真没奖励他，声音落在他的耳边：“答对了。下一个单词——乳白色。”

赵远阳想也不想地答道：“w-h-i-t-e。”

“是 milkwhite。”

哪怕赵远阳错了，霍戎也没惩罚他。

赵远阳放心许多，觉得霍戎还是很好的，至少他说什么，霍戎会听，于是状态渐入佳境，二人一问一答，进入快答模式。

赵远阳对了不少，也错了不少，主要是拼写方面的错误。除了一些专有名词，他基本上都能答对。

大约进行了二十分钟，赵远阳说得口干舌燥，声音渐渐低下来，忍不住阻止他："够了，哥，我们明天再学吧。"

霍戎点头道："差不多该睡了。"

赵远阳一句话也说不出来了，过了会儿才冒出一个字："烦。"

霍戎说："不烦你了。"

他的手心盖住赵远阳的眼睛："睡吧。"

赵远阳闭着眼，心里居然开始盼望起开学的到来了。

往后几天，都是霍戎在给赵远阳突击新学期的知识，也不知道霍戎怎么懂这么多，或者是为了能够给赵远阳讲课，所以不知什么时候自学的。

下午上课，晚上练字，睡前背单词。

每一件事都卓有成效，尤其是练字和背单词。赵远阳临了一整本正楷字帖，字终于有了长进。背单词也一样，错误率越来越低。

开学报到当天，是周末，也是元宵节。

一中的开学时间比别的学校都早，别的学校再怎么说也会让学生过完元宵节才开学。

早上，他被霍戎叫起来："阳阳，吃不吃汤圆？"

赵远阳犯困："吃什么吃？不吃。"

霍戎说："吃栗子蛋糕，我们做汤圆，中午吃。快起来了。"

赵远阳抱着被子，烦躁地嘟哝："我只想吃，不想做。"

他就不明白了，霍戎一个在国外长大的人，怎么比自己还懂这些传统习俗？

霍戎俯首，轻声道："起来吧。"

赵远阳拗不过，只好起床，他起床气大："做什么汤圆？自己做啊？

我可不会这个。”

“我看了师傅做的，很简单，我教你。”

“你都会了，做给我吃不就行了？我不想做。”

霍戎说：“你吃我做的，我吃你做的，这才叫团团圆圆。”

赵远阳打了个哆嗦：“先说好啊，我做的汤圆我自己不吃，全给你，你要是吃出什么毛病了，不赖我。”

霍戎眉眼带笑：“不赖你。”

吃了汤圆，下午就得提前去学校报到了。交了杂七杂八的费用，领了书，晚上上个晚自习，第二天就正式开始上课。

这次，因为文理分科，上学期的成绩按照学生的意愿，分了文科总分和理科总分，有志愿读文科的学生，就会从（一）班分出去。班级重组，班上多了些新面孔。

不过，现在都流行一个说法，说理科比文科有前途，容易找工作。而且一中也是重点抓理科，下定决心学文科的，不算很多。

晚自习，赵远阳在新书上用正楷字写好自己的名字。他不喜欢正楷，比较喜欢草书，觉得省笔墨，还有一股不羁的气质，很适合他。

但霍戎不许他练草书，只让他练正楷。

这个人连这个都要管。

不过，正楷也有正楷的优势，现在他的狗爬字长进不少，至少现在能看出写的是个什么东西了。

晚自习上到一半，魏海来了，没穿校服，皮衣配破洞牛仔裤，手里提了个保温盒，正大光明地从正门走进来。

老余那眉头当场就皱成了珠穆朗玛峰。

（一）班经过打乱重组，现如今留下的，都是上学期理科成绩最拔尖的学生。

知道魏海的，见怪不怪了，不知道的，都很震惊老师怎么都不骂这个学生的……

有女生觉得他帅、不拘一格，也有男生觉得这个人哗众取宠，在学校不好好穿校服，穿什么奇装异服，不知道是想引起谁的注意。

魏海拉开凳子，坐在赵远阳旁边，开口问道：“远阳，寒假你过得好吗？”

从那天差点儿捅了娄子后，赵远阳和他就只联系过一次，还是发的短信。

至于过得好不好……赵远阳实在一言难尽，沉默了几秒，才说道：“就……挺滋润的。”

魏海瞅着他怪异的脸色，沉吟良久才道：“你嘴巴挺润的，用的什么润唇膏？这冬天一到，嘴皮子老干。”

“我不用润唇膏。”赵远阳看着他，冬天马上就要过去了，魏海才意识到这个问题，“你需要的话，我送你。”

魏海也不推辞，点头说：“好啊。”

他原本是不想来学校的，校服都没穿，但是在车上的时候，魏庭均突然说：“小海，晚上回去吃汤圆吧。”

自从他偷了家里的车，父亲一怒之下骂了他，他也一怒之下离开了家，后来就住在魏庭均这里了。

魏庭均在轮椅上坐了十年了，魏海刚开始整天怀疑他的腿有问题是装的，但日子久了，怀疑也就消失了。

这二哥怪可怜的。

他说到汤圆，魏海就问：“什么汤圆？”

“今天是元宵节，团圆的日子，你不想回家，我陪你吃。”

魏海听见元宵节，就把车叫停了，在路边的餐馆里买了一份小汤圆打包：“送我去学校。”

汤圆这东西放不了太久，魏海打开保温盒，把筷子给他：“都软了，你试试看好不好吃，不好吃就丢了吧。”

汤圆没什么味道，引不起人的注意，没人看他们。

赵远阳吃了一口，果然泡软了，不好吃，但他还是吞下去了。

他看向魏海：“你是专门来给我送这个的？”

“是啊，感动吧？软了没有？还能不能吃？”

要是赵远阳家里人都在，他或许还不会想到这事，但当魏庭均提起的时候，他的第一反应就是，赵远阳的父母都不在了，只有一个非亲非故的哥哥。

赵远阳垂下头，说道：“嗯，挺好吃的。”

魏海看着是个粗心的人，实则心很细。汤圆是真软了，真不好吃了，而且他买的还是大份的！赵远阳嘴挑，吃得难受，但还是全部吃完了。

这天算是第一天开学，赵远阳和魏海两个人公然违反校规，一个不穿校服，迟到了还不喊“报告”；一个在课堂上吃汤圆。

老余花了一整个寒假疗伤的心脏，又开始疼了，直接把他们喊到教室最后一排罚站去。

放学后，赵远阳坐在车上时要求去超市。

“去什么超市，买什么？”

赵远阳答道：“买唇膏。”

霍戎看看他的嘴巴，没说什么。

超市就是路边的超市，不大，又是晚上，只有一个收银员。

唇膏的种类不多，赵远阳先看价格，只看贵的，再看味道和生产日期。

他在选味道，霍戎就在旁边指点着江山：“蜂蜜味？这个是甜的吧，就这个吧。”

赵远阳默不作声地把蜂蜜味唇膏放回原位。

“薄荷的也可以，凉快。”他看了一下赵远阳红润的嘴巴，“不过你不用涂唇膏都行。”

赵远阳压着声音：“你烦不烦？我又不是给自己买的。”

“那阳阳是给哥哥买的吗？”霍戎的笑意加深。

“不是。”赵远阳一脸冷漠。

霍戎脸上的笑没了：“那你是给谁买的？”

赵远阳：“……”

翻脸这么快？

“给我同桌买的，他嘴巴干。”

听见“同桌”二字，霍戎更不高兴了：“他的好朋友怎么不给他买？要你买。”

“他也是我朋友，我送他东西不正常？”赵远阳还在低头挑，有个无色无味的，有个薄荷味的，他觉得都成。

最后，他买了两支无色无味的，挑了半天，还是觉得没味的要好一些。上了车，霍戎当即拆了包装，拧开嗅了一下。

他没用过这类东西，他的性格太糙了，所以从来不用。

他旋转出一些膏体来，往嘴巴上涂，赵远阳看着他涂唇膏的动作，觉得笨拙，那么大一只手，捏那么小一支唇膏。

那唇膏的大小，要女生拿才合适，赵远阳拿都会显得小，更别说霍戎了。

周一早上，是又臭又长的开学典礼。赵远阳估摸着时间差不多了，十点才到学校，这时班会已经开了一半了，他从后门进去，听见老余正在说寒假作业的完成情况。

赵远阳把唇膏给魏海：“给你，无色无味的，你看你嘴巴都要干出血了。”

“谢谢远阳。”魏海拆了包装，低头在嘴唇上涂了一圈。

讲台上，老余说完了作业，又打开演示文稿，洋洋洒洒地讲他过去的辉煌历史，接着开始展望未来。

“当班主任太累了，我已经跟学校申请了，教完你们这一届，就再也不做班主任了。所以你们是我带的最后一届学生，希望你们能超越上一届的。”

赵远阳听见前面的同学说道：“他瞎吹呢，上一届就是那么跟学生说的，说什么再也不做班主任了……结果还不是当班主任了？班主任的工资高那么多，他怎么可能不做了……”

老余还沉浸在自己的世界里，继续他的演讲：“你们现在读书幸福啊，我读书那时候，就没有这么好的条件了，交不起学费……”

有些才来（一）班的同学，被他说得热血沸腾，拼命地鼓掌，觉得班主任十分励志。

赵远阳却听不下去，他伸手从魏海的耳朵里把耳机拿走，放自己的耳朵里。

魏海喜欢听粤语歌，赵远阳把声音开得很大，这下，老余说什么他全听不见了。

下了课，老余走到他的座位旁：“刚刚我说的，你都听见没有？”

赵远阳摘下耳机，一脸淡漠道：“什么？”

老余：“……”

他耐着性子说：“英语竞赛，班上要推荐几个学生，我觉得你可以试试。”

赵远阳“哦”了一声：“没兴趣。”

他一听是比赛，就完全提不起兴趣了。

老余皱着眉：“我不知道你未来是怎么考虑的，以后读不读大学，但是你现在学习还算不错，别浪费了。这个竞赛，等高三自主招生的时候是可以加分的。这是个全国性的比赛，先要通过校内的，再通过市里的初赛，接着要和整个省的优秀学生竞争。

“在省内拿到名次就可以加分了，名次高的，还有奖金。

“赵远阳，你考虑一下。老师知道你还算爱学习，是一个好学生，人要向前看。

“老师呢，是对你寄予厚望的。”

赵远阳的英语成绩不错，老余觉得他在这个科目上是个可造之才。

他不是很喜欢老余循循善诱的说话方式，但老余还算是个不错的老师，对待自己这种成绩不好的学生也是一视同仁，会帮他分析分数、分析题、分析弱点。

明明自己只是一个借读生，和班上的优等生格格不入，等高考后，自己这样的学生考出来的分数，也不会给他带来什么奖金或利益。

“好吧，时间呢？我考虑一下。”他懒散地说。

老余说：“到时候通知下来了，你来我这里填个报名表，准备一张一寸的照片。”

赵远阳对比赛奖金或加分，兴趣都不大。他之所以说要考虑一下，是因为他觉得这样的比赛，是可以让他得到荣誉的，拿张奖状回去，多好啊，霍戎又要夸他。

到时候拿了名次，班级上表扬，年级上也要表扬，这些好学生肯定下巴都要惊掉吧。

下午，赵远阳去办公室填了个报名表，到了晚上，他就给霍戎说了比赛的事。

他从小到大，除了运动会，别的比赛都没参加过，给霍戎说的时候，还特意强调了一下："我本来是不想参加的，可我们老师非要让我去，说他对我寄……什么望，反正对我特别有信心。"

霍戎的重点却放在了"英语"两个字上面。

"阳阳，为了让你得到名次，从今天开始，我每天晚上抽背单词和句子，帮你纠正发音。"他的声音沉而缓，"像之前说的那样，对了有奖励，错了要惩罚。"

赵远阳："……"

之前因为赵远阳的极力抗拒，加上他的错误率低，就没再进行抽背单词活动了。

霍戎说得有理有据："你没发现吗？自从上次开始这样学习，你进步很快。现在你要比赛，我们就得提高难度。"

"我不，我才报名，比赛比什么我都不知道，我不要背。"赵远阳义正词严地拒绝了。

到现在，赵远阳才算是真正认识霍戎。

以前，霍戎就是个好大哥，一位好家长，把赵远阳当作需要宠的孩子。他性格隐忍，心里在想什么赵远阳都看不穿，不知道他内心的真正想法。

后来，赵远阳从别人嘴里听说了一个完全陌生的霍戎，和他记忆里那个温柔体贴的戎哥完全不是一个人。

到现在，赵远阳可算是认清了，霍戎的隐忍、恪守和礼貌都是表象！

晚上，赵远阳看书，霍戎就坐在他旁边。他们有着不小的体型差，肤色也有很大的差别。而且他看书，霍戎正好也能看他的书，他有什么不懂的，只需要用手肘顶一下霍戎，霍戎就知道了，然后给他讲。

比赛的事，第二天赵远阳才知道确切的。

四月报名结束，先从校内选拔，选出来的学生代表学校去参加市里的竞赛，从初赛到复赛，再到决赛。

余老师说："这个竞赛题目难，而且量大，这里有一些历年真题的资料，你去复印一下，拿回去复习。"

他说着，从柜子里拿了一大摞资料出来，很多个文件夹，分门别类地放在一起。

赵远阳吓了一跳："这么多啊？我全得背？"

"不是背，得看，这些难不倒你。我知道你以前在国外待过，但是有些题比较怪异，外国人来做都不一定会做，回去研究一下题目的套路，自己突击一下。"

他一边翻资料一边说："这里是初赛的真题，后面是复赛的，决赛的真题也有，还有听力题也看看。如果进了决赛，是要做演讲的，演讲分数作为加分项，你的口语不成问题。当然，得进了决赛，才有机会展示你流利的口语。"

老余用一种信赖的眼神看着他，拍了一下他的肩膀："努力吧，争取为我校争光。有些题没收录解析，遇到不懂的，随时来问我。"

赵远阳不出声，问老余还不如问他家戎哥。

"去学校文印室复印，给文印室老师报我的名字，不用给钱。对了，复印三份，班上除了你，还有两位同学参加。"

赵远阳看着这一大摞的资料，脑袋一疼，觉得真不应该答应班主任报名。

这破玩意儿，不知道得多花时间。

他报名的初衷，是因为想拿个奖回家，让人刮目相看，最好霍戎再夸夸他，满足一下他这种万年差生的虚荣心。

但现在，面对这份资料，赵远阳觉得自己摊上大事了。

"我让你报名，是器重你，你知道好多个学生问我要报名表我都没给吗？"

真正的学霸，其实都不屑于参加这种比赛，老余问了好几个人，都说不想参加，觉得耽误学习。

这些个学生，都是不在乎什么加分不加分，人家只要将成绩保持下去，保送双一流大学完全不是问题，看不起全国英语竞赛这点儿小荣誉。

像这样的比赛，还是要找班里中游的学生，于是老余就瞄上了赵远阳。

一个看似成绩不突出、但偏科特别厉害，英语成绩比其他科目能高出个五十分的学生。

赵远阳复印完资料，回到班上，才知道和他一起报名的两位同学，一个是张凝，一个是胡小全。

张凝在上学期开学时，对班上的大帅哥赵远阳产生过想法，写过一封情书，改了无数遍，也没胆量送出去。

最后让周思思当众念了出来，她哭了好久，后来才又慢慢把心思重新放到学习上。

学习真是一件好事，忙起来什么都能忘，她眼里现在只有成绩和名次，为了不掉出年级前十，平日里除了学习和做作业，还要刷题，说是争分夺秒也不为过了。

她现在这么忙，哪里还有时间暗恋班上的男同学。

看见赵远阳抱着那套资料，她才知道原来赵远阳也报名了。

谭梦佳看见了，低声问：“张凝，他也要参加？你不会还对他……”

“没有，你别乱说啊。”张凝立刻捂着她的嘴。

“那你不会尴尬吗？不然……你退赛算了，我怕影响你现在的学习状态。”谭梦佳是现在的年级第一，知道他们这样的学生，什么能碰、什么不能碰。要是对某个异性朝思暮想的，势必会影响学习。

“我不退赛，比赛还没开始呢，退什么？”

“不是我说啊，这比赛没什么用，耽误学习，拿个证书得了。不过也没事，他应该初赛就会被刷下来吧。”

那么多资料，赵远阳觉得头皮发麻，魏海比他的反应还大：“我的乖乖，这么多你都要背啊？老余这是坑你啊！”

“不用背，就是看看。”赵远阳对自己有自信，虽然资料多，不过也不用全部看完嘛，随便看看就轻松上阵，拿个全国特等奖回来，吓死霍戎。

赵远阳给自己复印了两份资料，一份拿回家，一份放抽屉里，上课的时候看。

老余整理的资料很齐全，有大量的词汇、短句和语法，最多的是真题资料，很厚一摞，差不多有七八本英语书那么厚了。

赵远阳一抱回家，就对霍戎说：“我问了，不背单词，这考试主要是做题。”

霍戎看他那高兴的样子，也笑了笑，捏他的脸：“做对了奖励，错了惩罚。”

霍戎让赵远阳一个人做题，他则去做自己的事。

出去前，他嘱咐道：“阳阳，等会儿做完题了，就来书房找我。”

等他走后，赵远阳就偷偷摸摸把答案拿了出来。

霍戎这次失算了，他可是有答案的人！

但是抄答案，肯定达不到训练的效果，所以赵远阳只是在做完后，偷偷把错的改掉了。当然，全对也不太可能，毕竟他是一个马虎大意、从不检查的人。

要是全对了，霍戎肯定会起疑。

赵远阳痛心疾首，在做完一套真题后，还剩了两道错误的没改。

他拿着试卷，敲了敲书房的门。

门没关，霍戎应了声“进来”，赵远阳就推开门进去了，正好看见霍戎在取那副奇怪的眼镜。

他把做好的那套题给霍戎：“哥，你慢慢检查，我去倒水喝，你喝不喝？”

“帮我倒点儿酒来吧，谢谢阳阳。”他低着头，看着赵远阳做的题。

他做题快，霍戎检查题也很快，一眼看过去就知道对还是错。

赵远阳给自己倒了杯温水，又去给霍戎倒酒。

霍戎是个懂得享受的人，赵远阳站在他的酒柜前看了会儿，最后取了一瓶出来，倒了大半杯，端着进了书房。

霍戎已经帮他检查完了，喝了口酒道：“一共错了三道。”

“三道？不可能！”

霍戎抬头：“三道你觉得多了，还是少了？”

“就……我看看，是哪三道啊？”他是对着答案改的，只错了两道题，他不相信自己，也不相信霍戎，却无比相信答案。

霍戎翻着试卷，指出来给他看：“两道选择题，一道完形填空题。”

赵远阳一看，果真看到有一道题自己分明是做对了的，霍戎却说他错了。他指了一下，说道：“这道题，难道不是选 C 吗？”

“你为什么这么坚定地认为 C 是正确的？万一答案错了呢？”

“答案怎么可能错！”赵远阳大声地反驳他，反驳完了，才发现自己说了什么。

他的嘴唇抿起来，看着眼睛微微眯起来的霍戎，心里一个咯噔——要完了。

“阳阳，为什么骗我？说吧，错了多少道？”

赵远阳的眼神乱飞：“就……五六七八道吧，差不多。”

“不认真。”霍戎轻轻地弹了一下他的额头，“答案我不收你的，下次不准这样了。”

从这天起，霍戎似乎又有新的事情要忙碌，赵远阳时常见不到他。

三月底，学校又有月考，这是这学期开学的第一次大考，赵远阳没怎么做准备，考出来的成绩和上学期的差不多。

文理分科后，一中学理科的有八百多名学生，赵远阳的成绩在全校来说仍处于中游，没有一鸣惊人，也没有太拖（一）班的后腿。

一中的整体水平高，这个成绩，按照往年的经验来说，二本院校已经算是很稳的了。

清明节放三天假，赵远阳要去扫墓。

霍戎要陪赵远阳，赵远阳却要一个人去。

他暂时不想把霍戎带去见父母。

他从出生起，就没怎么得到过家庭的爱，那时候他父母的事业正在上升期，每天都很忙碌，请了保姆照看他。他小时候，常常是周淳在照看他，而陪他玩的，是周淳的大儿子周思明和小女儿周思思。

亲情关系可以说很淡漠。

梦里的赵远阳变成后来那样，除了是周淳刻意为之，更大的原因是家里人对他的疏于照顾，再后来，霍戎又把他宠得无法无天。

霍戎走后，赵远阳除了心里不舒坦，别的事情都过得很顺心如意。

没人招惹他，没人欺负他，地球都围着他转。

到后来他才知道，他过得那么自在，是因为有霍戎在背后。哪怕霍戎离开了他，霍戎的影子依旧笼罩着他、保护着他。

他自己一个人守着墓，霍戎就在车上等他，等到日暮西山，他才站起来。

墓碑前，放着他带来的一堆祭品。

野菊花花瓣被风卷起，不知吹到了哪里。

赵远阳回到车上，霍戎就伸出长臂揽着他：“阳阳，我在呢。”

“你不会走的对吧？”赵远阳不知想到什么，抬头望着他说，“要是哪天你想走了，不要我了，你就告诉我。”

霍戎皱眉看着他，不知道他怎么突然说这样的话。或许是扫墓后，触景生情，担心自己也不要他了。

“不会不要你的，哥要陪你一辈子。”他的声音带着暖意，“哥肯定不走。”

赵远阳的心无端地颤了颤。

他一想到自己一个人挺过来的时光，就觉得难受。可是再一想，霍戎不也是这么挺过来的？他生命里的大部分时间，都在等待。

清明通知说是放三天假，实则只有两天半的假期。

因为扫墓，赵远阳一整天都是蔫的，提不起精神。不知想到了什么难过的事，眼睛是湿润的，但一直没哭。

他的表情看着特别难过、特别可怜，霍戎心疼他。

霍戎最近一直有事忙，没怎么顾得上赵远阳，有时候也没去接他放学。一转眼，孩子遇上了伤心事，离不开他了。他只能把事情放在第二天做，一整个假期都陪着赵远阳。

为了让赵远阳高兴一些，霍戎给他放喜剧电影，把蛋糕放在床头柜，他醒了就能吃一口。

这种放纵的生活终于让赵远阳的表情鲜活了些，一抬头看见霍戎还在，他就觉得安心了点儿。

他一天都没下床了，从昨晚扫墓回来，一直睡到了第二天下午。眼看着四块腹肌就要消失了，他在被子里摸了摸自己的腹部，决定不能再这么颓废下去了。

他痛定思痛，从被窝里出来，坐在床上。头发乱糟糟，衣服也乱糟糟的，大开的领子露出他又直又长的锁骨。

入了春后，外面已经不冷了，但屋子里还是开着暖气的，等再暖和一些，就会关掉。

赵远阳抓了一下头发，振作起来说："我要打游戏。"

霍戎要牺牲自己宝贵的时间陪他打游戏，不仅如此，还得让他赢。

赵远阳说："你是不是有事忙？不用管我，我打单机。"

"不忙，来吧。"霍戎把手柄给他。

赵远阳满脸固执："我就喜欢人机对战，你去忙你的。"

霍戎挑眉道："你一个人能行？"

"这有什么不能行的？"赵远阳摁着手柄进入选择界面，一副专心致志的模样。

他不让霍戎做决定，自己进入单机模式，难易度选择高的。霍戎就在旁边看着他，看他一局又一局地失败，倒下去就起不来了，然后开始下一局。

输了好几局，赵远阳更颓废了，瞥到旁边的霍戎："你怎么还不走？"

这孩子，嘴里念叨着他怎么还不走，眼神却是可怜的，不愿让他走。

霍戎看人识人，最懂得洞察人心，怎么会看不出来他的心思？

他将腿伸到赵远阳那边去，拽住对方的胳膊。

赵远阳象征性地挣扎了一下，眼里的彷徨没了，却嘴硬道：“我不是说了吗？你去忙。”

在赵远阳心里，自己说话那么不客气，如果霍戎还是包容他、纵容他，那就说明霍戎心里是有他的、是宠着他的。

他的这种行为，就像叛逆期的孩子——正符合他现在的年纪。

哪怕赵远阳看着才十七八岁，心理年龄却不比霍戎小。

可他没有经历过大风大浪，一辈子都过得很富足自在，唯一遇到过的挫折也算不上是沉重的打击。这样一个没有烦恼的孩子，每天必须得搞出点儿什么事来，才舒坦。

也只有像他这样的孩子，才会试图用这种幼稚的方式去寻找存在感。不高兴了，霍戎哄他，若他还是不高兴，就得一直哄，哄到高兴为止。要是耐心不足的人，遇到他这样的，多半第一关就失败了。

譬如他现在这样，各种嫌弃霍戎，让霍戎走。换个人，没准儿就真的走了，懒得理他。

但霍戎是知道赵远阳性格的，越是这种时候，就越不能走，必须得陪着赵远阳。

赵远阳像是犯了“自虐症”，故意选择了高难度，打游戏一直输，当然会一直不高兴了。霍戎陪他玩了会儿，回回都让他，他一连赢了许多次，就开心了：“你没让我吧？”

霍戎说：“是我们阳阳厉害，把哥哥‘揍’得站不起来了。”

赵远阳就是想听他说这句话，哪怕心里知道，他铁定是让了自己的，可还是爱听他夸奖自己。

这还不算完，他高兴了，还假惺惺地问霍戎：“哥，你输了好多次了，不然我让你一把吧？”

霍戎好脾气地说：“阳阳不用让我，好好打。”

“真的不用我让你啊？”

换个人来，赵远阳这样是要被打的。

霍戎摇头：“不用。”

赵远阳更高兴了，扭过头去："你不要就算了。"

霍戎笑笑。赵远阳打游戏时很投入，东倒西歪的，身体左右摇摆，霍戎就时刻注意着他，防止他不小心栽倒。

清明节一回去，赵远阳之前报名的全国中学生英语能力竞赛英语杯校内选拔赛就开始了。

虽然是校内选拔赛，但难度很大，题目也多。学校的意思，大概就是从这些报名的学生里，选出分数最高的一批来，所以题出得非常难，不管学生考得有多差，总归是有考得好的。

难度这么大都可以考好，拿名次肯定不成问题。

尽管题目难，对赵远阳而言却是轻轻松松的，一口气写完，都不带检查的，就站起来交卷了。

毕竟他是经历过魔鬼训练的！

他交完卷，回头看见不少优等生还一脸思索地在做题，心里别提多过瘾，而后昂首阔步地走出考室。

报名的学生不多，每个班级就一两个，有的三四个，全校加起来也不过百人。

这么点儿学生，试卷改起来非常快，晚上赵远阳就接到通知，班上报名的三位同学都过了。放端午假前，要参加市里的初赛。

竞赛没什么新意，就是做题、做题、做题，谁做题做得好、做得对，就能拿奖。

老余专门找到赵远阳说："题目答得不错，但是得改改你的字，你这样写连笔字，哪个老师认得你写的是什么？"

赵远阳不以为然，觉得自己那叫风格，要他改掉自己的风格……除非霍戎说他，别人要是让他改，他坚决不改。

放了学，外面下起了雨。

四月是降雨的季节，时常会下雨，地面倒映着夜色下雨幕中的校园，路灯辉煌。

“远阳，你带伞没？”魏海把外套脱了，丢给他，“拿这个挡雨。”

赵远阳不要他的校服：“你自己穿着，我哥应该会进来接我。”

刚说完，霍戎的电话就来了。赵远阳接起来，霍戎说马上进来，让他在教室里等着。

赵远阳对着手机说：“哥，你多拿把伞。”

哪怕下雨，学校也是不允许家长开车进来的。而且正逢放学，正是校内学生流动量最大的时候，就更不可能放外面的车进来了。

魏海是个急性子，这种雨，他一点儿也不在乎，淋着就能出去，但他还是站在教学楼的走廊上，陪着赵远阳等霍戎。

“对了，远阳，我端午节过生日，准备聚会，你会来吧？”

“端午节？”赵远阳弯腰收拾书包，“我可能要出国一趟，能回来我就来。”

“出国干吗？旅游？”

“不是，我去我外公家里拿些东西回来，拿了就走，应该很快。”他拉上书包拉链。

魏海“哦”了一声：“远阳啊，你以前那个家，那栋别墅，现在是不是空着的？”

“是空着的。”赵远阳看向他，“你要住啊？”

“不住。”他眼睛明亮，“你借我一晚吧，我开生日派对。”

他现在是住在他二哥家里的，当然不可能拿魏庭均的房子开派对。薛问的店最近出了点儿事，为了避风头，就关门了，所以他便问赵远阳能不能把别墅借给自己。

赵远阳说好，接着把密码告诉他：“不过里面肯定很多灰，你得先让人清扫一下，外面有很大的院子，可以搞烧烤。”

魏海说谢谢：“你别墅里是空的吧？要是有什么值钱的，我先给你锁保险箱里。”

“只剩家具了，随便折腾，楼上两个卧室是锁着的，别进去就行了。”

在那个梦里，他突然成了孤儿，就从家里搬到了周淳家。

他家里是密码锁，密码没瞒着周淳，所以周淳就把他家的值钱物件全搬走了。再后来，周思思还在他的别墅开派对，而且没告诉他，他的卧室、他父母的卧室，都让陌生人使用了。他有很多没搬走的私人物品，都被人翻出来了，随意践踏。

现在，赵远阳改了密码，但家里几乎不剩什么东西了，只剩家具和回忆。墙上的全家福和桌上的相框、抽屉里的相册，这些都是触景生情的东西，他想把它们留在原地。

他们说话的时候，赵远阳看见了打着伞走来的霍戎。

霍戎走到台阶下，看见了穿破洞裤牛仔裤的魏海，顿时明白赵远阳为什么要自己多拿一把伞了。

他顺手把伞递给魏海。

魏海不是很喜欢赵远阳这个哥哥，觉得霍戎身上有股让人很不喜欢的气息，不和善。但偏偏赵远阳和这个哥哥很亲，明明之前是陌生人，结果现在相处得像亲兄弟，赵远阳还对这个男人深信不疑。

魏海礼貌地跟他点了一下头，接着就撑开伞，冲进雨幕，头也不回地招手：“我走了啊，拜拜！”

赵远阳和霍戎打着伞，肩挨着肩地走出校园。司机也上了车，缓缓发动车子。赵远阳听见汽车引擎声，轮胎飞速滚在下过雨的地面上。

他读书累了，晚上回家吃了夜宵已经很晚了。他以前晚自习爱玩，所以作业都堆到放学回家做，现在他晚自习都开始认真学习了，留下的作业不多，基本上都是不会做，或者是不怎么懂的，他就把作业拿回来问霍戎。

霍戎最近似乎很忙的样子，赵远阳发现他可能在往这边大量运送珠宝钻石，不，这是已经在国外注册成为合法产品后，向海关申报并运到国内来。

而钻石这种东西，因为稀有才值钱，虽然大量地运送过来，但肯定不能全部加工贩售，否则会扰乱市场。

霍戎想在国内买东西，没有问题，但他若是想要做生意、卖东西，这就有问题了。也正因为这个，他最近都很忙。

给赵远阳讲完题，哄着他睡觉，霍戎又开始忙了。

月考和英语竞赛只相隔两天，比赛完就放假。

赵远阳在学校月考，魏海正好过几天生日，就找了家政公司和布置会场的人去收拾一下别墅。

结果开着轻卡的家政公司的员工一到那儿，却发现里面是住了人的，主人很愤怒地说："什么派对？没有派对！也不打扫，你们找错人了。"

接着门就"砰"的一声被关了，那清洁员碰了一鼻子灰，只能打电话给下单的魏海。

魏海给赵远阳打电话，结果没人接。他这才想起，赵远阳正在考试呢，肯定开的静音。

他把事情经过简略地发了条短信给赵远阳，觉得是不是家政公司的人找错地方了，又觉得是不是别的原因。

赵远阳说没住人，那就肯定是空着的。

他叫了两个兄弟，就开车过去了。

到的时候，家政公司的车在外面停着，车里装着派对需要的灯具和装饰品。魏海下了车，仔细地看了几眼门牌号——没找错啊。

他走到门口，第一件事情不是按门铃，而是试密码，结果提示密码错误。他眉头紧皱，抬头又确认了一遍门牌号，接着按响了门铃。

开门的人魏海竟然认识。

那中年男人也没看清楚是谁，张口就骂："滚滚滚，没叫打扫的，你们找错了啊，我们家不开派对！"

他说完就要关门，哪知魏海一脚就把门给踹开，冷着脸，像个煞神："你是那个姓周的？这里是赵远阳的家，你为什么住这里？"

周淳向后退了几步。他人矮，被步步紧逼得险些摔倒："你！你谁啊？"

魏海才懒得跟他解释自己是谁，抓着他的衣领，满脸凶横："说！你怎么住在这儿？住多久了！是怎么进来的？！"

周淳吓得直冒冷汗。

“不说揍死你！给老子老实点儿！”魏海用力捏着周淳的肩膀。

周淳被他捏得头昏脑涨的，急道：“我说，我说！”

“怎么了爸爸？”楼上突然传来一道声音。

魏海抬头一看——哟，是周思思啊。

赵远阳考完试，就看见了魏海的未接来电以及短信。

他家住了人？

他眉头一皱，立刻给魏海拨了电话过去。

“远阳？考试完了？正好，你快过来一趟，我抓到一个人，他现在住在你们家哦，就是你那个周什么……那个胖子。”他对电话道，“还有他的女儿，我正在逼供呢，两个臭不要脸的。”

赵远阳顿了顿：“我马上过去。”

自从知道周淳破产了、离婚了，周思思也退学了，赵远阳就再也没管过这家人了。

知道他们过得很惨，他就舒坦了，但现在，周淳居然鸠占鹊巢，公然把他家别墅当不要钱的酒店了？！

赵远阳的怒气又腾地烧起来了，对着手机说：“四海，你先别打人，我报个警，告他私闯民宅。你那边人手够吗？不够我带两个过来。”赵远阳边说边往外走，这天最后还有一场生物考试，他直接翘了。

“我这里带了兄弟的。”魏海看着周淳，嘿嘿一笑，“人赃俱获，十年起步。”

他看向旁边瑟瑟发抖的周思思，眼神冷漠：“至于你嘛……”

哪怕魏海说他那里有人，赵远阳还是不放心，带了人和狗过去。

他到的时候，警察还没到，但小区保安和物业负责人已经全集合在这里了。

赵远阳手里牵着一条体型庞大的黑色藏獒，藏獒太大了，他不太能牵制住它。一到周淳面前时，周淳还没说话呢，狗就挣脱绳子，凶狠地张大嘴想咬周淳一口。

周淳和周思思吓得大叫，赵远阳这才慢条斯理地把狗牵回来：“家里的狗不听话，不好意思了。”

凶狠的大狗，流着口水、目露凶光地盯着还穿着睡衣的父女俩。周思思禁不住吓，晕了过去。

为了不让周淳发出声音，旁边有人拿抹布堵住他的嘴。

赵远阳牵着的藏獒不太听话，跃跃欲试地冲周淳伸出舌头哈气。

“逼供逼出什么了吗？”赵远阳一边牵住狗，一边问魏海。

魏海说：“问出来了，他是没有你家密码，但是有别的门窗钥匙，估计配了好几把。春节的时候就住进来了，都快三个月了。而且最奇葩的是，他们一开始没换门锁，一个人出去，一个人就留在这里，门锁是不久前换的，密码也更换了。”

赵远阳扭头看向物业管理人员：“你们保安不知道？有生人住进来，不查一下？”

物管经理看着他那条狗，头皮发麻，大汗淋漓地说：“春节期间换了新的保安，不认识这两个人，也不认识别的业主。而且他们都不怎么出门，没有特殊原因，我们怎么会去查业主？唉，给您添加了麻烦，真是不好意思……请问，您家里丢了什么贵重物品吗？”

赵远阳望向楼上。他还没上楼看过，估计他的房间已经让这父女俩给霸占了。

周淳破产后，房子拿去做了抵押。老婆要跟他离婚，打了离婚官司，因为之前出轨上报的事，法院让他净身出户，一丝财产都不给他。

儿子周思明在外地读大学，正值大三实习期，很忙，抽空回来一趟，就给他们出了这么个馊主意。

“那房子他又不住，爸，你正好有门窗钥匙，还有密码，就住进去呗。”

周思明是不知道一些事的，不知道赵远阳和周淳已经彻底撕破脸了，赵远阳现在是从骨子里憎恶他们这一家人。

要是知道，他不会出这种主意。

“不给他打声招呼？赵远阳把密码给换了？我也不知道房门密码啊。”

“不用打招呼，他一个小孩子，怕他做什么。你带着妹妹住进去，平时你们出门，要在房子里留一个人，先熬过这段时间，实在不行就换个门锁，这密码锁是几年前的东西了，现在锁匠都可以换了。再过一阵，我手上这个项目赚钱了，就给你们租套房子。”

周思明上个月就给周淳打钱了，让他重新找房子住。

周淳在这里住得舒坦，而且赵远阳完全没有管这套房子，物管费早就交了一整年的，这让他放松了警惕。他在这里舒舒服服的，才不愿意搬出去。

儿子给他的钱，他就全拿去买看好的股票了。他认为，只要有本钱，再干出一番事业的可能性是非常大的。

因为拮据，他也不允许周思思出门，让她必须每天看书：“等爸爸东山再起，就重新给你找个学校，参加高考。”

他也是没学历、没文化的人，所以不觉得没学历有什么问题。

但男人和女人不一样。他认为，周思思需要学历来包装自己，这么好的一个姑娘，学习好、样貌好，结果就让赵远阳那小浑蛋给葬送了！要不是他，周思思会去那样的班级读书吗?

如果没有进那样的班级，也就不会发生后来的事了！

归根结底，都是赵远阳的错。

在别墅里住了三个月还相安无事的周淳不会想到，他已经认定变成自己家的地方，有一天真正的主人突然回来了，要把他的全部东西都夺走。

警察来的时候，两个人特别凄惨，周淳吓得面无血色，周思思晕过去了。

“这怎么回事？民事纠纷？刑事纠纷？”

赵远阳大致说了情况：“房子我一直没住，回来的时候就看见有人住在我家。这两个人不仅住在我家、侵占私人财产，还偷了我家值钱的东西。”

赵远阳牵着大狗，看见客厅里原本挂在墙上的全家福已经不见了，顿时怒火中烧，对警察说：“我想上楼看看。”

果不其然，他的卧室现在充满了周思思的私人物品，床具上随意放着女孩子穿的内衣，桌上有化妆品。他走的时候，没有把东西全部带走，值钱的东西是没了，但是一些航模、拼图和相册之类的东西，都是放在这里的。

他翻找了一下，有些东西可能是丢了，但相册什么的都还在。

赵远阳把相册和相框塞到书包里。

他父母的房间倒是没动。

可能周淳心里有顾忌，知道这床上死过人，不敢住，就住在旁边的一间小卧室里。

他下了楼，魏海忧心忡忡地看他，小声问："丢什么没？"

"一些小东西，幸好他没住我爸妈的房间。"

过了会儿，警车来了，把周淳父女俩带走了。

赵远阳和魏海跟着另一辆警车去警局立了案，给证物拍了照。

他这里发生的事，霍戎都知道了。

事实上，在设下陷阱、把周淳弄破产后，霍戎就没再管过他们了。在他眼里，这些人还犯不上特意监视，只是蝼蚁罢了。

他也没想到这些人还会折腾出这种事来。

霍戎过来接赵远阳，把赵远阳带回家，顺便请了他的朋友到家里吃饭。

魏海不太想去，但犹豫了一下，最后还是同意了。

他到现在都没打听到赵远阳这哥哥是什么来头，他专门问了一下魏庭均，让魏庭均帮忙查一查，结果半点儿都查不出来。霍戎很神秘，而且很不好惹，看这狗就知道了，他们家那个葵园里，有上百条这样凶悍的藏獒。

狗狗立了功，赵远阳把狗带回家的第一件事，就是奖励它吃一大盆牛肉。他跟家里的狗从没接触过，不熟悉，只知道这样的狗很能吓唬人。

结果，家里的狗似乎知道他是主人，并不攻击他，相反还会按照他的心意办事。

赵远阳当然得奖励它了，要不是霍戎不允许他把狗牵进房子，他还想把狗带到房间里去。

因为要请客人吃饭，晚餐设在湖边，不大的一张四人桌，霍戎和赵远阳挨着坐，魏海一个人坐对面。

他低头一看，发现几乎都是赵远阳喜欢吃的菜——他们经常在学校食堂点小炒，每次问赵远阳要吃什么，总是这几个菜。

魏海开始觉得，这个人没准儿是真心对赵远阳好。

他抬头，正好看见霍戎在给赵远阳夹菜，赵远阳又把碗里的一片菜夹回去："我不要，给你。"

"阳阳，不能只吃肉，素菜也要吃一些。"

赵远阳的头一歪："你不要烦我。"

霍戎微微一笑："哥不烦你。"

魏海就坐他们对面，两人的神态动作、眼神交流，他全部看得一清二楚。他甩甩脑袋，没继续想太多，他们关系好，他应该觉得高兴才对。

赵远阳又有家人了。

他埋头吃着饭，觉得赵远阳家的饭菜，不知道比自己家的好吃多少倍，加上赵远阳的哥哥好客，一直说："你多吃点儿啊，别客气。"

于是他就没客气了。

魏庭均那个没品位的，总是这个沙拉那个沙拉的，虽然经常单独为魏海定食，但他还是觉得难吃，一股子草味，哪有赵远阳家的饭菜好吃啊。

吃完饭，赵远阳邀请魏海打游戏。魏海很心动，正要同意，就听见赵远阳的哥哥说："阳阳，你后天还要参加英语竞赛，今晚打游戏还是复习？"

赵远阳说："打游戏。"

"好，那就打游戏吧。"

魏海留下来，陪赵远阳打了几局，发现赵远阳技术非常差，自己一直赢，想输都没办法输。

赵远阳还坚定地认为："四海，我今天手感不好，平时的我是可以大杀四方的。"

他感觉赵远阳输得不高兴了，正准备让对方两局，催他回家的电话就来了。不得已，他只能放下游戏手柄："我先回家了，等你下次手感好了再陪你打。你后天还有比赛，好好考。"

赵远阳把他送出去，回来后，霍戎主动说："阳阳，过来，哥陪你打游戏。"

"你不是让我复习吗？"赵远阳看向他。

"明天再复习也不迟，先打游戏。"

赵远阳装出一副不情愿的模样，接过手柄：“我不想打的，是你非要让我打游戏的，不关我的事。”

霍戎“嗯”了一声，声音带着笑：“是我让你打的，坐过来。”

他伸出手臂。

“不。”赵远阳自顾自地抱了个软枕在怀里，坐在软垫上，决定在霍戎身上找回游戏手感。

几局下来，刚才他输给魏海的阴影彻底消失了，神清气爽，眉开眼笑起来，觉得这才是自己的真正水准。

赵远阳这下舒服了，也不想复习，不愿意看什么英语题，洗了澡出来就躺在床上听英文歌。

天气暖和了，房间里的暖气已经关了，赵远阳自己抱着被子睡。

过了会儿，他的睡意上来了，就拔掉助眠的耳机，回头看了一眼，霍戎像是已经在沙发上睡了。

赵远阳很不适应，侧着身子，借着月光看他。

霍戎有着冷硬的眉眼和轮廓，却是个温柔的人，或者说他对着赵远阳时，脾气是温和的，但对着别人似乎就没那么温柔了。

霍戎还有另外一面，像别人口中说的那个让他更陌生的一面。

赵远阳看了他几秒，伸手在他面前晃了一下。

没反应。

“真睡着了啊？”赵远阳有些不高兴，自己还没睡着，霍戎就先睡着了！他对着黑暗叹气，片刻后，自己想通了，很快便睡着了。

第二天是周末，不用上课。

赵远阳平日里因为读书，起得早，周末的时候，第一次清醒也差不多是太阳刚刚升起的时候。

赵远阳迷迷糊糊一睁开眼，看见霍戎进来，声音软软地喊了声“戎哥”。

随后就听见霍戎对自己低声说：“阳阳，今天周末，不用上课，你可以继续睡觉。”

“好。”赵远阳的眼睛又闭上了，没一会儿又睡着了。

因为赵远阳第二天还得比赛，霍戎就没让他去处理周淳的事。

一对私闯民宅、侵占财物的父女，在清醒后对自己的所作所为供认不讳。

总之，这两个疑犯是坐实了犯罪的事实，涉案金额巨大，情节严重，虽然坦白从宽，但还是得判刑。

至于判多重的刑，这得看法院了，大的这个至少得吃二十年牢饭，如果律师有本事、关系疏通得好，可以早日假释。至于小的这个，还是未成年，只能送进少管所。

星期一，赵远阳到了学校，要乘坐校车去参加市里的比赛。

比赛地点在禹海市某大学内部，和赵远阳知道的那种，一个学校作为一个代表团，最后获胜也是由学校全体参赛学生领奖的竞赛不同，这个英语竞赛就是大家各自考各自的，分数够了就晋级，不够便淘汰。

一开始全校报名的学生一共上百人，经过学校内部筛选后，只剩下二十五位学生参赛，一辆校车都塞不满。

带队老师赵远阳不认识，老师在车上给每个学生发了准考证，交代道：“考试很严格，记住，你们代表的是我们一中，是整个学校，考场有监控，千万不能作弊。另外，不允许提前交卷，做完了就检查，检查到考试结束。”

校车上，互相认识的同学在相互看考场，一共只有四个考场，不少人都被分在了一起。

赵远阳戴着耳机闭目养神。

一想到等会儿考完试，下午还要回学校上课，他就郁闷得不行。

看他在休息的模样，也就没人找他说话。等到了目的地，下了校车，张凝给他比了个“加油”的手势。他微微一笑：“你也加油。”

考场外面贴着一张巨大的标语：可提前半小时交卷。

进考场前，他收到了霍戎鼓励自己的短信，说中午吃好吃的。他正想回复消息，手机就被监考老师收走了。

考试整整两个小时，包含听力，和平日考试差不多，但是难度比平时大很多。

整个考室里，都是每个学校的外语尖子生，有的人准备过，有的人是完全没准备，但考试氛围很好，没有打盹儿的，也没有玩笔的，更没有在草稿纸上乱写乱画的。

赵远阳也一反常态，很认真，他做英语题一向做得快，就是俗称的英语思维。有些学生在看见题目后，会在脑海里飞快地分析，转换成中文再填写答案，他不用，他不需要这个过程，自然就下笔如有神了。

等听力开始时，他都做到第三页了，大部分学生才写到第二页。

听力题对赵远阳来说就更简单了，完全不用思索。

全部答完后，用时不到一个小时。赵远阳百无聊赖地检查了两遍试卷，改了两道错题，觉得这次自己应该可以考满分了。

不是满分至少也有一百四十九分了吧。

反正很牛。

他偷偷看了一下别人，嗯，都还在做题，全部没他快！这让他觉得非常过瘾，终于轮到他在考试场上欺负别人了！

时间一到，赵远阳就起身交卷。他从讲台上的篮子里找到自己的手机，一边开机一边往外走。

学校带队的老师就在考场外面等着，赵远阳跟她打了一声招呼："老师，我就不跟着校车回学校了，我家里人来接我了。"

他说着，指了一下在外面等着的霍戎："我吃完饭下午直接回学校。"

那老师看了一下外面等待的"家长"，继而拿出名单："你是哪个班的？什么名字？你怎么提前交卷了？我不是说了不允许提前交卷吗？！"

赵远阳报了自己的班级和名字，漫不经心道："您说话的时候我在听歌，没听见，我做完就交了。"

老师看他胸有成竹的样子，也不知要说什么了，只好问："考试难度怎么样？"

赵远阳一副自信过头的模样："很简单。"

"简单？不可能吧。"

赵远阳满脸真诚："不信您等一下问后面出来的同学。老师，我先走了。"

他走向霍戎，二人上了车，霍戎问他考得怎么样。

赵远阳一副谦虚的模样："我也不知道，我觉得好简单，结果考室里的人都做得好慢。"

他叹了口气："也不知道能不能拿满分。"

"别担心，我家阳阳这么棒，你不拿第一谁第一？"霍戎很配合地恭维赵远阳。赵远阳想听什么话，他就说什么话。

赵远阳听得笑眯眯的，觉得霍戎是世界上最好的人。

他们走后不久，终于打铃了，考试结束。

参加考试的学生就是市里几个高中的学生，蜂拥般走出来。

带队的女老师问学生："发挥得怎么样？题目难不难？"

学生回答说："感觉不太好，题目有点儿难度，完形填空很难，而且听力念得特别快，都没听清楚就过去了……"

老师又连续问了几个，都说发挥一般，试卷有难度。

这下老师基本可以确定，那个提前交卷的赵远阳同学，百分之九十的可能性是都不会做，随便做完了就出来了。

考试成绩要等一周才会出来，到时候会在该竞赛官方网站上公布成绩，学校会通知班级老师，再由老师通知学生。

禹海市赛区的比赛晋级了，还有省的，层层往上，最后是全国总决赛。

能走到全国竞赛的，全省就那么几个。

又上了几天课，放假前，公布了月考成绩。

赵远阳有一堂缺考，名次退步了很多。

老余跟他谈了一下，问他缺考原因，他没说。

下午一放学，老余就来教室里宣布放端午节假了，让同学们假期注意安全："夏天快到了，去海边的时候尤其得注意，去年我们学校就有一名学生在海里出意外了。这种案例每年都有不少，这告诉我们不要一个人去海边，有禁区标志的地方不准靠近。"

赵远阳听见他说的话，脸色不由得微微发白。魏海没注意到他的异样，不以为然，还歪着脑袋问他：“你端午节三天都不在吗？去不去游泳？”

“我今晚就走，可能后天回来，但是不游泳，我怕水。”

魏海微微一愣。

赵远阳以前是不怕水的，因为他怕冷，所以很喜欢泡温泉。

他换个话题：“远阳，我的生日派对，你要赶回来哦。”

“我尽量赶回来。”但是往返的飞行时间都超过二十个小时了，能赶回来上课已经不错了。

“房子我帮你换了锁，密码没变，我去清理的时候，那里有很多你哥哥的人，看着不怎么善良……他是不是混社会的啊？”

“他长得是有些像……但他是好人，不是你说的那个。”

好人？

魏海觉得赵远阳那个哥哥一点儿也不像什么好人，但当着赵远阳的面，他不好说什么。

“对了，等端午节收假就要开庭庭审了，他们给自己请了辩护律师。不过那律师不行，估计只会拿我打人的事做文章。到时候我们得出庭。不过远阳，你放心啊，我已经问过了，二三十年刑期起步，这没有悬念的。说真的，我活到现在都没见过这么不要脸的人，没地方住居然正大光明住你家去了！”魏海很不文明地呸了一口，以表达他的愤怒。

赵远阳跟他说了声“谢谢”。

其实当初很多人都提醒过他，周淳不是好人，结果他义无反顾地相信周淳。因为在他小的时候，周淳的确对他很好，可以说是看着他长大的。

不管别人怎么说，他只相信自己的眼睛。

事实证明，他的眼光真的不怎么样。

放学后，赵远阳回家随便收拾了点儿东西。他是个讲究的人，但是又很懒，觉得出门带很多东西很麻烦，所以他一向是到了当地再买新的。

他就收拾了两条内裤，放在盒子里，装进书包。不仅如此，他还装模作样地往书包里揣了几本书，美其名曰，在飞机上的时间不能浪费，得学习。

他是个爱学习的好学生。

霍戎看见他的相册——这相册，是他从别墅里拿过来的。

他翻了一下，看见了小时候的赵远阳，像个小姑娘，五官精致，还扎小辫子。

赵远阳一看他居然在看这个，伸手一把夺过来，凶道："不准看！"

"为什么不给哥哥看？"

赵远阳很霸道："反正就是不许！"

里面有赵远阳小时候的黑历史，还有"中二"时期的照片，太丢脸了。他想一把火烧了，又舍不得，觉得是很珍贵的回忆，不高兴了可以看一眼，保证马上笑出声。

他留着做纪念没问题，但是霍戎想要看，就不行了。

赵远阳越不让他看，他就越感兴趣，哪怕他曾经在资料里看见过赵远阳的过去，也很想翻翻这本相册。

赵远阳一把将相册塞进抽屉里，接着扭头问他："哥，在你的飞机上我可以打游戏吗？就打那个电玩。"

霍戎说："做什么都行，当成娱乐场所唱歌都没问题。"

"唱歌就算了，我就想打游戏，不然太无聊了。"

霍戎说："你不是带了书吗？"

赵远阳瞪着双眼，理直气壮道："书要看，游戏也要玩，劳逸结合。"

飞机是霍戎的私人飞机，他想怎么折腾都行，蹦迪都没问题。

但通常情况下，赵远阳都是一觉睡到旅程结束的那种人。

飞机平稳地飞行后，他们先吃晚饭，吃完饭后，霍戎就陪赵远阳打游戏。

等他玩游戏玩累了，也就困了，更没心思看书了，洗漱后便直接躺下睡了。虽然飞机上噪音不大，但还是很影响睡眠。

他戴上耳塞，抱着手臂睡觉。

霍戎就坐在他旁边，给自己开了一盏小灯。

接着，他拿出一本厚厚的相册，正是赵远阳藏着掖着不让他看的那本。

要是赵远阳现在没睡着，一定会跳起来踩他的脑袋。

霍戎一页一页地翻看，相册是整理过的，可能是赵远阳的母亲整理的，从宝宝照开始，一直到十五六岁的少年时期。

赵远阳似乎从小就爱拍照，镜头感很好，还是个宝宝时，就抱着脚往嘴里塞，眼睛又大又明亮，他的笑容让霍戎也忍不住跟着笑。

霍戎扭头看了一眼面前的赵远阳，他变了很多，但从他小时候的五官就能看出长大后的俊秀模样了。

再往后翻，阳阳宝宝一岁多了，会走路了，但是摔跤了就趴在地上哭。

他的嘴巴向下撇着，眼睛可怜巴巴地望着镜头，一副“我不高兴，快扶我起来，扶我起来我就原谅你”的模样。

和长大后一模一样。

赵远阳小时候是个调皮鬼，十岁以前，经常上房揭瓦，惹是生非。

小朋友再大一些，也爱惹是生非，会在学校里打架。但赵远阳打架的原因，要么是这个男同学说他像女生，要么是这个人欺负了别的小女生，他很有正义感，要帮人讨回公道。

他从小就讨女生喜欢，也讨男生喜欢，就是皮。

但每次一有人说他好看，像女孩子似的，他就把人打得鼻青脸肿，把人牙齿都给打掉了，一边揍一边凶悍地问：“说！我还像不像女孩子？啊？”

家长找到老师，当面跟赵远阳对峙。

赵远阳嘴硬，不提原因，只说：“我就乐意揍他！”

上初中的时候，也不知道赵远阳跟谁学的，穿着打扮和行为处事都极其“中二”，“中二”到令人发指。

初中就去染发、抹发胶，牛仔裤上捆着裤链，还穿吊裆裤，戴个骷髅头吊坠，表情嚣张跟个二五八万似的，可以说是非常讨打了。他走在路上家长都会给自家小朋友说：“以后千万别学这种人。”

即便是这种打扮，他仍旧是女生眼里的白马王子。这年代，就流行他这种热血高校风格的穿着。

赵远阳为了赶时髦，什么都往时尚前沿靠，还特得意，觉得自己很牛。

他要是回想起来，会觉得那些女生估计全部瞎了。

后来，和魏海交了朋友后，他的品位直线上升，开始爱上破洞裤，不穿吊裆裤了，也不弄什么哐啷响的裤链了。

直到外公把他接走，他跟外公住了一段时间再回来，家庭又发生剧变，导致他整个人都发生了翻天覆地的变化。

但是和现在这个赵远阳……

霍戎看向躺着睡觉的少年。赵远阳睡着的模样带着孩子气，五官长开了，但睡着时，似乎又回到了小时候，因为他睡觉的习惯不好，导致他嘴里总是有空气鼓着，腮帮就鼓着，嘴巴也嘟着，和小孩子睡觉的神态一模一样。

霍戎忍不住伸手轻轻地点了一下他的鼻尖，心里很安稳。

“阳阳。”他轻轻地喊了一声，估计是塞了耳塞的缘故，赵远阳睡眠深，听不见别人在叫他，半点儿反应都没有。

赵远阳一觉睡过去，结果到了目的地，还是晚上。

这下他睡不着了，迫不及待想去把东西都找出来。霍戎不知道他要找什么，就问他：“找什么？我帮你。”

赵远阳说：“我上次不是打碎了你一盏灯吗？我说了要赔给你的，赔十盏！”

霍戎一怔：“阳阳，哥不是给你说了……”

赵远阳打断他：“我不管，那就当我送你的吧。”

尽管只是一盏灯，但霍戎书房那盏灯，不是随便去灯具店买一盏就行的。

赵远阳刚睡醒，精神很好，哪怕现在是黑夜，他也不愿意休息。

霍戎只能陪着赵远阳，去他外公那个年近古稀的老宅子里寻找台灯。

赵远阳的外公喜欢收藏古董和艺术品，晚年时，把所有积蓄都花在这上面了，像灯这种精美的小玩意儿，也是他收藏范围内的东西。

别人或许不知道这些灯的价值，以为顶多就是盏漂亮精致些的灯。灯而已，能有多昂贵？但赵远阳是知道一些的。

他一开始也不懂，后来自己慢慢学习，把这些东西的来历和价值都摸清楚了后，自己也具备了一定的鉴定能力。

不能说是行家，但也不是以前的外行了。

赵远阳把外公老宅子里所有的灯具搜罗起来，让霍戎打包运上飞机。

霍戎让他停下："阳阳，你这个习惯不好，你知道自己送的是什么吗？"

赵远阳摆手，一副主意已定的模样："管他什么呢？我又没送给别人。"

灯再珍贵又如何，反正他是送给戎哥，又不是外人。

"真送我了啊？"霍戎盯着他的眼睛。

"你烦不烦？送你了，送你了，别问了，都是送给你的。"赵远阳不耐烦，让他等着，"你坐在这里等我一会儿，我再去找个东西。"

赵远阳让他等着，他就坐在沙发上等，等赵远阳走后，他才站起来，在宅子里转悠，不动，只看。

房子老了，虽然保养得当，但赵远阳上楼的时候，木楼梯还是会发出咯吱的声音，这种声音让他每一步都走得极为缓慢。他上了楼，东翻西找，最后把自己想找的东西全部找到了。

一些图纸能折叠放书包，一些则不能，要卷起来放在防潮画筒里，再带走。

赵远阳把东西都收拾好，又塞了几个小东西在书包里，正准备下楼梯时，灯突然灭了。宅子老旧，线路突然坏掉，导致停电，是常有的事。

黑灯瞎火的，赵远阳什么也看不清，只知道前面就是楼梯。他摸索着楼梯扶手，但是没敢往下走。

"哥，你在吗？"他在黑暗里喊了一声，郁闷极了。

这时，他听见了脚步声，霍戎道："我在，别动，我上去接你。"

赵远阳"嗯"了一声，手在书包里摸索着手机，但他装的东西有些多，不知道手机落到哪个角落去了。他不怎么怕黑，只是房子太老了，房子是古董，里面的很多物件摆设也全是古董，年份久远，有股阴森的味道。

这是让他有些害怕的原因。

他需要照明才能看清，但霍戎不需要。

他听见赵远阳的声音，就能判断出赵远阳在哪里。

赵远阳听见他靠近的脚步声，听见他上楼梯时发出的咯吱声，心一下子安稳许多，他的手掌抓着楼梯扶手，对着正在上楼的黑乎乎的影子道："我在这儿。”

“看见你了。”霍戎夜能视物般，抓住他的手腕。

哪怕霍戎牵着他，他也不是很敢往下走。他看不清，若是一步下去踩滑了，就会连累霍戎。

霍戎不由分说，扶着他，沉声问：“你要找的东西都找到了？”

赵远阳轻轻地“嗯”了一声：“找到了。”

从窄小的楼梯下去后，赵远阳才放下心来。

在什么都看不见的情况下，霍戎显得非常可靠。

外面的草坪上停着车，车灯透过窗户，给屋子里提供了一些光亮。这下，赵远阳终于能看清了，霍戎也看见他背着几个长长的画筒，问道：“是画？”

赵远阳轻轻地“嗯”了一声。

“我已经让人去抢修电路了，阳阳，晚上要不要就住在这里？”霍戎道。

赵远阳不困，但霍戎说了，他也就点头：“我的房间在那边，但是很久没住，没整理。”

“整理起来很快的，我们先等来电吧。”霍戎拍拍赵远阳的肩膀，取下他背上背的东西放在一旁。

赵远阳不知道突然想到了什么，问他：“哥，我可不可以问你一个问题？”

“问吧。”

“那我问了，你要老实回答我，不可以骗我。”只有一丝照明的黑暗里，赵远阳的眼睛亮着光，注视着霍戎，“你当初为什么……为什么要来当我的监护人？我对你毫无价值吧？”

像霍戎这样的人，是有着商人的本性的，什么都讲求价值和利益。

赵远阳想过很多次这个问题，霍戎和他外公的关系真的好到那种程度吗？难道不是由利益维持起来的交易关系？居然好到可以帮他接手变成孤儿的孙子，而且还是远在国外的外孙。

说完，赵远阳就有些后悔了，霍戎对他是真好，好到没话讲，再也不会有人对他这么好了。而他这种问法，等于赤裸裸地把怀疑摆在明面上，等于他不信任霍戎，明明他们的关系已经非常好了。

霍戎沉吟了一下，唤道：“阳阳……”

“算了，算了。”赵远阳突然打断他，“我不问了，我又不好奇这个问题了，反正你对我好是真的，我知道你很好就行了。”

霍戎瞒着他的事，又不是一件两件，他必须要抑制自己的好奇心，俗话说，好奇心害死猫，他还是什么都不要问比较好。

赵远阳这个问题让霍戎有些措手不及，而他后来的反应，也让霍戎没想到。

霍戎低头道：“阳阳，如果你想知道，哥可以告诉你。”

赵远阳皱眉：“我不想知道，我外公在天上看着你呢。”

霍戎低声笑道：“看着就看着吧。”

这里对于赵远阳，或许是异国他乡，却是霍戎从小长大的城市。

赵远阳第二天就独自上了飞机，霍戎有事留下，不能陪他一起回去。

那些灯完好无损地运到家里，占据了整个客厅的桌子和地面。

赵远阳最不喜欢整理了，偏偏这些又是易碎品，他一个人也不想整理，于是就那么放着。

他睡了半天，下午就是魏海的生日派对。

因为上次魏海让人去他家别墅清理，却发生了那样的事，魏海二哥就知道了，然后专门给他准备了一套带泳池的别墅，让他开派对。

赵远阳也给魏海买了条牛仔裤，出门前，他又弯腰在客厅地上挑了盏台灯，抱着过去。

魏海接到电话，知道赵远阳回来了，还要来参加自己的生日派对，很高兴，就在门外等他。

他朋友多，派对很吵。

赵远阳下了车，把装在礼盒里的牛仔裤给他，又把灯给他。

他直接抱着台灯过来了，连包装都没有。

魏海倒是挺开心，说把它拿来当成床头灯，回去就放在床头。他带着赵远阳进去：“你就待在这里吃蛋糕，或者去楼上，后面是泳池，你怕水，就别靠近了。”

赵远阳点头，注意到魏海这天戴的耳钉，似乎是自己以前送给他的。

别墅很宽敞，后院和屋子之间没有墙，包括地面的台阶上都有着十多厘米深的水。赵远阳必须得非常注意脚下，才能不踩到水。他看见有几个女生在泳池里玩水，泳池边上，请了支摇滚乐队在弹奏一些他听不懂的音乐。

环境十分嘈杂。

在灯光下波光粼粼的蓝色水面让赵远阳感觉非常不适，他别开眼，不敢低头往脚下看。

迎面走来几个人，赵远阳看着面熟，但忘记是谁了。那些人问魏海：“谁给你送的灯啊？生日怎么送灯？这灯怪好看的，就是有点儿旧。”

赵远阳有些眩晕，听别人说话都听不清楚。他快步走到楼梯上，手扶着墙：“四海，楼上有房间吗？我有点儿累，想休息一下。”

魏海抱着那盏远渡重洋的灯：“有房间，打扫过的，我带你上去。

“差点儿忘记你怕水了，是看着水就怕吗？”

赵远阳点头，缓缓地上楼梯：“会晕。”

“我以为你不回来了，怪我。”他把赵远阳带到一个房间去，结果一推开门，里头有人。他立刻拉上门，换了一个房间，再把灯放在床头，打开，夸了句：“这灯好看，像什么……有点儿北欧风。”

赵远阳靠在床头，笑道：“就是从欧洲带回来的。”

“你先休息，我给你拿个蛋糕上来，你还吃什么吗？”

赵远阳揉着太阳穴：“就吃点儿蛋糕。”

魏海点点头，让他休息，接着把门关上，过了几分钟又上来，给他拿了蛋糕和饮料：“饮料没有酒精，放心喝。”

赵远阳随便吃了两口就吃不下了，闭着眼睛靠在床上休息，房间很安静，隔音很好，几乎听不见外面的嘈杂声。

赵远阳眯了会儿，精神就回来了一些，他是看见那么多水才不舒服的，但只要一避开水池，过一会儿就没事了。

正当他休息的时候，门却突然被人推开了，不知道是谁进来了。

房间里只有赵远阳一个人，魏海给他把吃的喝的拿上楼后就又下去了。

赵远阳没睡觉，一听见动静就立刻睁开眼。

屋子里没开灯，就只有旁边这盏他送给魏海的灯开着。

进来的是个男人，约莫是喝醉了，走路摇摇晃晃，一下子跌在床上。

赵远阳立刻摸出手机发短信，这天是家里的司机送他来的，现在就在外面等他。

他坐起来，准备下床穿鞋出去，但这时，那个喝醉的男人突然从床上爬起来，抓住他的脚踝："老婆，别走……"

赵远阳立刻有一种被蛇缠上身的感觉，恶心坏了，立刻抽出脚来："滚开，你认错人了！"

他正要飞起一脚踹过去，男人突然大喊一声，满身酒气地欺身上来，愤怒地大骂："敢对老子说滚？你知道老子是谁吗！"

醉汉躺在地上大喊大叫："瞎了你的眼，老子是魏淮！"

赵远阳愣了一下，随即反应过来，魏淮是魏海的三哥，很浑的一个人。但无论他怎么犯浑惹事，背后都有他爹替他买单，魏海比起他这个哥哥，就是个乖宝宝。

魏淮看他没说话了，当他怕了，所以不敢出声，于是从地上爬起来，抄起旁边的灯要打他，嘴里说："呵呵，现在知道怕了？"

赵远阳知道他是魏海的三哥后，原本不想跟他继续纠缠，结果看见他抄起了自己送人的灯，当即怒火中烧，一把抓住他的手腕，力气很大，要他把灯放下。灯被他拿了起来，电源就断了，整个屋子里黑漆漆的，他跟赵远阳争起那台灯来，嘴里骂着："你还敢反抗！"

喝醉酒的人力气很大，加上赵远阳不想打碎灯，一下子连人带灯，栽倒在地上。灯先碎，碎裂的声音很大，继而赵远阳倒了上去，发出一声疼痛的闷哼。他的手还揪着魏淮的衣领，身上疼得不行，他最怕疼了。此时他倒在一堆碎瓷片上，感觉有碎瓷片扎进肉里，疼痛让他的太阳穴一跳一跳的。

灯碎裂的动静太大，赵远阳头晕目眩地躺在地上，很快听见有人进来了。

进来的人是赵远阳的司机和魏海，司机收到赵远阳的短信，就把车开到了门外，但是赵远阳一直不出来，他是敏锐的人，察觉不对劲就立刻进来，但他不知道赵远阳在楼上。

他在楼下飞快地搜索一圈，都没找到赵远阳，这时，他看见了泡在泳池里的魏海。

他也不管魏海是不是寿星，一把将他从水里拎出来，问他赵远阳的下落。

二人刚推开门，就看到这一幕。

赵远阳后背是血，地上也全是血。

司机当机立断，扛起赵远阳就要走，他开车的速度比等救护车过来要快很多。他走得快，魏海被画面刺激了一下，回神后追出去，喊道："远阳，远阳！"

赵远阳被人扛着，有气无力地跟他说了一句："你快叫救护车，里面那个是你三哥。"

魏海的脚步顿住。

那个猪头是魏淮？！

赵远阳趴在后座，冷汗涔涔，这会儿才真实地感受到了到底有多疼。他一直是个很怕疼的人，但是又爱逞强，脾气倔，吃不了亏。摔在碎瓷片上有多疼，他现在算是尝试到了。

他的第一反应居然不是求救，而是把那个害他这么疼的人抓起来，满脑子只有一个念头，就是他不能比别人惨。

所以他揪着魏淮的衣领，把魏淮摁在碎瓷片上后还不算完，还要疯狂地揍他的脑袋。

此刻，他回过味来了，趴在汽车后座，叫着疼。但司机可不是霍戎，不会体贴他，也不会安慰他，而且一句话也没有。

赵远阳呜咽着："喂，你没跟你老板打报告吧？"

司机不说话，沉默在车厢里蔓延。

赵远阳持续喊着疼："你打报告了吧？他是不是要回来了？喂，问你呢！你叫什么啊？"

一边疼一边还话这么多的，恐怕也只有他了。

若是现在赵远阳能看见自己后背的惨状，估计就没那么多精力叫嚷了，但是说话能转移他的注意力，也就让他暂时被麻痹了神经，觉得自己应该没伤得多严重。

车子开得飞快，没过多久就到了医院。

赵远阳这时已经没力气叫唤了，疼得晕了过去。

等他醒来，黑夜已经更迭成白天了。

赵远阳趴在床上，脖子扭了一下，眼里映照出周围的陈设，不是医院——他回家了。

他想动弹，但后背有股撕裂般的疼痛感，他什么也做不了，只能转动着眼珠。

“阳阳。”霍戎看他醒了，便走到床边，“别动，你背上有伤。”

赵远阳听见霍戎的声音，委屈得要哭出来了。他艰难地移动手，把手递给霍戎，呜咽着：“哥，我好疼啊。”

霍戎拉着他的手，安慰道：“忍忍，想吃什么吗？甜的？”

赵远阳觉得嘴里苦，便嚷着：“糖，我要吃糖……”

霍戎要去拿糖，赵远阳却拉着他，不让他走，哼哼道：“你不许走，我这么疼，不准走。”

“哥不走。”霍戎坐在床边。

他刚回来不到一个小时，得知赵远阳出事了，就立刻赶回来了。

过了会儿，有人送糖过来，赵远阳含着糖，侧头看着他：“我的伤严重吗？你拍张照片给我，我想看看。”

霍戎看着他惨不忍睹的背，摇头道：“不严重，别看了，阳阳。”

赵远阳“啊”了一声：“你不肯拍给我看，那肯定很严重了，是不是有很多伤口？那以后好了，不是会有很多疤痕？”

霍戎没敢跟他说，除了背，他的脚也有伤。

当时赵远阳没穿鞋，为了自卫跟人扭打在一起，他当时估计太亢奋了，意识不到自己伤得有多严重。

霍戎用力握着他的手腕：“疼就叫我。”

赵远阳半闭着眼，有气无力道：“疼，好疼啊……”

他是真疼，不是无病呻吟，比胃病犯了的时候还疼。他那时候胃病很严重，什么止痛药都不行，霍戎就让医生给他打止痛针。

赵远阳疼得出了汗，甚至想要霍戎再给自己来一针止痛针。

他突然想到：“我伤得这样严重，是不是不用上课了？那我这几天都不用读书了，是不是？”他说着，眼睛倏地亮起来，就像中了彩票似的。

霍戎不禁失笑：“嗯，不用读书了，不过你至少要躺半个月。”

赵远阳笑着说：“太好了！对了……我明天是不是要出庭？”

他有伤，不就得推迟庭审了？

“不用出庭。”霍戎抚摸着他的头发，“判决书下来了，判了四十年。”

赵远阳高兴了：“那……那个，昨晚那个谁，他是不是比我严重？”

听他说到这个，霍戎的眼神倏地冷了起来，手有一下没一下地轻轻摸着他的脑袋：“嗯，比你严重多了，在重症监护室。”

原本赵远阳的伤害是没这么大的威力的。

在赵远阳狠揍了魏淮一顿后，魏淮刚送到医院，又让仇家给打了一顿，这次，直接推到重症监护室去了。

如此一来，阳阳和他那位好朋友的关系，应该会受到不小的影响吧？这件事情不像表面上看起来那么简单。

魏海请赵远阳去参加生日派对，原本派对举行地点是在赵远阳的那幢别墅，后来却换成了魏庭均提供的泳池度假别墅。

泳池很大不说，整个一楼几乎全是水。

“啊？”赵远阳扭过头，眼里有一丝后悔，“这么严重啊？我……哎，哥，你把我的手机给我，我给四海打个电话。”

“你的手机没电了，充会儿再给你。”霍戎看着赵远阳，若有所思道，“你怕水的事，还有谁知道？”

赵远阳想了想：“你知道，四海知道，然后……没了。”

“怎么了？”他望着霍戎。

“没事。”霍戎笑了笑，起身把手机给他，帮他拨了号，又给他开了免提。

终于联系到赵远阳的魏海，可算是松了口气：“远阳，你怎么样了？好点儿没有？严不严重？你在哪个医院？”

“我没在医院，在家，不是很……嗯……有点儿严重，你三哥……”赵远阳抓着霍戎，垂下眼，“对不起啊，我下手不该那么重。”

魏海沉默了下，才说道：“他有错，我也有错，我不该放你一个人在楼上，明明知道你怕水，还用泳池别墅开派对。你要是出了什么事，我罪过就大了，我下午过去看你吧。”

魏庭均把别墅给他用时，先说的不是开派对，而是让他带朋友去玩。

魏海就说不玩，赵远阳怕水。

魏庭均便让他叫其他朋友，还提议：“小海，不然你到时开生日派对用吧？”

魏海心想赵远阳要出国，多半赶不回来了，就答应了。

没想到出了这样的事。

赵远阳运气好，没伤到神经，魏淮就惨了，伤到了神经，伤势比赵远阳严重很多。

赵远阳没往深处想，他知道魏家老三浑，不知道这件事其实还有隐情，他是被人给算计了。

他怕疼怕得要命，一天都不得安生，拉着戎哥不让他走，直喊疼。

霍戎看他又出了冷汗，拽着自己的手很用力，可怜巴巴的模样，就给他吃了点儿止痛的药。但又不敢过量，所以他还是疼，他挣扎在药性和疼痛里，迷迷糊糊睡着了。

哪怕睡着了，他也不肯放开霍戎。

霍戎心疼，心想他什么时候吃过这种苦，生个病都那样要死要活了，更别提这么严重的伤势了。

他坐在床边，一刻不停地守着赵远阳。

趁着赵远阳睡着，霍戎给他换了一次药，脚上的伤不重，没有背上严重。

这样的伤，放在霍戎身上，两天就能痊愈，但放在赵远阳身上就严重了。

止痛药剂量不大，药性一过，赵远阳又被疼醒了，趴在枕头上叫唤："我想上厕所。哥哥，哥哥，我要上厕所。"

"疼成这样还话痨？"

他一个人嘀嘀咕咕，自言自语，这种行为能够有效地分散他的注意力，缓解他的疼痛。

霍戎进来的时候，就听见他一口一个"浑蛋"，不知道对着什么东西在骂，总之骂得很起劲。

他走到床边："阳阳，我帮你向你们老师请假了，他说你的英语竞赛成绩出来了。"

赵远阳心里激动，表面却淡定地瞥着他："多少分？"

"一百四十八分。"

赵远阳一副果然没有考满分的可惜样，霍戎很上道地安慰他："虽然没有得满分，但也是最高的了，有人和你分数一样，但是没有比你更高的。"

赵远阳还是一脸可惜。他生病了，不能去学校听老余在班会上表扬他，然后看全班同学目瞪口呆的表情了。

下次的比赛在六月，赵远阳过了这关，还有两关要过。

下午七点左右，魏海过来探望他。

他爹很生气，骂他交的都是什么朋友，他只是反驳了一句，他爹就骂："什么玩意儿？你哥都快死了！"

魏海很不舒服："你不准去找他麻烦，再说了，这又不是他的错，三哥自己犯病欺负别人，他活该被打。"

他爹气得心肝疼，继续骂他："你个没良心的，那是你哥哥！胳膊肘往外拐！"

魏海来看望赵远阳，是自己打车过来的。

赵远阳看不见自己的伤，魏海却能看见他背上缠着一圈圈绷带，太惨了。

魏海问他疼不疼，他坚定地说不疼，表情非常硬汉："这有什么？"

魏海很内疚："对不起，我不应该让我三哥来的，你别怪他。"

明明赵远阳是伤势轻的那个，魏海却觉得赵远阳更可怜一些，至于他三哥，他觉得是罪有应得，自己不检点，怪得了谁。

他爹骂他那句"胳膊肘往外拐"，还真是没骂错，连霍戎都对他刮目相看，他亲哥都进重症监护室了，居然和赵远阳之间一丝裂痕都没产生？

"我怕我爸找你麻烦，你住家里好，别住医院。唉，我回去再给他说说。"

赵远阳不怕报复，觉得只要魏海没怪自己就好。魏海接到电话，要走时，赵远阳还指挥着戎哥，让他搬盏灯来，让魏海拿回家。

"那盏碎了，再给你送盏新的。"赵远阳满脸真诚道。

魏海哭笑不得："远阳啊……"

"你拿回家，要是你爸要打你骂你，你就拿这个往他头上招呼。"

魏海点头："好。"

霍戎把他送出去，冷漠地让他自己出去打车，而不是让家里的车送他。

"你回去的时候，转告魏庭均，让他在轮椅上等着，他最好是真的残疾，不然我不介意让他真的废掉。"霍戎冷声警告，声音里含着冰碴子般，几乎把魏海冻在原地。

魏海瞪大眼睛看着他，眼里有愕然。

霍戎不作解释，淡漠地转身回去。

魏海不是笨人，霍戎一说，他才意识到，或许里面有什么问题。

霍戎一回去，赵远阳在魏海面前装出来的硬汉样就又不见了，可怜兮兮地伸着手。

"阳阳——"霍戎坐在床边，捏他的手心，"下次不许拿我的灯送人了。"

赵远阳反驳道："那又不是你的灯，是我的，我送给你的。"

"是啊，你送给我了，就是我的灯，不是你的了。"

赵远阳哼了一声："上次是谁说的，不让我赔，说你的东西就是我的，现在反悔了？"

霍戎没有半点儿脾气："那是你送给我的，不允许再送给别人了，知道吗？"

赵远阳不说话。

霍戎叹气："不许有下次了。"

赵远阳抖了一下，认栽："哦，我知道了。"

他这会儿才觉察出来脚也有点儿疼，才想起来自己没穿鞋就踩在瓷片上了。

幸亏他聪明，第一时间叫了人，不然没人知道他在里面，他的伤势只会更严重。

赵远阳休养了几天，总算可以下地了。但他不是很想走路，觉得脚疼，穿软绵绵的拖鞋也疼。他那样，霍戎也不可能抱他，怕伤到他的后背，所以干什么都要坐轮椅。

他一直不愿意走路，心里有阴影，总觉得会疼，霍戎为了让他下地走路，用了很多方法，最后他才勉强同意试试。

不是多严重的伤，却因为赵远阳的心理问题，克服不了。

霍戎搀扶着他走，走得很慢很慢，慢慢地，他就恢复如常了。只是后背的伤还没彻底好，他不能洗澡，霍戎也不允许他洗澡。

等伤口结痂，霍戎每天给他涂药，不知道是什么药，非常难闻，和他心里想的那种名贵的祛疤药完全不同。

他知道自己后背有伤，很难看，他要求看一眼，霍戎却不让他看，很霸道。

在养伤这件事上，赵远阳必须什么都按照他要求的来。

赵远阳实在好奇，偷偷照镜子，被自己吓了一跳。他数了一下，受了不小的惊吓："我的天，这么多……"

他担心死了，问霍戎："我的伤好难看，会不会留疤？"

霍戎让他放心："不会让你留一点儿疤痕的，哥哥身上也有很多伤，现在都看不出当初受过伤了。"

他脱掉上衣，给赵远阳看："但有时条件差，不能妥善处理，这些伤痕就是永久性的了。"

他后背有许多大大小小的伤口。

赵远阳心疼得要命，看着他的伤口，似乎能感受到他当时有多疼痛难忍。

霍戎看着他，看他的眼泪突然流下来，愣住："阳阳，怎么哭了？受这么重的伤你都没疼哭，怎么现在哭了？"

说来也奇怪，赵远阳这么怕疼的人，在受伤的时候居然没哭。后来霍戎回来了，他就委屈得眼泪打转，却也还是没哭。

霍戎给他换药的时候也是一样，非常能忍。

他罕见的坚强让霍戎都刮目相看，帮他把眼泪擦了，他还是哭，哭个不停。霍戎不敢拍他后背，怕弄疼他，但又实在想安慰他，就虚虚地拢着他，哄道："是不是后背疼了？还是脚疼？阳阳，不哭啊。"

赵远阳哽咽地"嗯"了一声，说："我背疼。"

可他的伤明明已经好得七七八八了。

这段时间，赵远阳一直没去上课，心里丝毫不见着急，抓紧时间在家里玩。

等到伤终于好了，他去学校上课，才发现老师讲的东西他完全听不懂了。

虽然他来上课了，但魏海没来。

有女生主动把笔记借给他，他第二天就给她送了很多零食，谢谢人家的笔记。

老余火速得到消息，把他喊到办公室，苦口婆心："你们年纪都还小，不成熟，别把人女孩子往沟里带。"

赵远阳无言以对："我感谢她的笔记，给她送点儿零食，没别的意思。"

老余什么都好，就是整天怀疑赵远阳去祸害别的女孩子了。

老余敲打道："没那个意思最好，你高中三年最好都不要谈恋爱，影响你学习。你看你现在的状态还不错，比赛拿个奖，考外国语是可以加分的。"

赵远阳漫不经心地"哦"了一声："知道了。"

他才不跟女生谈恋爱呢，他要是敢跟学校的女生谈恋爱，霍戎会打断他的腿。

老余顿了一下，又开始跟他说补课的事："暑假你想不想补课？"

"补课？"

"对，你学习挺认真，但是基础不好，正好暑假补习一下基础。我平时有关注你的成绩，你的语文比较差，数理化处在平均水平，生物也不太好。”他隐晦地说，“如果你想补课，就给我说，我帮你。”

拿珍贵的暑假去补课？赵远阳是疯了才会同意。

他一口拒绝：“余老师，我不想补课，我暑假有事。”

老余皱眉：“高一暑假不补，高二可就晚了。”

赵远阳还是那副软硬不吃的模样，笑眯眯道：“我没什么时间，太忙了。”

老余无奈地挥手，让他赶紧走。

赵远阳很无辜。他本来就很忙，再说了，让老师来给他补课，那效果能有戎哥补习的效果好？他现在的成绩，可都是戎哥生拉硬扯拽上来的。

第二章

月夜的水面

到了六月，赵远阳英语复赛的结果都出来了，魏海还是没来上课。

省级复赛的时候，正好多考了口试，这口试一开始都没通知，是提前几天才说的，各大学校接到通知的时候都蒙了，不知道要学生怎么办。有些学生做题很厉害，笔试能获得很高的分数，但是一开口就不行了，不说口音问题，说话也会磕磕绊绊的。

或许英语口试对别人来说很难，可在赵远阳这里，就太简单了，标准得不能再标准的英伦腔，对答如流，在一众学生里鹤立鸡群，分数自然超高。

口试和笔试两项成绩加起来，赵远阳居然通过了复赛。

老余在班上说的时候，全班同学看他的眼神都变了。

谭梦佳诧异地问张凝：“他运气这么好？你没过，他居然过了？”

张凝说：“我们平时觉得他贪玩，因为总看他听歌，其实他很努力的。

“他的英语好，考口语的时候我们都不知道该怎么办，抽签抽的题目，我完全不知道要怎么讲，但他就会讲。评委老师问他问题他也能对答如流，问我问题的时候，我就什么都不知道了。”

现在大部分普高都不怎么注重口语，教师水平参差不齐。有些教得好，但英语说出来带着很浓的方言味道。有些老师说着去哪儿哪儿留学过，英语很标准，其实带着一股乡土音，很容易就听出来了。

学生也跟着学，这乡土音学出来，就更不可能标准了。

哪怕如赵远阳所愿，他震惊了全班同学，把他们都吓到了，他还是没多高兴，因为魏海还是没来上课。

赵远阳刚开始给他打电话还能打通，后来就打不通了。

好像是被关在家里了。

赵远阳没途径打听，又实在想知道他怎么样了，只好回去问霍戎，拜托他帮忙打听一下。

霍戎很无奈，但还是告诉他："他什么事也没有。"

想到赵远阳一个人在学校读书，也没有什么特别要好的朋友，唯一一个魏海，现在还出于多方面原因，有转学的风险。

魏海转学了，他是高兴了，可赵远阳就难受了。

霍戎心软了："你的好朋友很好，过几天他就能回来上课了。"

"真的啊！"赵远阳果然立刻喜上眉梢。他对霍戎说的话向来是深信不疑的，霍戎说魏海过几天回学校，那就是这几天的事了。

"真的，哥说的话，什么时候假过？"

果不其然，过了两天，魏海就来上课了，看着没瘦，倒是胖了。

"我爸要我转学，我跟他闹，他就关我禁闭，我就闹绝食。"

"绝食？"赵远阳上下打量他，"那你怎么看着胖了？"

"别提了。"他一脸郁闷道，"我妈心疼我，半夜偷偷地给我送吃的，太多了，吃撑了。"

"那我白担心你了。"

"远阳，你背上的伤好些没有？现在没事吧？留疤没有？"

赵远阳一个个回答他的问题："好了，没事了，没留疤。"

一开始他也担心留疤，后来看见霍戎身上的陈年旧伤，他就不那么想了，觉得有伤疤也无碍。

但霍戎把他照料得很好，限制他做一切可能留疤的事，现在，他背上只有很浅的粉红色印子了，需要一些时间才能彻底消失。

赵远阳看着他："你三哥呢？"

"转到普通病房了，还在养伤，不过没什么大事了。"魏海也看着他，

“幸好你没什么事。”

因为赵远阳那个哥哥跟他说魏庭均在里头掺了一脚，他就傻乎乎地去质问魏庭均了。

装残疾也就算了，魏海不能忍受他利用自己算计赵远阳，最后借刀杀人，险些把三哥害死。

两人彻底闹翻了，魏海把他送的车丢了，现在回家住。家里管得严，每天很早把他送去学校，放学准时来接他，还会打电话向班主任打听学习状况。

现在正好是期末期间，魏海想跑也跑不掉，只能窝囊地在学校里上课。

赵远阳处于复习状态，每天都很认真，像一条拧得很紧的绳子，过得十分充实。他不仅要复习期末需要考试的科目，还得看英语竞赛题。

过了复赛，还得参加全国决赛。

演讲是当场打分，先将演讲视频录下来，再由别的老师复批。

七月初，赵远阳去参加最后的英语竞赛决赛前，老余很重视，提前给他说了很多考试的要点，包括演讲，给了他很多资料：“一般来说都是这几个类型的，环保、教育、现代化……把这些都看看，到时候随机应变，加油！”

他一开始也没想到赵远阳能走这么远，说到底，还是因为省赛的时候，那个突然出现的口试。

提前两三天才通知要考口试，所有人都被打个措手不及，怨声载道。结果赵远阳就是因为口试考得漂亮，总分才能过省赛。

决赛当天，上午是笔试，考室里只有十几个学生，却有三个监考老师，而且还有监控，前后共两个，监考力度很严。

题目很难，比之前的都要难，就是老余说的：是外国人都不会做，都会犯难的题。

用英语来考中国文化，问这句话里的“意思”，和另一句话里的“意思”有什么不同，外国人当然不会做了。

赵远阳也做得很苦恼，腹诽什么破题。

下午则是演讲。

赵远阳抽到题目后，一看居然是“古代艺术对现代设计的影响”，顿时就乐了。

这题目，平心而论，很奇葩。他看了一眼周围人的表情，发现都不太好，有人咬牙，有人紧紧皱着眉，有人跺脚，可能大家的题目都这么奇葩。

只有他眉笑眼开的。

赵远阳抽的号码是排在第二个。

总共只有十四名学生，每人演讲限时八分钟，除了第一个学生给了三分钟的思考时间，剩下的学生都是一个接一个地上。

第一个学生是本市一所很好的外国语学校的学生。这种演讲，他们平日里训练过很多次，校内常常有演讲比赛。但这次的题目实在是奇葩，他从没遇见过这种题目，导致他只能从题目延伸，扯到很远的地方去，讲得好，但不扣题。

赵远阳第二个上去。

这个题目，要是一心读书，从没研究过艺术的，都不可能讲得好。

出这种题目给高中生，显然是为难学生了，但赵远阳早有腹稿，这题目简直是为他量身定做的，他都觉得是老天爷在帮他了，或者是谁给他“暗箱”操作了……不然箱子里那么多签，怎么他偏偏就抽中了这个，只能说是天意。

从东方谈到西方，从米开朗琪罗谈到达·芬奇。

他用最简单的例子，人人都知道的例子，八分钟不带停歇的，洋洋洒洒，抑扬顿挫，加上他长得好，气度更是不凡，演讲起来让人竖着耳朵听，眼睛根本离不开他。

赵远阳讲到最后，都觉得自己变强了，忍不住摸摸自己的头顶，幸好，头发还在。

别人只看他是“男神”，在下面窃窃私语他是哪个学校的。

后面的同学不知道是不是被他震惊到了，一个个都有些目瞪口呆。

赵远阳觉得肯定是。他沾沾自喜，觉得肯定都被他的风采折服了，影响了自身的发挥，所以都表现得很一般。

考完试，老师让他们等学校通知，就放学生们走了。

上了车，霍戎又问他："阳阳，这次考得怎么样？"

赵远阳还是那副谦虚的模样："一般般。"

霍戎笑："拿到了擅长的题目，还一般般？"

"你是怎么知道的？"赵远阳瞪大眼睛看他，"你怎么又知道了？"

他就说怎么可能正好从十几个题目里抽到自己最擅长的那个！

赵远阳的眼神不善起来。

霍戎解释说："不是你想的那样，是你自己抽的签，我哪里还能控制这个啊？阳阳，是你运气好而已。不过，你拿到别的题目，一样能侃侃而谈，一样能技惊四座。"

他的马屁拍到了点子上。

"哦，也对。"

他相信了霍戎这个说法，因为戎哥是不会骗他的，戎哥说没有，那就是没有。

也就是说，那都是他的真才实学！

赵远阳放心了，又变回了那个沾沾自喜的少年。

竞赛结果至少要等到下个月才会出来，在此之前，赵远阳还得参加期末考试。

近日，高强度的学习压力让他在这次演讲后彻底疲劳了，脑子里绷紧的弦也断了。整个人只想躺着，不想读书，不想学习，甚至不想吃饭。

学校放假晚，七月二十五日才期末考试，八月才出成绩，八月底又是新学期开学。

想到半个月后的期末考，他就提不起一丝精神，人蔫蔫的，躺在床上叫唤："我不想去读书，好累啊，我肯定是生病了。"

人没有病，一叫唤起来，就哪儿哪儿都不舒服。

霍戎摸摸他的额头，不烫。

"哪里不舒服？"

赵远阳可怜巴巴地说：“脑袋疼。”

霍戎嗓音低柔地问：“还有哪儿疼？”

赵远阳靠着他，很虚弱：“全身不舒服，背疼，脚疼，旧伤复发了。”

他装着装着，竟然真的觉得浑身都难受了起来。

他一装可怜，霍戎就担心。

虽然知道赵远阳这是学习学累了，导致的“心病”，其实都是作出来的，霍戎可以把他揪起来操练一番，或者去外面骑两个小时马就好了，但还是忍不住担心他。

他靠在床头，柔声问道：“阳阳，要哥哥给你叫医生吗？”

赵远阳超委屈：“不要，我不要医生。”

“那你说怎么办？吃药吗？”

“我想……请假，我都是小病，休息休息就好了。”他的眼睛转了转，终于拐弯抹角地说出了自己的真实目的。

霍戎听了想笑，“嗯”了一声：“那哥哥帮你给你们老师打电话。”

霍戎打完电话回来，发现赵远阳已经从床上坐了起来，头发乱蓬蓬的，望着他说：“我无聊，我可以打游戏吗？生病可以打游戏的吧？”

“不是脑袋疼吗？”

赵远阳点点头：“脑袋疼、背疼、脚疼……全身疼。”

“这么难受怎么还打游戏？”

“就是难受我才想打。”赵远阳坐在床上望着他，厚脸皮地要求，“我还想吃双皮奶，加焦糖的，最好有杏仁碎。”

霍戎“嗯”了一声：“栗子蛋糕吃吗？”

“吃！”赵远阳猛点头，眼睛明亮，“请问我可以打游戏了吗？”

霍戎点头：“去吧，别光脚，穿鞋。”

赵远阳跳下床，在床底下找到了拖鞋。

他连续装病两天，窝在家里打游戏，而后精神抖擞地去学校读书。在学校待了几天，人又变得萎靡不振了。

不过值得高兴的是，期末考试的最后一天，七月二十六日，是霍戎的生日。赵远阳兴冲冲地找出了那一大摞图纸，他也看不懂，上面除了图就是数字，但他猜这里面肯定有霍戎要找的东西。

虽然赵远阳不记得是哪张了，但他知道就在这些图纸里面，他翻了一下，但怎么也看不出有什么不同来。

霍戎自己是从来不过生日的，他没这个习惯，也没跟赵远阳说。

他的生日还是赵远阳自己从他的护照上看见的。

霍戎的真实年龄也一直是个谜。霍戎自己跟赵远阳说只大他十岁，但他某次看见过霍戎真正的护照，才知道霍戎往小说了三岁。

一开始霍戎是为了拉近距离，后来，他又怕赵远阳嫌他老了。

霍戎还不知道，但赵远阳什么都知道了。

不仅知道了，还要给他在蛋糕上放数字“30”的蜡烛，吓死他。

蛋糕是赵远阳去店里定做的，味道是他自己爱吃的。他理所当然地认为，他爱吃的，霍戎必然是爱吃的。

赵远阳想了想，感觉霍戎好像没什么特别钟爱的东西，钟爱健身、骑马……还喜欢和他的西瓜沐浴露同一个味道的剃须水。

于是赵远阳又买了个西瓜回家。

霍戎看见了，根本没往赵远阳其实是给自己买的方向想，还以为是赵远阳嘴馋了。

蛋糕、西瓜，不都是赵远阳爱吃的吗？

霍戎要给他切西瓜，他说热，先放冰箱冻一会儿。

他考试考得又累又热，跟霍戎交代完，就把校服脱了，钻进浴室里洗澡。

赵远阳似乎心情不错，在浴室里小声地哼着歌。

结果他一出来就看见桌上那盘切得整整齐齐、摆盘很漂亮、只用拿叉子叉着吃就行的西瓜，顿时怒了：“你怎么给我切啦？我要切的！”

夏天热，赵远阳洗完澡，穿了身短袖、短裤就出来了。他直奔霍戎，头顶的湿发还在滴水，凶巴巴道：“你赔我西瓜！这是我要切的！”

霍戎不知道他又闹的哪一出，好脾气道：“哥帮你切了还不好吗？”

“不好。”赵远阳心里怨怼，西瓜是他准备亲手切给霍戎吃的，亲自动手，意义就不一样了。

这都是他计划好的，一定得把霍戎感动哭了才行。

结果他洗个澡的工夫，霍戎就把他的第一步计划给破坏了。

“怎么不好了？”赵远阳是只喜欢享受，至于动手的那个过程，霍戎知道他从来是不喜欢的。

“就是不好。”赵远阳很不高兴，手里拿着水果叉，指挥他，“你坐这儿来，坐好。”他叉了块红色的西瓜，放霍戎嘴边。

霍戎不知道他怎么突然这样做，但还是听他的话，张开嘴巴咬住西瓜，眼神却注视着他。

赵远阳刚开始绷着脸，后来就绷不住了：“你吃你的，别老看我。”

“阳阳——”霍戎拉他的手腕，“怎么突然跟哥献殷勤？”

赵远阳黑亮的眼睛看着他：“你真的不知道吗？”

霍戎摇头。他是真的忘了自己生日这回事，也根本想不到这孩子会惦记着。

“我不告诉你。”赵远阳不想跟他解释，等会儿天黑了，给他吃个生日蛋糕，点个三十岁蜡烛，他肯定得感动哭了吧！

霍戎吃着赵远阳买给自己的西瓜，也闻到他身上刚洗完澡的西瓜沐浴露的香气。

他喜欢赵远阳身上的这股味道，于是把剃须水也换成了西瓜味的。

西瓜太多了，霍戎道：“阳阳，你不吃点儿？”

赵远阳摇头：“都让给你吃。”

开玩笑，他是专门买给霍戎的，再怎么想吃他都得忍着。

霍戎笑着：“今天什么日子啊，放暑假？”

“对，放暑假。”赵远阳面无表情道，“我超开心的。”

等见到生日蛋糕上的蜡烛，霍戎这才突然明白过来，赵远阳突然献殷勤是为什么。

赵远阳看他说不出话来了，轻声问：“感不感动？”

霍戎低低地“嗯”了一声。

赵远阳又说："先别急着哭啊，等等，我有东西给你。"

那摞图纸，很多都是卷起来的，赵远阳费了老大劲才把它们整理好，然后摞在一起，压平。他自己的课本书角总是乱糟糟的，让他帮别人整理，还是这么厚厚一摞陈旧卷边的图纸，还真是为难他了。

霍戎看他趴在地板上，从床底下拿出了一堆报纸包着的东西。

赵远阳找不到那么大的盒子，就拿报纸包起来藏在床底下。

霍戎走到赵远阳旁边，看清楚报纸包着的东西时，他的瞳孔猛地一缩。

他的喉结动了一下，看向赵远阳："阳阳，你……"

赵远阳把东西给他："我不知道你喜欢什么，也不知道要送你什么。给你买蛋糕、买西瓜，其实那些都是我喜欢吃才买的。"

他坐在床边的地板上，望着霍戎："你看看，我猜你肯定喜欢这个，我经常看你在看这种东西。"

他强调："如果你不喜欢，也不许还给我，知道吗？"

"谢谢，有心了。"霍戎也坐下来，慢慢翻着那摞厚厚的图纸。他翻的时候，不是看内容，而是摸纸质。

赵远阳说："我也不知道哪张对你有用，但看着又都差不多，就全拿来给你了。"

霍戎现在才想起来，上回赵远阳去他外公家里，除了拿走数十盏台灯，还拿走了几个画筒，装了满满一书包，不知道是什么的东西。

霍戎翻着翻着，终于在其中一张，在赵远阳看来平平无奇的图纸上停住，与往常不同的呼吸频率暴露了霍戎此时高涨的情绪。

赵远阳知道他肯定找到他想要的东西了，轻轻地拍了一下他的手臂："别沉迷了，去吹你三十岁的生日蜡烛。你把蜡烛吹了，就可以切蛋糕了。"

霍戎明白过来，这是赵远阳自己饿了，想吃蛋糕了，就催他去把蜡烛吹了。

他起身，笑着应道："好。"

为了避免浪费，赵远阳定的是八寸的蛋糕。赵远阳帮霍戎把蜡烛插上，就催他："快吹蜡烛，吹完许愿，快点儿。"

霍戎把蜡烛吹了，赵远阳立刻将蛋糕切了，一分为二，大块的，他让给霍戎，小块的，他留着自己吃。

八月初，赵远阳去学校领成绩单，期末那段时间，他整日整日不想读书，还装病请了几天假，状态很差，考试成绩自然就不怎么好。

全年级读理科的有八百人，赵远阳排第六百九十八名，差点儿就排到了七百名。这次老余却没说他，反倒笑意盎然。

老余把他叫到办公室，笑呵呵地把荣誉证书给他："一等奖，不错，很争气，可以加分了。"

赵远阳领过荣誉证书，摊开，里头装裱着一张奖状，写着他的名字和竞赛主办方，还有"一等奖"三个字。

赵远阳拿了奖状和奖金，因为期末考试名次不理想的郁闷立刻一扫而光。他脸上春暖花开般，眉梢眼角都带着笑，恨不得立刻飞奔出去，把证书递到霍戎面前。

老余比他还高兴，嘴里一直说："嗯，不错，不错……很不错啊。赵远阳，你有没有想考的大学？我建议你考外国语，因为外国语学校有单科要求，明年有单招的时候，你就去考，过的概率很大。"

赵远阳不是很感兴趣，随意地点头道："再说吧。"

从办公室出去，赵远阳就把那印着每科成绩以及排名的成绩单揉了揉，丢进了垃圾桶，抱着红彤彤的证书，兜里揣着一千块钱奖金，上了车。

"拿到成绩了？"

赵远阳点头，轻咳了一声，眼睛望着别处："拿到了，给你看这个。"

他晃了晃，霍戎挑眉，看着他那得意的脸："荣誉证书？"

赵远阳又晃了晃。

霍戎明白了他的意思，接过去，摊开来，夸道："还是一等奖？我家阳阳真棒！太厉害了！"

赵远阳心里高兴，面上却惋惜道："可惜不是特等奖。"

他从兜里摸出奖金来，尾巴快翘天上去了："我现在也挣钱了，听说特等奖好像是五千块钱。”

他把一千块奖金拿给霍戎，望着他道：“我第一次挣的钱，给你了。”

霍戎没接，深深地回望他：“阳阳怎么不自己留着花？”

“我想给你。”一千块钱能买什么？赵远阳知道什么都不能买，但给戎哥，他肯定特感动。

不出所料，霍戎伸手拍拍他的头顶，欣慰地说了句：“阳阳，放暑假了，可以玩了。”

“玩什么玩？我买了好多下学期的辅导资料，就是为了在暑假学习。”别说霍戎了，就连赵远阳自己都不相信自己放假能坚持学习，而不出去玩。

他只不过坚持了两天而已，就坚持不下去了，嚷嚷着无聊、热、想玩。

暑假只有不到一个月的时间，赵远阳觉得太坑了，眼见着就要开学了。

日子是数着数着在过，等赵远阳意识到自己不能这么荒废下去时，暑假已经只剩下一周了。这一周里，霍戎又带他出去玩了一次，去避暑，结果回来就得报名了。

高二，代表着学习任务更重，课余时间更少。

每天的晚自习都得上到九点不说，还有大量的作业。班级里死气沉沉的，都被学习压力压榨得说不出话来，没有半点儿活力。赵远阳塞着耳机一边晃一边做作业，一副格格不入的模样。

魏海也是一样的。他不喜欢读书，但是他父亲要求他坐在教室里，要求他：“学生就要有学生样，整天翘课算怎么回事？”

他太烦躁了，没穿校服，他想逃课。

终于，他忍不住了，抓起校服，小声道：“远阳，我先走了啊，老余要是问起我，就说我看病去了。”

赵远阳点头，翻着书：“记得准时回家，别玩疯了。”

他要是早知道魏海准备去骑车爬山路，肯定会阻止他。

魏海走后，赵远阳才想起来，给他发了条短信：“别骑车。”

过了会儿，那边回复了一条：“知道啦。”

下了晚自习，赵远阳从学校出来，霍戎接过他的书包，低声跟他说话。

赵远阳正准备上车，却看见魏海家的车。

他顿了顿，还是没过去。

上了车，他却有些心神不宁，捏了一下眉心，继而掏出手机给魏海发短信：“你快回家去，你家司机来接你了。”

在赵远阳这个旁观者眼里，魏海家表面看着风平浪静，实则暗潮汹涌，真正对魏海好的，应该只有他的父母了。

赵远阳觉得，永远不要惹疼爱自己的人生气，也永远不要做伤害自己和伤害那些真正关心着自己的人的事。

这是他在那个梦里得到的教训，所以他对霍戎也是这样的。他做什么事之前，都会想一遍：戎哥会不会生气，他这么做戎哥会不会不高兴。

他的任性，都是在他考虑后的可承受范围内，梦里的教训和经验让他永远也不会做真正很出格的事。

曾经天不怕地不怕的人，现如今也有了忌惮的事。

短信发出去，却良久没有回音，赵远阳更焦躁了，手指烦躁地搓着校服裤子。

霍戎靠近他，问道：“是不是读书累了？”

他了解过赵远阳的学校，也知道他们是怎么上课的，知道他们的作业有多少，教学有多严格，而且赵远阳还是读的尖子班。升了高二学习任务更重了，这让赵远阳整天看起来都没精打采的。

“是啊，好累，特别累。”他都想放弃了，这才高二，而且才刚开学没多久，他不敢想，到了高三得怎么办。

霍戎心疼他：“阳阳，我们不读书了吧？太累了，哥养你。”

赵远阳一副“你认真的吗”的样子望向霍戎，然后发现他真不是在开玩笑。

赵远阳怕苦怕累，一瞬间真的心动了。他的嘴唇微动，继而别过头去：“不要你养，我要考大学，找工作，我也要赚钱，把钱都给你花。”

他从没工作过，不知道工作有多苦。对别人来说，或许忍气吞声就完了，只要忍耐，总会升职加薪。但对他来说，他是不可能忍气吞声的。

他也没有经商的天赋，他父母留下的公司，自从股份被收回来，再重新上市后，就是霍戎请了职业经理人在管理，他从没操持过，却每月都能拿分红。

这种吃穿不愁的人生，他就应该好好享受才是。

但梦里是怎么玩过来的，最后又是怎么“翻车”的，赵远阳如今还历历在目。

听了他的回答，霍戎有些不知道要说什么了。

他从没想过赵远阳会是这样的想法，但仔细想想，似乎也没什么不对，赵远阳一直是个好孩子。

他轻声道：“钱都给哥哥花了，你自己花什么？”

赵远阳想了想说：“我有积蓄，没问题的。”

他说完，又给魏海发了条短信。

过了会儿，到家了，赵远阳依旧没收到魏海的回复。他走到窗户边，给魏海打电话。

电话却一直打不通，让他稍后再拨。

赵远阳拨了两次，都是这样。他微微皱眉，回到书桌前，趴着继续写作业。

正当赵远阳想着要不要打电话到魏家去问问时，终于收到了魏海的短信：“我马上就回家了。”

赵远阳心里的一块大石总算落地。

因为作业多，赵远阳做到最后眼睛都睁不开了。霍戎一看时间，都十二点了。

赵远阳眼看着要睡着，结果还在坚持，中性笔在练习册上画出乱七八糟的笔迹，脑袋点一下，立刻又抬起来。他的眼睛无神地睁着，嘴里念叨着公式：“x……x 等于多少，我怎么知道多少……”

霍戎走过去，动作很轻地抽过他手上握着的、正在瞎画的笔，盖上笔帽，弯腰，把他扶到床上去。

赵远阳原本就犯困，一靠上松软的床，眼睛便彻底闭上了，继而睁开一条缝隙，眯着眼望向霍戎："我还剩一些没写……"

霍戎帮他盖好被子，低声说："你已经做完了，睡吧。"

"我好像还差一点儿没写……"赵远阳迷糊了。

"写完了的。"霍戎轻声说，"放心睡吧。"

赵远阳这下放心了。

他闭上疲惫的眼睛，眉头舒展开来，呼吸声不过半分钟就变得均匀了，他是真的困了。

霍戎看着他睡着，接着关掉房间里的大灯，只开了书桌上的那一盏台灯。

台灯是赵远阳上次从国外拿回来的，因为实在太多了，十几盏灯，霍戎只好把家里以前的灯都换掉了。

赵远阳睡着了，霍戎就帮赵远阳赶作业。霍戎这种做法并不好，但霍戎不想让他太辛苦，反正他做不完作业，第二天到了学校也只有抄作业的份。

赵远阳的字丑，哪怕练了字，也还是很丑，很好模仿。

霍戎花了五分钟就帮他赶完了，接着帮他把书和笔袋全收拾好，装进书包里，拉上拉链。

第二天，赵远阳到了学校以后，翻出练习册准备赶作业，却诧异地发现自己写完了。

他愣了会儿，他分明记得自己开始犯困的时候，还差两页没写。再一看，书上还有他犯困的证据呢！他一犯困，握着笔不肯松，就会在纸上乱写乱画。

证据是有了，但赵远阳发现自己真的把作业全写完了，暗叹自己睡着了都这么猛。

他支着下巴看了一遍，发现好多难题都是他平时绞尽脑汁才能答出来的，结果他睡着的时候全答对了！

前桌的同学转过身来，敲了敲他的桌子："赵远阳，交作业了。"

赵远阳这才回神。他扫了一眼，别人没写的题目，他全写了。

说出去可能都没人敢信，这都是他打盹儿时写的。

啧。

上午的时候，魏海一直没来，赵远阳没太在意，魏海没来挺正常的。

虽然魏家的司机每次都会很早就把魏海送到学校，但魏海看着车子开走后，转头就把校服脱了，逃课。

但是一整天都没来，赵远阳立刻意识到不对了。

下午，赵远阳忍不住给魏海打了电话过去，接电话的人却是魏海的大哥。

事情正好发生在魏海给赵远阳发了那条短信后。

他把手机揣在胸口，扣上头盔。

下山比上山的事故率高许多，因为下山时加速中的车辆是来不及缓冲的，而且很容易摔下山，掉下悬崖，直接丧命。

这条山路，更是事故多发地段。

魏海属于运气好的，山路有坑，也有从上方坠下来的山石，这些障碍物，在夜色下是看不见的。

他的车速过快，遇到障碍物时一时没抓稳车，车子侧翻，在下坡路上连人带车滑了十几米。金属在地面摩擦出火花，在靠近悬崖不到半米的地方停了下来。魏海全身均有轻伤，而最严重的大概是他的腿，裤子破了，皮肉翻飞，还骨折了。

赵远阳得到消息后，晚自习也不上了，直奔医院而去。

魏海是昨晚出事的，连夜做了手术，现在人已经没大碍了，头在地上磕了，有轻微脑震荡，还在睡。

赵远阳到了医院，看见魏海全家人都在，他的父母、三个哥哥，包括被仇家打得差点儿残了的那个，和装残疾的那个。

他的目光在魏庭均的腿上停留了一秒。

赵远阳还不知道，魏庭均的腿已经在两个月前，从假的残疾变成真的残疾了，下半辈子都离不开轮椅了。

大抵是这个原因，魏庭均的手指紧紧地抓着轮椅扶手，一副忍耐而愤怒的模样，眼里却藏着很深的忌惮。

而魏淮是一看见赵远阳就怒了，好了伤疤忘了疼，冲上来就要打人。魏庭均冷眼旁观，看他作死。

还是魏父拉住了他，老三不知道这小朋友家里有尊煞神，他是知道的。

不然老四怎么可能还在跟他做朋友！还跟他一个班级，还跟他做同桌。要不是因为魏父忌惮，老四早就转学了。

赵远阳对他家里人怎么样不感兴趣，礼貌地点了一下头，问道："他醒了吗？严重吗？"

"醒了。"

赵远阳进了病房，病房的窗帘拉着，开着灯。

魏海脸上有伤口，他伸出那只没有输液的手，手指上夹着心电监测仪，冲赵远阳招手。

赵远阳站在他的病床前，低头看着他的眼睛："昨晚我给你发短信，让你别骑车，你回了什么？你说你知道了？这就是你知道了？"

魏海苍白的脸上挂着虚弱的笑，说话的声音有气无力的："远阳，别生气了。"

"我叮嘱过你了。"赵远阳叹气，心里措辞着，该怎么给魏海说他二哥的事。

魏海抬起手来指了一下，讨好道："别生气，花送给你。"

他手指着的方向，是床头柜上不知道谁来探望病人送的一大捧百合花。

"我没生气，是你自己不把自己的性命当回事。"

魏海无辜道："你不就是在生气吗？"

赵远阳绷着脸："我没有。"

现在躺在病床上的魏海，就是梦里赵远阳的真实写照。别人说什么都不听，不管是多亲近、多信任的人，都阻止不了他的一意孤行，仍是我行我素。

像魏海这样的，只有吃点儿真正的苦头才能明白过来。

但赵远阳是有前车之鉴的人，也没资格说他。

赵远阳跟魏海说了会儿话，看见窗户外还站着几个人，就俯身对魏海低声叮嘱了句："你小心你二哥。"

魏海看着他。

"他的腿是装的。"赵远阳说，"你现在在医院里，随时都要小心点儿，手机千万别离身。"

魏海点头，这次没说他别开玩笑了，而是认真地听进去了。

“那我走了啊，我哥还在等我放学。”

魏海的手又抬了一下：“远阳，花。”

赵远阳把花抱走了。

他没对霍戎撒谎，而是打电话给他，坦白说自己在医院探望病人。

“风大，别站在外面等。”霍戎没问他具体的，只是让他别吹风。

赵远阳应了声“好”，左右看看，最后走到树底下去。

十月而已，风没多大，赵远阳穿了校服外套，不觉得冷。

过了会儿，霍戎就到了，第一眼便看见他怀里抱的那捧百合花。

等赵远阳上了车，还是不肯放开花，一直抱在怀里。

霍戎眯起眼，问他：“谁送的花？”

“同桌。”他将下巴支在那捧花里，微微侧头，“他生病了，我就去医院看他，这花不知道是谁探病送的，他对百合过敏，就送给我了。

魏海对百合不过敏，但怕霍戎不开心，还是撒了个谎。

霍戎听后，脸色缓和了一些，但还是不怎么高兴。赵远阳发现自己现在能够摸清楚一些戎哥的情绪了，比如他不高兴，就特别明显，自己会有感应。

现在已经是夜里九点，花店差不多都关门了。赵远阳看了一眼窗外，把百合花放到旁边的座椅上，望着霍戎，讨好性地拍了拍他的手背——意思很明显，让他别不高兴了。

霍戎没说什么：“你同桌病了？怎么了？”

“他啊，骑机车。”赵远阳有点儿来气，“让他别骑了还骑，腿断了。”

霍戎柔声道：“那我们阳阳很乖了。”

他记得资料里有写，赵远阳从前跟着魏海，什么都干，身上所有的毛病就是跟着魏海染上的。

“我当然乖了！”

霍戎认真地说：“那哥哥希望你一直这么乖，有些危险的事情，千万不要去碰。”

“哥，你放心，我肯定不会碰。”赵远阳保证道。

“好孩子。”

车子到家了，赵远阳想起一件正事来：“对了，哥，你能不能借两个人给我？”

“做什么？”

赵远阳说：“嗯……你借给我就是了。”他怕自己说是因为魏海，霍戎不高兴。

这天赵远阳因为翘课，没背书包，也不知道作业是什么，于是就非常安逸地在床上跷着腿边玩游戏边听歌。

霍戎想把他的游戏机给收了：“阳阳，明天读书，早点儿睡。”

赵远阳看也不看他：“我再玩会儿，我还不困。”

霍戎便出去了，过了会儿，给他端了杯热牛奶进来。

赵远阳玩游戏玩累了，倒头就睡。

次日上课，他又翘掉了晚自习去医院探望魏海，但这次他背了书包，记了作业。

他进去医院前，在楼下的花店买了两束花，一捧抱着上楼，一捧寄存在旁边的水果店，还顺便买了一个水果篮。

魏海住院的那层楼人不多，贵宾病房外的走廊，人更是稀少。赵远阳在走廊来回踱步，仔仔细细地看了会儿，才发现霍戎借给自己的两个人，已经变成一位病人和一位病人家属了。

而他们所在的病床，正好可以监视电梯和楼道。

这乔装手段，跟警匪片似的。

赵远阳抱着花进了病房，魏海还是昨天那样，但要精神一些，脸没那么苍白了。

“远阳啊，哟，还给我买花，还有水果篮啊。”他的声音听起来也没那么虚弱了。

“你能吃水果吗？这里有香蕉，我可以给你剥。”水果篮里什么都有，基本都需要用水果刀削皮，赵远阳没那个金刚钻，只能问魏海吃不吃香蕉了。

魏海不管能不能吃，都点头，说要吃。

赵远阳陪他聊了会儿天，就坐在病床前，打开书包做作业。

魏海吊着的腿不能动，又不好意思打扰赵远阳做作业，只能沉默地望着天花板发呆。

其间，护士进来了一次，给他换输液瓶，他就拉着护士姐姐说了两句话，什么“你是哪个学校毕业的”“哦，实习啊”……

赵远阳抬头一看，小护士估计是才毕业的，看着很小，很腼腆。

护士出去了，魏海就叹口气：“无聊啊。”

隔了会儿，时间到了，赵远阳也得走了。他的作业做了大半，留下了不会做的难题和来不及做的题，打算晚上回去发个功，打个盹儿，看看能不能把题给解决了。

赵远阳下楼，医院门口是不允许长时间停车的。他站了会儿，看见对面的水果店就想起花来了。

车子绕了一圈回来了，霍戎坐在后座。

赵远阳背着书包，抱着那束满天星坐上车。霍戎的脸色很难看，他以为又是魏海送给他的。

“谁送的？”他明知故问，语气如同寒露般。

“不是别人送的，是我买的，买来送你的。”赵远阳把花给他，“不许不高兴。喜欢满天星吧？不许不喜欢。”

“你送什么哥都喜欢。”

成功把霍戎哄高兴了，赵远阳也露出了笑容。

回到家，霍戎就开始找花瓶插花，把一大捧花分成了好几束，这个花瓶插一些，那个花瓶插几支。

他还总过来打扰赵远阳，征求意见：“阳阳，这个花瓶好看吗？”

赵远阳看了一眼，点头道：“好看。”

“那这个好看些，还是这个？”

赵远阳虽然看得出花瓶是什么花瓶，什么窑、什么年代，但什么是美他就欣赏不来了。两个花瓶的花都插得差不多，他便随手一指：“这个好看。”

霍戎说：“那我把这个放床头。”

赵远阳默默扭过头去，用手掌支着额头，继续发功。

他嘴里念念有词，不知道在念叨些什么咒语。

霍戎终于忙活完了，看一眼单手托着脸颊，闭着双眼，看着像是在睡觉的赵远阳，低声问：“不会做？还是困了啊？”

“别说话，我在发功。”

霍戎发现自己越来越不理解赵远阳了。

“我最近发现，一旦我开始打盹儿，就会在睡梦中把这些作业统统解决掉，早上起来，就会发现我做完了。”他已经开始有了睡意，“很神奇是不是？”

霍戎沉默了一下，有些无奈：“是很神奇，傻阳阳。”

“你不信是吧？其实我也不信，所以我想试试。”赵远阳憧憬道，“作业太多了，做不完了，要是做梦可以把它们都做完就太好了。”他说话时，努力地睁大眼睛，盯着题目，可是那些数字映入他的眼睛里，过了几秒就开始出现重影。

霍戎站在沙发背后，给他按着肩膀，让他打起精神：“先去洗漱，洗漱完回来，有什么不懂的，哥给你讲。”

洗漱完，赵远阳坐在书桌前，勉强打起精神，解了两道函数题。

等他真的睡了，霍戎就把他扶到床上去，然后帮他把作业都写完了，再给他收拾好。

接连几天都这样，最初真以为自己“神功盖世”的赵远阳终于察觉不对劲了。

他是把题给做出来了，看着笔迹似乎也没什么问题，好像真是他自己写的一样。但当他看着答案，开始倒推做法时，他就不会了。

明明是他解出来的题，怎么可能连倒推都用上了，还是做不出来呢？

一开始，赵远阳没想过是霍戎帮自己写的作业。

下午，他去医院探望魏海时，把这件事跟魏海说了。

“晚上我困了，就睡了，但是早上起来，就会发现作业都写完了。”

他费解道，“正确率还很惊人。我以为我困了的时候要比平时聪明一些。”

赵远阳还没说完整件事，魏海就哈哈大笑：“远阳啊，你不会以为那都是你自己写的吧？”

他的精神和体力都恢复了许多，笑声很猖狂。

赵远阳很茫然：“为什么不能是我自己写的？”

他平时都有认真听课，这些题型他全部见过，也知道解题思路，没准儿清醒时忘了做法，有点儿迷糊时反倒能写出来呢？

魏海笑得肚子疼。他除了腿上的伤，别的地方的伤势全部好透了：“这么跟你说吧，没有人有这样的特异功能，睡着了做题？那你岂不是高考时睡一觉，起来就上双一流大学了啊！”

“那你说怎么回事？”赵远阳不高兴了。

“我小学的时候，我大哥也帮我做作业，我睡着了他就给我写，但我是谁，我人精啊！他的字能和我的字一样？”

魏海从那时候开始就不写作业了。老师电话打到家里来了，他大哥为了不让他挨骂，就帮他写作业，小学的题，十分钟就能写完了。

听见魏海的话，赵远阳立刻就明白过来了，都不用去求证，便知道多半是真的。

一时间，他也没心思写作业了，把书本和练习册都收在书包里，问魏海他们家的情况。

他每天过来的时候，这里就只有护工，魏海的家里人一个也不在。

问魏海，魏海自己也说不清楚。他那副无所谓的模样，像是什么都不担忧。

赵远阳皱着眉，是真的担心他的安危：“手机别离身知道吗？有什么事直接按快捷键。”

魏海随意地“嗯”了一声，伸手剥了根香蕉吃。

百叶窗外不知何时下起了雨，淅淅沥沥的。

晚上，霍戎来医院接他。霍戎让他在室内等，接着打了把伞进医院。

赵远阳连续一周来医院探望同桌的行为，引起了他的极度不满。尤其自己作为家长，要操心他这个那个，什么都要操心，晚上等他睡了，还得仿着他的字迹帮他写作业。

赵远阳走后，魏海一个人在病房里。

护士进来了，让他下床走两步，开始做复健。

魏海让她扶着，走到了窗户边。他一低头，就看见一把伞下的两个人，每一步都带着雨花，雨水扑到鞋面上，沾湿裤脚。

“你要探望你的朋友到什么时候？每天都来？直到他出院？”

赵远阳浑身水汽地坐进后座：“对啊，等他出院了，我才能放心。”

“有什么不放心的，还管我借人看着他？”

赵远阳拿纸擦着袖口的水：“你别管了。”

霍戎也帮他擦着水，看着他说：“跟哥哥说，哥哥帮你解决不好？”

赵远阳抬头看他，接着垂下眼，睫毛投出影子，旁边就是他脸颊上那颗叫人着迷的痣。

“是他家的家事，我们还是不要管太多，我只想让他一个人好好的。”他低声道。

霍戎听了没再说什么，但记在心底了。

到家后，赵远阳吃了点儿夜宵就开始做作业。

他晚上坚持着把作业做完了，然后故意留下了几道题没做，再趴着装睡。

霍戎像往常一样，把他扶到床上去，给他盖好被子。

赵远阳知道一般的装睡是瞒不过霍戎的，他要想成功骗过霍戎，有一个秘诀，就是先真的睡了，然后凭借一股意志力，在身体挨着床榻时，把眼皮给撑开。

他睁开眼，清楚地看见，戎哥就坐在书桌前，拿着他的笔，在他的练习册上写着字。

他不像赵远阳，不需要用草稿纸算，看一眼答案就出来了，做得很快。

赵远阳眼睛眨也不眨地望着他。

霍戎似有所察，背影顿住，接着回过头来，和原本已经睡着了的赵远阳四目相对。

“阳阳……”

赵远阳什么也没说，只觉得霍戎这样为自己操心太辛苦了，心里又软又苦涩。他慢吞吞地在床上乌龟似的移动，望着霍戎道：“你去睡觉吧，别管我的作业了。”

霍戎握紧笔：“还差一个小题，哥给你写……”

“别写了，我明天自己会写，以后都不准写了听见没？”赵远阳训着他，感觉自己的形象瞬间高大了几分。

“好。”霍戎把台灯关了，在黑暗的房间里，声音很沉。

直到魏海的腿伤好了，能走路了，赵远阳一直以来担心的事也没发生。就好像，这件在梦里原本发生过的事，被什么类似蝴蝶效应的东西硬生生干预了。

让赵远阳怀疑自己是不是记忆出错了。

他扪心自问，自己这只蝴蝶应该没怎么扇动翅膀吧？自己只不过提醒了魏海几句，又不小心打了魏海的三哥，在魏海住院的时候让人守着魏海，不让他出事罢了，这就改变故事发展轨迹了？

十二月初，接近年末。

每年到这个时候，霍戎就开始变得忙碌起来，赵远阳也不知道他在做些什么，不知道这次又是什么危险的大生意。

人过惯了危险的生活，没那么快适应安稳的日子。

霍戎就是这样，放不下过去。

虽然不能每天都打电话，但霍戎每隔一天都会给他打一次电话，还给他发照片。

赵远阳看见他的照片，发现他又变黑了。

“能不能涂点儿防晒霜？戴帽子都能晒这么黑你也是厉害！”

霍戎笑道：“阳阳，你也给哥发张照片过来，发邮件，哥哥看一眼你什么样了。”

赵远阳嫌麻烦，不耐烦道：“你赶紧回来，安全地回来。”

“担心我了？”

“不想让你晒得更黑，你还是赶紧回来好了。”

霍戎满腔炽热：“再等几天，哥很快就回来。”

他说话算话，元旦前夕的晚上到家了。

去年生日的时候，正好是考试完，放寒假。细节赵远阳已经忘了，只记得家具和装潢换了。

霍戎把衣服穿好了，就走到赵远阳这边来：“作业做完没有？”

赵远阳面前摆着作业，却在用掌上游戏机玩飞车，显然是在装模作样。

“玩游戏还是做作业？”

“明天放假一天，我还是玩游戏吧。”他靠在沙发背上，和霍戎挨着肩膀。一副“我要玩游戏，你别打扰我，但不准走”的姿态。

霍戎也没有要走的意思。赵远阳一门心思打游戏，戴着耳机，耳边只有飞车在赛道上飞驰的声音，他全心投入，一局结束，拿了很高的分。

他摘下耳机，问道：“哥，你走了一个月，去哪儿了？”

霍戎说是出差。

“又是危险的地方啊？”

霍戎不仅去了这么危险的地方，还一待就是一个月？

赵远阳的手紧紧地抓着被角，没问他到底干吗去了。

霍戎抬起胳膊，继续说：“你看我身上，完好无损，连擦伤都没有。”

赵远阳还是不高兴。

霍戎又说：“今年结束了，明年或许就不去了。”

赵远阳闷闷不乐道：“答应我了啊。”

霍戎“嗯”了一声：“答应你。”

赵远阳远方放了一天假，霍戎就陪了他一天。

等赵远阳去读书了，霍戎就真的去做了美黑，自己让人空运了仪器回来，躺在家里自己晒，想晒什么色晒什么色。

几天过去，成效显著。色差已经不那么明显了，但仍是深一块浅一块。

临近期末，赵远阳学习任务重，所以也没注意到他的变化。他专心备考，每天都被汹涌的题海淹没。

赵远阳困了就背书，每次都能把自己从疲倦中惊醒。

他听说，今年的寒假放得比以往都要迟，要等过年前三天才放假。

在这种密不透风的复习中，他的生日悄无声息地过去。吃了个蛋糕，一块不大的蛋糕，霍戎就吃了一口，正好是蛋糕上面“祝阳阳生日快乐”的“阳阳”二字。

二人再简单不过地庆祝了一下。

霍戎拍拍他的头顶，轻声跟他说了句：“阳阳，你长大了。”

这句意有所指的话，仿佛在提醒着赵远阳。

终于考完试了，赵远阳回到教室收拾东西，听见老余在说话：“开学你们就是高二下学期了，现在要学艺体的，最好放假期间就考虑好。我们班上还是有一些艺术特长生的，以你们的文化成绩，读艺体就是随便挑学校。对于文化成绩好的，老师不建议，文化成绩一般的，可以考虑一下。最后，放假期间……开学时间是……”

似乎是为了让学生过一个好年，这年的寒假不用来学校领成绩单，而是等开学再公布。

赵远阳对着日历数了一下，寒假总计只有十三天，太坑了。

他清理了课桌，抱着一大堆书本，走出校门。霍戎远远地就看见了他，过去帮他抱东西：“这么多东西，怎么不给哥打电话？”

“昨晚手机没充电，没电了。”身上全部的重量都转移到霍戎身上去，赵远阳松了一口气。

两人上了车，霍戎拉上车门，探出手掌去碰他的手：“怎么又怎么冷？”

“考试嘛，不能戴手套。”

霍戎问：“阳阳，这次放假放几天？”

赵远阳看向窗外，还差三天就过年，街道上已经有年味了。

天是冬天特有的那种雾蒙蒙。

“放十三天，特别短。”赵远阳的下巴缩在围巾里，目光从路边新开的汉堡店掠过。因为刚刚开张不久，而且正值放假，所以人潮汹涌，大部分是家长带着孩子。

排队的人越多，就吸引越多的人围观，最后也跟着排队。

赵远阳突然也想吃了，回头说：“我想吃薯条。”

他小的时候就喜欢吃这种东西，每周都要来吃，不仅自己来，还要带着同学来，用零花钱请他们吃。

排队的人多，车辆也多。他们排在车队后面，等了足足二十分钟，才轮到他们。

赵远阳摇下车窗，点了个套餐，问霍戎：“你吃什么吗？”

霍戎不吃这种东西，既然赵远阳问，他就要了杯可乐。

赵远阳吃薯条，总是先吸一大口番茄酱，再吃两根薯条，然后喝一口可乐。

他满手都是油的时候，不用纸，要先舔干净了，再擦。

手指在嘴巴里卷着过了一圈，然后再用纸巾擦干。他一只手握着可乐，吸管已经被他咬坏了，吸的时候需要特别用力才能吸到可乐。

他吃快餐的时候，有一些特别不好的习惯，换成别的家长，这时候都该训斥孩子了。而霍戎则是让他慢点儿吃，眼睛盯着他：“好吃吗，让哥哥试试？”

赵远阳把薯条的盒子给他，咬着吸管歪着头：“还有一些，都给你了。”

霍戎不想吃薯条，只想逗一逗他，没想到他大方地把整盒薯条都给自己了。

他失去了兴趣，笑了一下：“算了，让给你吃。”

赵远阳眨了一下眼，低头找纸。

“吃饱了？”

“没有。”赵远阳无所事事地咬着吸管，也不喝里面的可乐。冰块化了，可乐的味道便被冲淡了，他也就不爱喝了。

他叼着吸管看向车窗外，一眼就看到了超市，立刻提出：“停车，停车。”

霍戎疑惑："怎么了？"

赵远阳说："我要去逛超市，买东西。"

"想买什么，想吃什么，我打电话让人送到家里来。"

"我……"赵远阳怎么知道要买什么，他就是想拖时间，"你管我买什么？走，去超市！"

赵远阳极少逛超市，哪怕他一个人住的时候，也请了阿姨给他做饭。

就以前跟着周淳和曹小慧来过。

进了超市，看见别人推着购物车，他也去推了辆购物车。

这是本市最大的超市，东西齐全，人群蜂拥而来。霍戎和赵远阳推着购物车漫无目的地走着，一旦遇上堵车了，那必然是搞促销了，一群人疯抢。

赵远阳也是要凑热闹的那种人。他抬头一看——冬枣，想吃了。

霍戎长得高，目光穿透人群，看见里面的场景："看见了，阳阳，大的、红的都被人挑光了，只剩下绿的、蔫了的枣。"

赵远阳买了点儿草莓，买了点儿酥糖，买了果冻，又买了一些他很少会吃的、容易使人发胖的零食。

他想吃牛肉，想买虾，不会挑，霍戎就会跟他说："这个牛肉冻了三天了，这个虾冻了半个月了，这个冻一个月了，别买了，家里有。"

"你是怎么看出来冻了多久的？"

霍戎认真地回答他："只能大致看出来，具体的要闻，要摸一下肉质。"

赵远阳："……"

他也不是真想买，就是想拖时间，不想回家。

他们在一楼绕了两圈，赵远阳最后买了一些开心果，便上二楼收银台结账。

收银台前更是排着一条长龙，人挤人，非常嘈杂。有收银员大姐站在高处用扩音器喊："不要插队！禁止插队！"

赵远阳用手肘撑在购物车的推手上，挑了一个看起来人最多的队伍，安静地排着。

霍戎关心道："累了？"

赵远阳无精打采地“嗯”了声：“不想回家。”

“寒假作业多吗？”

“多啊，怎么不多？”赵远阳回头看他一眼，“多得要命！真是一点儿时间都不能挤出来啊！”

霍戎说：“哥辅导你。”

排队的时候，赵远阳看见打折搞促销的暖手宝，就顺手拿了个，问霍戎：“你要不要？”

“要一个。”

“你要哪个？”

“跟你一样的。”

赵远阳“哦”了一声，挑挑拣拣，挑了两个哆啦A梦的。

夜里，窗外下了雪，早上起来，大雪变成小雪。

赵远阳醒的时候，窗帘大开，冬日的阳光透入，窗明几净。

他侧躺着，看见霍戎在外头，不知道蹲着在干什么。接着，霍戎起身，敲了一下他的窗户，示意他看。

霍戎堆了个小雪人，那雪人比手掌大点儿，霍戎用手心捧着，问他：“出来玩雪吗？”

赵远阳听不见霍戎的声音，他看着霍戎，在冬季淡淡的阳光下，霍戎的肤色被阳光和白雪一衬，显得更深了。

其实颜色没多深，但是他偏要穿白色衣服，还站在雪地里，不是暴露自己的缺陷吗？

霍戎招了一下手：“出来。”

赵远阳这下明白霍戎的意思了。他下了床，穿着拖鞋，走到窗户前。

霍戎把那小雪人捧到他面前来，他摸了摸窗户玻璃，看见雪人脖子上绕着几圈红色小毛球，这毛球是从他的手套拆下来的。

霍戎指了指雪人，又指了指玻璃对面的他，对他道：“这是你。”

赵远阳很嫌弃：“丑。”

“你像它一样白。”

赵远阳：“……”

霍戎笑了笑，冷硬的眉眼被阳光融化。赵远阳看他手上什么也没戴，就那么捧着一团雪，担心他冷，便推开门，把手伸出阳台外：“我摸一下。”

他碰了一下，就被冰得缩回了手。

“你不嫌冷啊？”

“别在外面站着，好冷的，别冻着阳阳了。”霍戎说完，手又伸出去，抓过赵远阳的手腕，把他抓了进来。

外面的雪下个不停，从晚上下到白天，又从白天下到夜晚。

风雪掩盖了整座城市。

霍戎把充好电的暖手宝给他，他就抱在怀里。

赵远阳一觉睡到中午，起来后，霍戎不在。

他爬起来，去浴室冲了会儿澡，擦干头发，吃了早午饭后，霍戎把压岁钱给他，祝他新年快乐，岁岁平安。

他的眼皮耷拉着，接过红包，放到一旁，说了声“谢谢哥哥，你也新年快乐，平平安安”后，便继续躺着睡觉。

一个下午睡过去，霍戎由着他休息，没叫他，到了吃饭的时候才把他叫醒。他踢着被子，睡了一天，睡得有些糊涂了。

吃完饭，他沉迷于开飞车，盘腿坐在沙发上玩游戏。

霍戎手里也拿着一个掌上游戏机，晃了两下：“陪你玩游戏，可以吧？”

赵远阳看他两秒，脑袋扭回原处，盯着屏幕：“可以。”

得到他的许可，霍戎便坐在他旁边，二人肩膀碰着肩膀。

赵远阳避无可避，就训他：“打游戏能不能好好打？你看你，非要往我这边凑，我又输了！”

霍戎笑了一声，坐过去了一些：“好。”

赵远阳瞥他一眼——这么听话？

赵远阳安下心来，继续开飞车，但还是会忍不住分心，去看霍戎的掌上游戏机屏幕，看他打得怎么样了，看他得到了什么分数。

等他看见霍戎一局打完，屏幕上浮现出的高分，他就受不了了，受刺激地大喊："你怎么打这么高的分数？"

霍戎望着他："就是开车，有什么难的？"

"当然难了！有障碍物啊！这么多障碍物，你一个都没碰到过？！"赵远阳难以置信，伸脑袋过去看，"我不信，你打一次我看看。"

事实摆在眼前，他偏偏不信，非要霍戎给他演示一遍。

霍戎知道赵远阳的小心思，于是只发挥了三分的水准，到处撞车。赵远阳果然看得眉开眼笑，觉得霍戎的技术也不过尔尔，比不上自己。

他这么一想，就舒坦多了，看霍戎也顺眼了起来，也对霍戎刚才是怎么获得的高分不感兴趣了。

赵远阳白天睡了一天了，没什么困意，打完游戏又看电影，还说自己要吃薯条。

大晚上的，厨房给他现炸薯条，配番茄酱，霍戎再给他端进来。

赵远阳吃这种东西，不会在床上吃，他整个人躺在绵软的、雪一般的地毯上，手边就是热乎乎的薯条，还有一小碟番茄酱。他就这么躺着，腿抬起来，交叠着放床上，整个人用背部做支撑。

这种奇怪的姿势，却异样地让他觉得轻松，既轻松又舒适。他一只手举着掌上游戏机看电影，一只手吃东西。

这种想吃什么吃什么，高热量也不怕的舒坦日子，晃眼几天就过去了。

一看日历，还有六天就开学了。

这年春节，他一直待在家里，没体会到年味，没听见鞭炮声，也没吃饺子，家里没贴春联，没贴"福"字，一点儿过年的气息也没有。

眼看着假期余额不多了，他连忙从床上爬起来，打电话找朋友玩。

霍戎看他收拾着要出门，就给他拿上围巾："阳阳，不做作业了？"

"做什么作业？作业特少，我一天就能赶完，再说吧。"

赵远阳略微低头，霍戎帮他戴好围巾，问道："今天去哪里玩？"

"我成年了，想去哪里玩就去哪里玩！"过去一周的安逸生活，让他的胆子肥了不少，说完才意识到，自己说的话或许会伤到霍戎的心，毕竟霍戎年纪也不小了，被自家孩子这样瞒着、这样反抗，心里说不准多难受呢。

“好啦，好啦。”赵远阳跟他道歉，软了下声音，“不去什么乱七八糟的地方，我去看电影，今年的贺岁片，我先去看看，好看的话，明天晚上再带你一起去，我们单独去看。”

霍戎注视着他：“怎么办？阳阳，哥一点儿也不想让你出门。”

赵远阳浑身都抖了一下：“你之前经常出差，一走一个月，我说过什么吗？”

霍戎想跟赵远阳保证，以后再也不离开了，但是他没办法做出这样的保证。他能抽出这么多的空闲时间陪着他，已属不易。

赵远阳出门了，霍戎就让人跟着他。

不是跟踪监视，是保证他的安全。之前两次因为松懈而发生了不该发生的事，让霍戎提高了警惕。

赵远阳记得去年春节期间，也差不多是这个时候，他跟魏海，还有两个女生去看了电影，然后在电玩城抓娃娃。他抓了一大堆娃娃，用娃娃和游戏币换了一个很大的毛绒粉猪。

这年的贺岁档电影很受欢迎，一票难求，像赵远阳这样临时决定要看的，只有跟魏海挤角落了。

魏海像上次一样，也带了女生。

赵远阳觉得面熟，仔细一看，却怎么也想不起来。

魏海笑着说：“我朋友。远阳，你见过的，我腿受伤住院的时候，她是我的护士。介绍一下，高明月。”

赵远阳“哦”了一声，这才想起来。

没穿护士服，他就认不出来了。

高明月比魏海大三岁，但看着年纪比魏海要小，尤其她还扎了减龄的双马尾，矮矮的，看着很娇小。

电影开场了，影厅一暗，便安静了许多。

电影特效还是很不错的，除了电影院里小孩子多，吵，有些影响观影体验，赵远阳仍是看得津津有味，抱着一桶爆米花往嘴里塞。

他还听见魏海旁边的高明月在哭，她看到感人的情节后，就开始掉眼泪。

魏海低声说："哭什么啊，这有什么好哭的？"

高明月抽噎个不停。此时，大部分的人看到这段剧情后都默默地流了眼泪，赵远阳面无表情地吃着爆米花。

电影快结束的时候，高明月出去接电话，然后就再也没回来了。

电影结束，她还是没回来，魏海和赵远阳只好从影厅出去。

影院在兜售电影周边，赵远阳买了个毛绒公仔，提着公仔脑袋上的天线，觉得挺可爱，打算拿回去送给霍戎，安慰一下他。

魏海看得稀奇，赵远阳怎么喜欢这种玩意儿？

"你买这个干吗？"

"我买回家送我哥。"赵远阳道。

魏海挑眉："你哥喜欢这个啊？品位不寻常啊。"

"我送的，他必须喜欢。"赵远阳扭头对魏海道，"你也该给你朋友买一个，送给她。"

"对了，她接电话怎么接这么久？"

"不知道，上厕所吧。"魏海听了，觉得赵远阳说得对，就掏钱买了一个毛绒公仔，又买了一对钥匙扣。

赵远阳看见他买了钥匙扣，自己也去买了一对。书包挂一个，剩下那个给霍戎好了。

他买完钥匙扣，接着又去买了两张次日场次的电影票，准备带霍戎来看。

买完电影票，回头一看，高明月已经出来了。她捏着手机，很着急的模样，在跟魏海说些什么。

他走过去，听见高明月哭着说："我爸，他……他被人打进医院了！怎么办……呜呜，魏海，怎么办……那些人放话说，不会就这么算了的。"

魏海看到女生哭就有点儿痛苦，也不知道怎么安慰，就说："你也别光哭，怎么回事？谁打的？为什么打人？"

"我……我……"她抽噎着说，"我爷爷奶奶家的老房子最近要拆迁，他们不肯拆，然后开发商的人就找了地痞流氓来我家门口找事，都一个月了，刚刚，就……就突然打了我爸，把他打进医院了，还放话说，不同意拆迁就教训他，他们还……还不出医药费。”

哪怕她说话语无伦次，颠三倒四，但魏海和赵远阳还是勉强听懂了。

“你爷爷奶奶是钉子户，不接受拆迁，然后开发商忍无可忍，打人了是吧？”

高明月一听，也有些不好意思，脸上挂着泪：“我让他们拆了，接受拆迁费，可是他们不肯，你也知道的，他们……他们都是老人家了。”

“这事不能就这么算了，但是拆迁必须要拆，先去医院看你爸，等他出院了，事情解决了，我再想办法。”

高明月没什么主见，听见魏海这样说就点头道：“好，听你的。”

赵远阳突然插嘴道：“你确定是开发商找的地痞？”

他家里就是做房地产的，以前父母为了钉子户的事情也很恼火，经常回到家都在处理这种事情，急得焦头烂额：“能拿这些人怎么办？给多少钱都不要！就要守着老房子，说要拆房先把他们弄死了，这叫人怎么办！”

有些钉子户，是因为对拆迁费不满。还有些是因为情怀，对房子有了感情，不愿意走。

哪怕开发商承诺，价格好商量，还私底下给他们许诺多送一套房，这些人就是不肯搬，不愿意签字，不愿意拆。

有些开发商会花钱请几个地痞流氓去闹事，但绝对不敢打人。

就算是打了，也不可能正大光明地让人知道就是他们开发商干的。

赵远阳说出了疑问，高明月擦了一下眼泪，愤恨道：“不然还能有谁！那些地痞……他们都……都说了，是开发商让他们来的，说签了字，就一切好说。不是开发商做的还能是谁？！”

赵远阳有点儿头疼，这一听就有问题啊。

正因为他家是做这行的，所以知道里面的一些弯弯绕绕，不然他也会像这护士一样，被表面的假象所蒙蔽。

不过……这也跟他没关系，他不是多管闲事的人。

“这样，四海，你把你朋友送到医院去吧，先去医院看看情况。”

魏海点了一下头：“哦，那我送她去医院，你怎么办？”

赵远阳挥手道：“我当然回家，你先走吧，我打个电话就有人来接我了。”

魏海走后，赵远阳就一个人瞎逛了起来。

他现在还不想回家。

于是，他臂弯里抱着个毛绒公仔，手指上挂着两个钥匙扣，在如今禹海市最繁华的商业街上一个人逛了起来。

赵远阳是很少逛街的人，因为他没什么要买的东西，哪怕一个人住的时候，他要什么缺什么也是打个电话就有了。

他上小学和初中的时候，父母倒是会带他去买衣服，但他当时的审美成谜，那些衣服都堆在原来的别墅衣帽间里。

他在甜品站排队买了个甜筒，转头进了旁边的卖场，坐电梯去了男装那一层。

赵远阳现在的衣服都是霍戎给他准备的，霍戎给他买什么他就穿什么。他们的审美差不多一致，霍戎买的东西，他都觉得还不错，从来也不挑。

他上了顶楼的卖场，就看外面的橱窗，也不进去，因为那些衣服的款式，在他看来都已经过时了，他没什么进去逛的欲望。

赵远阳绕了一圈，最后看见一家店橱窗里的假模身上穿的那件外套好看，就进去了。

他指名要看这件，导购员说：“您真有眼光，这衣服就适合您这种年轻帅哥，这是我们店里卖得最好的一件了，爆款！180的码，只剩一件了！”

一听见爆款，赵远阳立刻就不想买了，而且他也不是自己穿，是想给霍戎买，180的不合适。

他挑来挑去也没选中合适的，等到霍戎来接他了，便把钥匙扣和毛绒公仔都给他：“看电影买的，送给你。我还买了明天的电影票，我们一起去看。”

霍戎却道：“回家把作业写了。”

赵远阳表情一垮：“那好吧，你要跟我一起写。”

“成。”

回家后，两人挨在一起，霍戎手里拿着笔，桌上放着练习册。

赵远阳不会心算，每次遇到题了，就嘴里念着：“sinA 分之 x 平分，加上 cosA 分之 y 平分 =tanA，所以……所以……”

他“所以”二字在嘴里念了半天，都没念出个所以然来。

霍戎说：“选 A。”

赵远阳就点头：“对，对，对，选 A，没错。我就知道是 A，你别提醒我了，我会做的，我知道的。”

霍戎点头：“好，下次不会提醒你了。”

到了下道题，赵远阳又不会了，就故伎重施，演完了反过来埋怨他：“说好了不提醒我的，我都知道了，马上就算出来了！你干吗给我说答案？！”

“好，好，好，哥知道了。”霍戎知道，哪怕赵远阳这么说，他也不能当真，赵远阳的话，得反着听，要是真的不提醒他了，他反倒会更不高兴。

脸上会明明白白地写着——你怎么不提醒我了？你没看出来我不会做吗？！我要闹了啊！

他们就这么完成了整套试卷，看着和自己一模一样的字，赵远阳心里霎时有些复杂——让霍戎写出这么丑的字来，也是为难他了。

可同时，他心里也是满足的，觉得像是由自己亲手完成的一般。

到了晚些时候，赵远阳困了，想睡觉了，却收到了魏海的短信。

赵远阳看见短信，一时也愣住了。

下午哭着说父亲被打到住院了的高明月，说找地痞流氓打人的那家开发商叫“东方地产”。

这家房地产公司，正是赵远阳名下的，是他父母留给他的遗产。

魏海听见后，一开始没多想，直到方才才想起来，这不是赵远阳家的吗？！

他看着时间有些晚了，怕打扰赵远阳，就给他发了条短信。

赵远阳盯着短信看了会儿，回复：“知道了，我会去确认的。”

两秒后，赵远阳收到他的信息：“别想多了，晚安。”

无论这件事情是不是真的，魏海心里肯定是维护赵远阳的。

魏海双手托着后脑勺儿，躺在床上，想到下午陪高明月去医院的时候，她父亲戴着呼吸机，满身是伤的模样，旁边是哭泣的老人家。他看见的时候，心里很不好受，也很愤慨，觉得这该死的开发商真不是人。

他还跟高明月说："你放心，我帮你找回场子。"

高明月的家里人在旁边出谋划策："一定要把他们告上法庭！太恶劣了！"

打了人，还不出医药费，是挺恶劣的。

"我们真的要告啊？这怎么告？这官司怎么打得赢？我听说东方地产公司雇了很多打手。他们有权势，我们只是平民老百姓，胳膊怎么拧得过大腿！"

高明月咬牙切齿道："告！一定要告！我相信司法是公正的！会帮我们主持公道的！

"不仅要告上法庭，还要把事情闹大，请记者来采访！把这件事曝光！"

魏海想着要不要插手帮忙，心里念着"东方地产"这四个字，怎么怪熟悉？难道是熟人的公司？

回到家，他一拍大腿，想起来了！

魏海心里的天平一下子就偏了，然后斟酌了半天用词，给赵远阳发了条短信，提醒他，让他去查查有没有问题。

赵远阳倒也不急，如果真的是他公司的人做的，那肯定要承担责任，如果不是，那他肯定不会替商业对手背锅。

赵远阳放下手机，看向霍戎。

霍戎正在折腾赵远阳下午给他的毛绒公仔，拽那根有弹性的天线。

赵远阳看得眼角一抽，问道："哥，你是不是找人监视我？"

霍戎不喜欢他用"监视"这个词，轻轻皱眉道："不看着你，你都不着家。"

赵远阳不高兴道："我什么时候没回家了？"

霍戎放下七仔，服软道："好了，好了，阳阳，是哥哥错了。"

虽然他道了歉，但是并没有向赵远阳承诺不再找人跟着他。

赵远阳太能惹事了，不看着点儿，真的容易出意外。

道完歉，他也开始跟赵远阳算账了：“还有你，一个人逛什么卖场？怎么不回家？不给我打个电话？”

赵远阳一点儿也不心虚，理直气壮道：“我不是为了给你买礼物吗？你看，我还给你买了公仔和钥匙扣！”

“而且我还买了明天的电影票，要跟你一起去看。好了，现在我不想跟你去了，你自己去吧！”他扭过头，不看霍戎。

霍戎泄了气。他跟赵远阳吵不起来，也没办法真正地责备赵远阳。

“阳阳，过来，别生气了。”霍戎柔声道。

赵远阳不理他，一把将床上的公仔抓过来抱着。

霍戎喊不动他，知道他不听话了，就凑过去问他：“还生不生气？不生气了吧？跟不跟哥去看电影？”

“不去，不去！你自己去！”赵远阳脑袋一偏。

霍戎追问：“去不去？去不去？嗯？”

“不去，不去！”赵远阳还是嘴硬，抱着公仔不撒手。

霍戎一把将他怀里的公仔丢开：“真不去？那你想在家里干吗？”

赵远阳无可奈何道：“去，去，就当可怜你好了。”

他把公仔放在床头，然后把下午发生的事情说了一遍，然而霍戎的重点却没抓对：“你同桌带了女孩子来？”

赵远阳着急道：“重点不是这个，而且关你什么事？我要敲黑板了，重点是开发商打了钉子户，把钉子户打进医院了，还扬言自己就是开发商找来的，还说打不死不给医药费，打死了再给买口棺材。这一听就有问题啊。”

霍戎意味深长地“嗯”了一声：“聪明，是有问题。”

赵远阳也觉得自己挺聪明的。他提出合理怀疑：“我怀疑是公司的商业对手做的，太阴险了！”

“很有可能就是你说的那样，明天再查？”

“什么明天啊？”赵远阳踢了他一下，“再晚说不定都要被人告上法庭了，我是公司法人，你不着急？”

赵远阳成年后，就变成了公司法人，法律责任都将由他来承担。

霍戎闻言，立刻出去打电话了。

很快，他就回来了：“调查去了，应该没这回事。”

赵远阳松了口气：“没有就好，要是别人陷害我们，我们怎么解释？

霍戎说：“从打人的地痞流氓下手，揪出幕后指使，有了供词，就能证明我们的清白了。”

“要是那些人不肯认供怎么办？”赵远阳发问。

霍戎轻描淡写地说：“会认的。”

像往常一样，赵远阳睡到中午才醒，起来神游天外般地洗脸、漱口，然后吃早午饭。

他先喝了碗羊肉汤：“钉子户的事，查得怎么样了？”

东方地产公司是赵远阳的父母多年经营的心血，上下司职都很透明，发生了这样的事，上下一通，就什么都查出来了。

霍戎说：“查完了，没有这回事。”

“那些打人的地痞流氓呢？”赵远阳喝了勺汤，又加了点儿香菜。

“也抓到了。”

“这么快？”他抬头，然后往汤里加了勺小米辣。

霍戎看着他：“喝汤加什么辣椒？”

赵远阳说：“我就喜欢这么喝，不然你试试？”

霍戎摆手：“我不吃香菜。”

一般情况下，他什么食物都能接受，再艰难困苦的环境都经历过，再难吃的东西都吃过了，结果到了中国，他偏偏接受不了香菜。

也不是不能吃，就是不喜欢那股味道。

赵远阳愤然地夹了一筷子香菜塞进嘴里：“这么好吃的东西，你居然不吃！”

像是故意做给霍戎看似的，他又往碗里加了小米辣：“我跟你说，羊肉汤就是得这么喝，多加点儿辣椒，最好加半碗。”

霍戎怕他辣到了，手伸过去抓住他的手腕，阻止他：“别加了，够了，辣。”

赵远阳这才不情不愿地住手："怎么可能辣？不可能辣到我的，就是得加这么多。"

他说着，端着碗喝汤，一喝一大口，喝完放下碗："看吧，不辣。"

说完，他表情就僵住了，五官都皱起来，舌头吐在外头："水！水！"

霍戎赶紧去给他接水，他接过水就是仰头狂灌，灌完一脸哭样："好辣，辣死了，这什么破辣椒？"

受身体激素影响，赵远阳正处于叛逆期，所以经常很暴躁。他这个叛逆期，估计还得持续个一年半载。而且，他发脾气时很不讲理，只有霍戎能容忍，也只有霍戎能制住他。

吃完饭，他们就去看电影了。

赵远阳这次买的位子比昨天的要好一些，但也很偏。影厅小，很多家长都是带着孩子来的，不知道哪家孩子带了那种玩具塑料喇叭来，一直在吹。

赵远阳的前后左右都有小孩子，后面的孩子在踹凳子，他忍了忍，回头看了对方一眼。

是个小男孩儿，七八岁的年纪，很皮，一看赵远阳看他了，就胆小地躲母亲怀里去了。

那年轻母亲就安慰他："宝宝不怕啊。"

广告终于结束，影厅的灯一下子熄灭，灯光暗了下来。

赵远阳撕开薯片包装袋，开始吃。

他昨天刚刚看过一遍，所以对电影本身提不起多大兴趣了，主要就是陪霍戎来的。

因为他要吃薯片，所以两只手都没有空，吃了两口就递到霍戎那边，示意霍戎吃。

霍戎本来是不吃的，不过赵远阳都给他递到面前来了，他就拿了一片小的。后来想了想，又抓了一大把。

赵远阳在昏暗里望了他一眼，不是说不喜欢吃膨化食品吗？

影厅里很吵，有小孩子乱吵，跟着台词念，后面的小朋友还在踢赵远阳的座位。赵远阳专注于吃薯片，没看电影。他忍了一会儿，咳了一声，提醒那小男孩儿。

小男孩儿停了一下，接着很快又继续，似乎把这个当成了好玩的游戏。

赵远阳忍无可忍，回头瞪他。

小男孩儿缩回母亲怀里。

年轻母亲说："听话，你看哥哥都生气了。"

赵远阳是真不高兴了，任谁遇到这种事都会不高兴的吧。这家长怎么回事？怎么教导孩子的？

她应该给孩子说："这样做是不对的。"

而不是给他说别人生气了，让他不要这么做了。这样教导的话，孩子就会认为，只要别人不生气，那都是可以做的，是对的。

小男孩儿终于安静了下来，赵远阳的薯片也终于吃完了。他喝了口冰可乐，打了个嗝。

后面突然又一脚过来，凳子轻轻地晃动了一下，赵远阳一个激灵。那小男孩儿又开始了，似乎只是试探了一下，见赵远阳没反应，便又踢了几脚。

还没等赵远阳发怒，霍戎就转过身去了。

霍戎看了那小男孩儿一眼，小男孩儿愣住了，随即哇哇大哭了起来。

这下，那孩子不仅惹恼了赵远阳，旁边的人都有些不高兴起来。有人让那家长管好孩子，家长就抱着孩子安慰，结果安慰不好，孩子哭个不停，犯了众怒，家长只好抱着孩子出去了。

赵远阳终于觉得耳根子清静了。

"我最讨厌'熊孩子'了，不，应该说最讨厌'熊家长'了！把小孩子宠得无法无天的要干吗？连哭都哄不住！"赵远阳低声吐槽道。

霍戎的目光聚焦在电影荧幕上，深以为然地觉得赵远阳这段话把自己也拉下了水。他可不就是典型的"熊家长"吗？赵远阳要是哭了，他的确很难哄住。

赵远阳要是犯错了，那肯定不是他的问题，是别人的问题。

按赵远阳那惹是生非的频率和程度来看，也是个实打实的"熊孩子"。

电影演着演着，赵远阳就犯困了，侧头看了霍戎一眼。

随后他脑袋一歪，歪在椅背上睡着了。

这一觉睡到电影结束，中途，赵远阳兜里的手机亮了几次，霍戎都没叫醒他。

电影结束，灯亮了，赵远阳自然而然地就醒了。他打了个哈欠，脖子朝前后左右都扭了扭，活动活动筋骨。

他们站起来，往外走。

霍戎说：“阳阳，刚刚你的手机响了。”

因为看电影，赵远阳开的静音，他的手机屏幕亮了几次，霍戎都注意到了。

赵远阳掏出手机一看，得，是魏海通风报信的电话，还有短信。

第三章

纳瓦绿松石

霍戎处理事情一向滴水不漏，还喜欢讲究一个“文明”的原则，先文明着来，文明行不通了，再换别的招。

所以公司的领导带着两个下属一起去医院给高明月的父亲赔礼道歉，并严肃申明，这不是他们做的，是商业对手搞的好事，还让他们放心，医药费他们一定会承担。

但是，一问给多少拆迁费，听见领导回答的数字，有人不满了，开始闹事，并且当场给电视台打电话。

领导拉下脸来：“给别人的拆迁费都是一平方米不到三千元，给你们一平方米四千三百元了，还多赔一套商铺，不够？”

不知道是哪个亲戚，大概是高明月的叔伯，房子拆迁，他们的户口都在这里，都是可以分一套房的，所以当然是极力争取权益了，愤慨道：“我弟弟让你们的人打成这样？赔礼道个歉就完了？买个水果篮就完了？！我告诉你，不可能！”

或许之前，给出四千三百元的价格还有戏，现在人都进医院了，还想这个价格，做梦呢！

“说了，人不是我们打的，进医院和我们没有责任，怎么说不通呢？”领导沉下脸来。

他们想漫天要价，这是一开始就预料到的，虽然是漫天要价，但不会太高，可一旦开了这个先例，就会落人口实。剩下的，那些拖着不肯签字、不同意拆迁的居民，自然会比照这个标准，坐地起价。

这种高昂的拆迁费扰乱了市场行情，是不可取的。

再者，真要同意了高家人的漫天要价，那他们就坐实了打人的丑闻。去年来公司的那位职业经理人，这天早上就是这么交代他的：“不同意就撕破脸，要告就告，要举报给电视台便任他举报，造谣是要吃官司的！不懂得见好就收，那是会吃亏的。”

高家亲戚蛮不讲理：“不是你们打的是谁打的？不是你们干的你们干吗来医院赔礼道歉，干吗赔医药费？”

领导窝火：“大哥，是我们的商业对手干的。”

“什么商业对手？我听不懂！”

和粗人讲道理、讲文明，大概是这个世界上最困难的事了，尤其这一家人还想讹诈人。

电视台接到电话后，听见有开发商领导，就赶紧过来采访了。

这一大家子人对着记者哭诉，那电视台记者感觉逮住了猛料，镜头对着东方地产那领导就是一顿狂拍。

领导冷冰冰地甩下一句话：“报道不实消息，是造谣，是要进局子的。”

魏海接到高明月的电话，说要告这家地产公司，但是什么不懂，让他帮帮忙。

魏海张口就来一句：“告什么告？！不准告！”

旋即，他立刻给赵远阳打电话，不管事情是不是真的，这都是丑闻啊，而且真要告了，出席法庭的那不就是赵远阳吗？

赵远阳一听始末，头都大了。

他给魏海回了条消息，澄清了事实，让魏海不用太过担心。

但他不会处理这类事件，只会看着霍戎。

而霍戎还是那副但笑不语的模样，高深莫测地来一句：“不急。”

赵远阳看他不急，不知怎么，就是相信他，也觉得全身都跟着轻松了起来。是啊，没什么好担心的。

回到家，赵远阳就翻出自己的那堆寒假作业。

明明只有十三天的假期，作业却有一个月那么多，不想写的，不会做的，赵远阳统统乱选，留下大题，等霍戎来帮他解决。

他写作业的时候，霍戎就去帮他解决麻烦。

和赵远阳一开始猜测的差不多，用这种低劣手段陷害东方地产的是商业对手，但同时，也夹杂着私人恩怨。

霍戎通过那些打人的地痞流氓了解到，指使他们打人的是个年轻男人，除了一开始找到他们，后来都是通过电话联系，处事非常谨慎。

开始是让他们去闹事，一天一百块钱，闹了一周左右，那男人又出现了一次，给了他们一人两千块钱，让他们以东方地产的名义去打人。

从头到尾，年轻男人没有使用过银行汇款，出现的时候也是戴了帽子的，非常低调谨慎。

而且他还没开车。

据那些地痞回忆："他应该是开了车来的，但是停在很远的地方，是步行过来的。我注意到，他腰间挂了一串车钥匙。是什么车的钥匙，我就记不得了。"

仅仅通过这些信息，要想找到一个人，无异于大海捞针。

不过到处都有交通监控，有了时间点，通过筛选监控，找出这样一个可疑的人，并不难。

监控里，年轻男人戴了顶鸭舌帽，穿着运动鞋，上了一辆黑色车子。

霍戎很快就找到了这个人——周思明。

周淳膝下有一儿一女，大儿子周思明，此前一直在外地读大学，名牌大学的学生。去年年初才开始实习，于去年年底来到了现在这家位于禹海市的嘉年华地产分公司。

嘉年华地产公司总部在大城市，周思明在总部实习后，得到了上司的赏识，要让他转正，然后给他升职，结果他主动提出要来家乡的分公司。

分部和总部的工资水平相差很大，可周思明还是回来了。

回到禹海市，他先融入同事集体，再获取上司的信任。在公司高层绞尽脑汁想着怎么打败对手，把东方地产搞垮时，他就给上司提了这样一个计划。

从一个普遍的社会现象下手，造成舆论，让东方地产深陷丑闻不可自拔。

他的目的达到了，在东方地产选择去给被打的那家钉子户赔礼道歉时，本市的电视台记者就赶过来采访了，并且在次日的晚间新闻上，播报了这则新闻，以及东方地产公司某领导威胁电视台记者的话：“造谣是要吃官司的！”

在娱乐匮乏的年代，除了电视剧，市民最爱看的就是新闻了，尤其是这种爆料新闻。镜头下，高明月的父亲躺在病床上，一家人都挤在病房里，包括两个年迈的老人家，对着镜头哭，揭露开发商为了逼他们签字而做出的恶劣行径。

老人家还患有冠心病，因为这件事情身体情况恶化了许多。

不知道是不是为了新闻效果，记者还采访了医生。医生就在记者面前，把患者送进医院时的身体情况说了一遍。

看见新闻的人，无一不觉得同情：“太可怜了，这开发商真不是人！畜生！”

新闻播报后的次日，就引起了很强烈的社会反响。

几乎都是谴责开发商东方地产的声音。

与此同时，电视台收到一封律师函。

这样的社会新闻，热度一般持续不了太久，总会被别的新闻压下去。果不其然，当天就又有了新的大事，城东一个刚刚开盘的嘉年华小区，楼房倾斜了！

楼房只有七层高，是电梯公寓，但是因为在修建的时候偷工减料，地基不稳，因而楼房出现了像比萨斜塔那样的奇景。

这样的奇观，引起了市民的恐慌，楼房倾斜了？这是用的什么建材？！建筑安全过关吗？！

尤其是那些居住在嘉年华开发的小区的居民，纷纷去找物管闹事，要求赔偿。

开发商开发楼盘的成本，土地是大头，通常能占到一半左右，其次才是融资的财务费用、建安费用、税费及管理费用。

有时候，为了节约成本，有些黑心的开发商会在建筑安全费用上省钱，特别是像嘉年华这种开发商。好几年前，他们还是本市房产界龙头，后来被本土的东方地产公司打败。

像他们这种上市公司，爱面子，资金紧张不会公开，但私下里会紧锣密鼓地开源节流。

而且他们疯狂买地，在市场好的时候盲目扩张，导致公司非常缺钱，加上资金回流率低，只能在多方面省钱了。

嘉年华在本市是分公司，总部觉得他们的业绩不过关，就开会决定要换掉管理层，还要裁员。分公司老板趁着最后机会疯狂敛财，在本就资金短缺的情况下，他自己还要吃回扣，充盈自己的腰包，质量当然不可能过关。

出现了这种事，他们还来不及庆祝对手东方地产深陷舆论，股票狂跌，就已经泥菩萨过河——自身难保了。

不仅嘉年华的居民要闹，市民要闹，媒体也要闹！而且，楼盘质量不过关就开售，是非常严重的事，要承担严重的法律责任，经手该楼盘的所有高层领导，以及工程队，全部得担责任！

不光是责任，还得坐牢。

就在这样的紧要关头，嘉年华老总召开了紧急会议。

他想不到，在把对手拉下水的第二天，自家公司就出现了这么严重的建安事故。

事情是上午十点发生的，中午电视台午间新闻就报道了，现在，闻风而来的媒体和一些居民都在公司楼下声讨黑心开发商，大闹着要他们给一个说法。

秘书敲门进来，低声在老板耳边说了些什么。

张总脸色一黑：“让保安拦着！谁都不许进来！”

他们继续开着会，最后分析出来——这是东方地产公司的反击。

嘉年华公司大楼下，一众愤慨的居民和媒体都在往公司里挤，全公司的保安都出动了，才把这群人拦住。

眼看着就要让人给冲破防线了，这时，突然冲过来一拨人，在大冬天光着膀子，拿着钢管，跟保安说："是张总让我们来解决的，没你们事了。"

等开会的张总接到秘书的消息时，下面已经打起来了。

"谁找的人！谁找的！是哪个蠢货？！"他急得火烧眉毛，"是嫌我不够惨吗？！还要火上浇油！完蛋了！"

秘书迟疑地说："张总，他们说……他们是您找来的……打手。"

张总愤怒道："我什么时候找过打手了？！"

警察过来，先把打人的控制起来了，然后抓捕了公司参与决策的高层。

没人敢想象，若是这天开盘了，楼房没有出现问题，而是在日后出现这种问题，该会是多么大的隐患，会造成多严重的人员伤亡事件！

之后，自称嘉年华的张总雇用的几个打手，坦白从宽，把这些年嘉年华让他们干的脏事都捅了出来。

那几人还说："这些都是真的！就在前天！晚间新闻爆的那个，东方地产开发商打人的事件，都是他们给钱让我们干的。"

"对了，一直联系我们办事的人，是他们市场营销部的，一个叫周思明的。"

东方地产的反击来得太快了，审讯室里，张总一开始抵死不认，可事实摆在眼前，楼房歪了，搞不好风吹雨打几天就要垮了。楼房建安有问题他都知道，因为那些省下来的钱，全部进了他自己的腰包。

一听说那几个自称是他雇用的打手是周思明联系的，他就想起来了。

他就说怎么会有打手！

他已经落入法网，逃不了了，他想着死了也要拉个垫背的，干脆把罪魁祸首周思明也拉下了水。

此事影响太大，不仅上了本市的头条新闻，还上了全国性的新闻栏目。

该开发商不仅偷工减料，楼盘质量堪忧，还长期雇用打手，为了搞垮对手公司不择手段，寻衅滋事，买通打手冒充对手公司的人，殴打拆迁钉子户，将人殴打至住院！

一夜之间，股票狂跌，嘉年华地产很快就破产了。

本市电视台台长这才注意到前几日寄到的律师函。

律师函最后一行写着，要他们连续半个月，每天插播五十条，对造谣东方地产殴打拆迁居民高某事件的道歉视频。

要求道歉需诚恳，不得少于十分钟，从早到晚，节目前后、中途广告，都必须插播道歉视频，不然就法庭见。

台长是懂法律的人，嘉年华为了搞垮对手，使用了低劣下作的商业手段，这件事在电视台都曝光了，要是真吃官司了，不好受。

一看见对方索赔了一千万元，并且合理分析了这件事对他们公司不仅造成了名誉影响，而且股票狂跌等，台长看完眼前一黑。

得，道歉吧。

哪个记者采访的，哪个栏目策划准许播报的，统统站出来道歉，然后开除！

市民们很少见到这么热闹的事，一开始，本地新闻插播道歉视频时，人们还觉得新鲜，后来又过了几天，市民就淡定了。

等半个月过了，市民还拿这件事当谈资，说从没见过电视台道歉，东方地产太牛了。

道歉视频当中提到的高某，早在之前，他看见那则嘉年华为了搞垮对手用商业手段陷害的新闻时，就给气晕了。

完了，这下是真赔不了那么多钱了，医药费也跑了。

明明之前人家好脾气地来跟他赔礼道歉了，还主动承担医药费，提高拆迁费，主动许诺多赔一套商铺的，现在全没了。

老人家也气得冠心病犯了，一众亲戚六神无主起来。高明月刚请了律师，打算告开发商，结果在这关头爆出了这样的事实！

她不得不付给律师高昂的违约费。这些律师违约费，开发商赔了拆迁费都不够付的！

高明月不禁有些绝望，一时间脑子里一片空白，只知道不断给魏海打电话、发短信，让他救救自己，看在朋友的分上帮帮忙。

魏海统统不理，不是怪高明月家里烂事多，是她非要告开发商的行为触怒了他。眼睛瞎了吗？这事一看就有猫腻啊，还是赵远阳聪明。

高明月打不通他的电话，又不知道怎么跟家里开口。

现在家里还在为拆迁费怎么分的事吵得不可开交，该不该现在签字，还是再磨一磨。

可是再怎么磨，开发商也不会再掏一分钱了吧？

这次是真的一穷二白了。

高明月还在忧心律师的违约费怎么办，另一边，东方地产的律师函就寄了过来，对他们一家人的造谣行为提出了索赔。

看见律师函上索赔的金额，全家人心如死灰，觉得天都塌了，这次是真的塌了，没人顶得起来。

在医院的时候，除了赵远阳来看魏海，就是高明月这个护士每天出现在魏海面前。

说起来，赵远阳还得感谢魏海找了这么个朋友，不然他不会这么快知道有一户钉子户，被冒充的东方地产开发商的人打到住院了。

如果不是因为提前知道，他们无法这么快找到应对措施。

事情结束了，赵远阳也该开学了。

他顺利地补完了作业，一到学校，便看见学校四处贴着省运动会的标识，树上、路灯上，连进校门处的大屏幕也在播放省运动会的消息和视频。

开学第一天晚自习是班会，上学期的期末考试成绩、会考成绩，全部出来了。

赵远阳的成绩比之前有了很大的进步，直接从年级七百名冲到了三百名。或许是去年十二月的时候，霍戎消失了整整一个月的缘故，他得以专心致志地学习，才取得了如此大的进步。

期末考试成绩对班上同学来说不算冲击，老余在班上专门说了运动会火炬手的事。他的神情严肃，眼里带着自豪："今年七月份，火炬将传递到我们市，现在学校里要选一名学生代表，以及一名老师代表，参加运动会火炬护跑的传递。”

听见班主任说的话，全班沸腾了：“运动会！火炬手！”

学校领导就此事开了一下午的会议，要求学生代表必须精神面貌好，要求这名学生代表必须得体现“希望、梦想和激励、友谊和公平竞争、奋斗为乐”的精神，才能担当起火炬护跑手的责任。

老余站在讲台上，安抚下面交头接耳的同学，说了具体的选拔要求：“年满十七周岁，能够在二十分钟内轻松跑完三千米的同学，可以来我这里报名。要记住，你代表的不仅仅是学校的形象，还是我们省的形象！同学们，这是一件荣耀的事！是一件值得吹一辈子的事！等以后大家都老了，当了父母，当爷爷奶奶了……”

他是个很爱即兴演讲的班主任，每次都慷慨激昂，基本上全班同学都会被他感染，继而情不自禁地给他鼓掌。

班上大部分同学都是年满十七岁的，出于对高三同学学业紧张以及高一年级同学年龄偏小的考虑，本次火炬手的选拔只在高二年级进行。

全省只有五千个名额，学校里选出一个学生代表，再选出一个老师代表，最后和其他学校的代表竞争。

学校还搞了个为运动会加油的口号，每天中午广播，下午也要放一遍。

也正是为运动会加油，学校专门要求全校同学每天早上提前一个小时来学校打卡报到，去操场跑步。

还有电视台来摄像，有领导来视察。

开学后，天气就转暖了，天亮得早了，赵远阳每天六点起床，六点四十就要到学校，六点五十分必须到操场和班级集合，班长会清点人数，把没来的名字记下来。

从六点五十分开始跑，中间不停下来，要跑三十分钟，跑到七点半，然后回教室上早读，接着开始上课。

赵远阳是个爱睡懒觉的，但刚开始，他也坚持了两天。三十分钟长跑对他来说完全不成问题，可对于大部分同学来说，这是一种惩罚、煎熬。

很多同学跑一圈就受不了了，尤其他们（一）班，全是学霸，每天沉迷于学习，哪里有时间运动，跑一圈就开始拖后腿，蹲在旁边休息。

几圈下来，班上只剩下几个学生在坚持，赵远阳就是其中之一。

因为魏海不来上课，赵远阳就鹤立鸡群，很出风头，坐在地上休息的同学、班上的同学、同级的同学，还有老师和视察的领导，都忍不住看他跑步。

女同学觉得他帅，男同学觉得他厉害，真能跑。

并且他没有露出那种疲累的喘气模样，好多同学跑了几圈后，便因为岔气捂着肚子，满头大汗的，背深深地躬着跑步。

而赵远阳还是那副轻松的模样，跑步姿势端正帅气，腰杆挺得笔直。

领导站在旁边表扬："不错啊，这个学生。余显，你们班的？成绩也好，长这么端正，跑步起来精神面貌很好，我觉得很适合当护跑手。"

听见"成绩也好"四个字，老余有些心虚，点头道："是啊，是啊，这个学生平时态度很端正的，模样也端正，很合适，上电视也很合适。"

看着全校同学都累瘫了，赵远阳也有些累。他想偷个懒，但眼看着班上只剩下几个人还在坚持，自己就是其中之一，他的腰板就不由自主挺得更直，虚荣心得到了巨大的满足。

赵远阳坚持跑完了半个小时，满头大汗。

他非常不舒服，想回家洗个澡。

老余正想找他说护跑手的事，就找不到人了。

他问："赵远阳呢？有没有人知道他去哪里了？"

坐他前面的孔三思回头说："余老师，赵远阳说太热了，他回去洗个澡再过来，让我跟您请个假，说很快回来……"

老余："……"

这叫请假吗？

赵远阳没给霍戎说，直接出校门打了辆车回家。他热得忍不住把校服外套脱了，把里面的卫衣袖子捋起来，抓着衣服给自己扇风。

"师傅，能不能关一下空调啊？或者调成冷气行吗？"

师傅帮他把车窗摇了下来。

车速很快，几分钟工夫就到了家门口。赵远阳站在铁门前，监控器转向他，然后门缓缓打开了。

赵远阳以前都坐车进来，每次看到车子离门近了，门就开了。看来这监控器是自动识别的啊。

赵远阳进了屋子，踩在地毯上，觉得热死了。

他吹了一路的风，还是觉得热，汗流浃背。

霍戎问他怎么了，他说："别提了，跑步，累死了，说什么弘扬体育精神。"

老余在学校里等啊等，短短一个上午，他已经来了教室不下十次，每次都是看看同学们的学习状况，再看看赵远阳来了没有。

没有，还是没有。

他望穿秋水，手里报名的名额越来越少，赵远阳还是没来。老余对孔三思说："等一下他来了，让他来办公室找我。"

下午上课时，赵远阳总算神色颓靡地回来了。

孔三思转过身来道："赵远阳，老班叫你去找他，上午叫的，你……总之，你想个理由解释吧。"

孔三思是高一开学时，坐在他前面的同学，后来班上的位子一直换，只有赵远阳还守着这个特殊角落。高二开学，他又调到了赵远阳前面。

赵远阳点了一下头："我知道了。"可是身体并没有行动。他都不想来学校了，本来想睡觉的，可还是坚持来了。

孔三思看着他说："你快去吧，余老师上午来了好多次，每次都问你回来没有，是不是上厕所去了。估计是有什么重要的事情吧。"

赵远阳还是那副表情，点着头说"好"，身体却不动。

孔三思还想说什么，看到赵远阳身后站着的人，就默默地转过身去，逃离战场。老余阴森森的声音在赵远阳背后响起："赵远阳，来我办公室一趟。"

说完，他瞥了一眼魏海的座位："你的好伙伴今天是不是逃了一整天课？"

赵远阳说不知道，接着慢悠悠地站起来，跟着老余穿过走廊，路过（二）班、（三）班、（四）班、（五）班，进了他的办公室。

他双手插在校服兜里，姿态散漫地站在老余的办公桌前。

老余看着他，眼里隐隐冒火，用了把数学老师不小心落在教室里，后来让他捡走的五十厘米的钢尺拍了一下办公桌桌面：“站端正了！”

赵远阳身体不舒服，依旧懒洋洋的。

他懒散地歪着脑袋，等老余切入正题。

老余训他不起作用，但也不是第一次发生这种事了。办公室没老师的时候，他就忍了，但现在办公室还有别的老师在往这边看，似乎对他驯服不了一个学生表示感兴趣，他就有些下不来台了。

可是老余又不想闹得太难看，因为他知道赵远阳就是这种性格，跟他对着干，是绝对干不赢他的，越来劲，他就越喜欢对着干。

他压制下怒火，压着压着，就没什么怒气了。

余显叹口气，说道：“运动会火炬护跑手，我前几天说过的，想不想报名？”

赵远阳一听，居然没一来就说没兴趣，而是问：“这个不是要好学生才能去的吗？”

“是啊，好学生，你也是好学生。”老余瞥他一眼。

赵远阳闻言，无所谓道：“哦，那好吧。”

他草草地填了张报名表，心里觉得这种事肯定是轮不上自己的。

但学校显然不这么想，这可是要上电视的好事啊！要体现他们学校的校风，要在全国观众面前展现风采，可不是成绩好就行了。

开会时，年级上有老师说：“在年级前十里面选吧，这些都是好学生。”

当场便有老师表示反对：“看电视的时候，观众能知道你学习成绩好？可以考虑一下学校的体育生，他们都是体育健儿，和运动会的精神相符。”

“说到底，得看综合素质，看身体素质和精神面貌，当然成绩也要看，但是不能只看成绩啊。从年级前十选拔？这个说法从根本上来说，就是不对的。在传递火炬的时候，护跑手背后全程会有媒体跟着，你的名字、你的经历，都会在电视上进行实时播报。”

老师们你一言我一语，各自有各自的意见。

一些老师相当维护自己班上的学生，站出来说自己的学生一定是最合适的。火炬护跑手，将选拔出各行各业的人，也就是说，全市学生只能有一个，还必须有一段令人瞩目的经历。

这个老师说：“我这学生很优秀，家乡很穷，是靠奖学金来我们学校的，鞋子破洞了都还在穿，很刻苦，成绩经常名列前茅。”

“我们班的 ××× 得过国际数学奖！”

“我们班陈一鹏，跳高拿过省里的第二名！”

老余说：“我们班赵远阳，上次校运动会和陈一鹏并列第一，而且……这位同学家里双亲都去世了，一个人守着父母留下的家业，并且他的精神面貌非常好，我听说学生私底下评过校花和校草，好像他就是校草吧。”

“余老师，这是省运动会火炬护跑手选拔，不是选秀，也不是比惨。”有老师忍不住说。

“但是要上电视嘛，经历丰富一些怎么就是比惨了？对了，赵远阳同学已经年满十八岁了，他父母留下的东方地产公司，现在他是名誉董事，有没有能力我们暂且不提，这样的年纪，这样的经历，足够丰富了吧？而且，东方地产公司热心公益事业也是出了名的。”

这些事，余显原本是不知道的。他只知道赵远阳家的公司叫“东方地产”，不知道赵远阳现在是名誉董事，是赵远阳自己填表的时候写的。

老余还怀疑了一下，专门找他问过。

赵远阳说：“是我父母留下的遗嘱，我成年后自动生效。”

听见赵远阳的话，老余心情相当复杂，像赵远阳这样的学生，虽然上午逃课了，性质恶劣，但老余觉得他的本质是好的。

“好好学习。”最后他只说了这么一句话。

当然，到底谁当这个护跑手，还不是学校领导说了算，是运动会的专家评审说了算。

他们把资料和图片录入电脑，再提交上去，最后会出结果。

为了谁当吵个不停，是没有必要的。

第二天，赵远阳没来跑步，直接翘掉了。

因为不想跑得满身大汗，还要回家洗个澡，太耽误学习了！

结果领导这天又来视察了，专门问余显：“你们班那个学生呢？高的那个，我前两天来还看见他了呢。”

老余额头冒汗：“啊，他啊……我刚刚让他帮我去跑腿，复印试卷去了。他跑得快，体力好。”

领导点点头：“不错。”

赵远阳虽然没来跑步，但是没有翘课，在上课前，准时到达了。老余下课就找到他，先拐弯抹角地问他：“怎么没来跑步了？”

赵远阳据实回答：“热，会出汗，我肯定会想回家洗澡。”

老余一脸无奈地看着他。

这学生简直了。

老余的嘴角一抽，不禁有些头疼：“算了，你回去吧，好好上课，不要被这些事影响了。对了，少逃课，还有，明天跑步记得来。”

“啊？”赵远阳已经很久没来跑步了，每次到学校后看见班上同学累得满身大汗地回来，他简直不要太轻松。

老余深沉地说：“领导非常关注你，所以你来带队。”

赵远阳：“……”

长得帅就活该受关注吗？！

最近学校里因为这个晨跑，学生都怨声载道，有老师反映：“学生们跑完回来上课，都没精神听讲了！半个小时太长了，建议中间的十分钟用来休息，跑十分钟休息十分钟，再跑十分钟。”

还有老师提出：“不过我觉得这个晨跑还是有一定作用的，我每天跟着跑身体都感觉好了，学生精气神也跟着好了。而且现在天气暖和了许多，没有之前那么冷了。”

赵远阳嘴上十分不乐意，结果回去还是设置了闹铃。

“阳阳，之前你不是跟哥哥说学校不用跑步了？怎么，你们学校又开始让你们跑了？”

“一直要跑，之前我是骗你的，我想睡懒觉。”

因为要去学校跑步，还要带队，闹铃一响他就起来了。

早餐桌上。

“阳阳，跑完步回来洗澡吗？”霍戎问他。

赵远阳说不回来，便坐下来吃早餐。

“真不回来啊？出汗了怎么办？”

赵远阳说：“出汗了我也不回来，我能忍。”

霍戎不得要领道：“哥去接你？”

“说了不回来，我跑步完了要上课，不能回来，我坚决不回来！”话说出口，他又有些后悔。

要是真的满身大汗了，他能忍？

霍戎也是不相信的，但嘴上还是附和他：“成吧，那哥晚上再去接你。对了，阳阳，你是不是想当那个火炬护跑手？”

赵远阳干脆地回答：“不想。”

霍戎知道他的脾性，也不拆穿：“好好上课。”

他并不相信赵远阳能忍着满身汗味上一天课。

赵远阳的鼻子很灵，每次霍戎运动流了汗，汗在身上干了，没洗澡，赵远阳都能闻出来，然后让他去洗澡。

赵远阳对别人是这样，对自己更是这样。

他去学校了，霍戎就在家里等着他回来，看见从云层里透出的阳光，霍戎相信他一定会回来的。

学校现在改了制度，跑十分钟休息十分钟，然后接着跑十分钟，解散。

赵远阳没有以往那么累，但仍旧全身是汗。他是易出汗的体质，头发都湿了。

太阳出来了，天气炎热，操场里弥漫着一股汗味。好多女生都捂着鼻子，有些受不了。不过赵远阳虽然也流了不少汗，连后背都湿透了，但他身上并没有那种汗臭味。

赵远阳热得要命，教室里开了风扇，他还是热，拿书给自己扇风，就是不肯回家。

霍戎是笃定他忍不了这个，而他也的确不能忍着不洗澡，但霍戎没想到，他居然想去别人家里。

正好魏海在他们跑步结束后来上课了，赵远阳顺口问一句："四海，我去你家洗澡行吗？"

魏海愁眉苦脸地说："我一回家，我爸就该知道了，我家有保安，偷跑不进去。你怎么不回家？"

赵远阳面无表情道："不想回家。"

"那不然去酒店？我陪你去？"魏海提议。

"对哦，这个好。"学校附近就有一个五星级酒店，赵远阳居然觉得他的提议非常好，当即决定逃课。

只要不回家，什么都好说。

他从书包里找到了卡和身份证，两人从教室出去的时候，老余正好从那头过来，一看他们下楼梯就暴躁地怒吼道："赵远阳！魏海！给我回来！"

魏海拽着赵远阳就跑。

他是逃课专业户了，有一大堆假条，都是他自己签的。

两人把假条给学校门卫，门卫对魏海说："你们班主任跟我打过招呼，说但凡是你给的假条，都是假的。"

魏海吼道："怎么可能？！这次是真的！我们是两个人！"

门卫不吃他这套："你给你们余显老师打个电话，让他亲口给我说。"

魏海再次拽着赵远阳跑，直接冲出学校，伸手招了辆出租车，快速上去后，报了酒店的名字。

赵远阳靠在后座椅背上，嘴角有笑。他从兜里掏出手机，打电话让商店把衣服送到酒店。

魏海问他："这样逃课很爽吧？"

"爽。"赵远阳脸上带着畅快的笑容。

"但我们下次不能这么逃了，开假条太麻烦了，我的花招也被老余和门卫识破了，我知道男厕所后边有个堆杂物的地方，那里没监控，可以翻墙，翻墙过去就是居民区。”

赵远阳点了一下头：“我只能偶尔陪你逃一次，我要是逃多了，我哥就该知道了。”

“又不是亲哥……怕什么？他管你这么多？你都成年了，拿自己的钱读大学，又不需要他来养。”魏海想起赵远阳叫家长那次，他不放心就跟了出去，结果发现赵远阳和他哥似乎非常亲密。

他们家亲兄弟都很少这样，魏海有种说不出来的感觉。

到酒店后，赵远阳刷卡登记，拿着房卡就坐电梯上楼了。

他直接进了浴室，对魏海说：“等一下送衣服的敲门，你开门签个字就完了，把衣服挂这里。”

他指了指浴室外面，也就是卫生间进门洗手台的架子。

“你关好门，我等下自己拿。对了，楼顶有咖啡厅，你拿到衣服可以上去喝杯咖啡等我。”

他对魏海是没有什么防备心的，但他觉得还是得注意些，免得霍戎不准他跟魏海来往。

他交代完就进了浴室，把衣服脱了。魏海没脱鞋直接躺在床上，双手枕在脑后，盯着天花板，也不知道在想什么。

过了几分钟，魏海就听见了敲门声，但这敲门声非常大，力气很大，不像一般的服务人员，倒像是送水的。

魏海看了一眼猫眼，只看见一个男人，手上戴着白手套，提了一套用米色绒布裹着的衣服。

他放心许多，打开门。

结果门一开，进来的男人直接抓着他，他被人从房间里带了出去。

霍戎狠狠地把门踢上。

那声音大得连在浴室冲澡的赵远阳都听见了。他关了水，围上浴巾，感觉到有人进来了。他以为是魏海把衣服送进来了，就说了句：“衣服来了？四海，你上楼去喝杯咖啡吧，顶楼的咖啡厅不错。”

他说完，淋浴间的门一下子让人给拉开了。

赵远阳吓一跳，向后退，抬头一看。

“哥……”他退到了角落，背抵着墙，不自在地吞咽了一下，心里发虚。

霍戎衣衫整齐，鞋都没脱，赵远阳心里一抖：“哥哥，有话好好说行不行？我只是出来洗个澡，洗完我就回学校上课，我很听话的。”

“嗯，就出来洗个澡，”霍戎的声音很平静，“叫上同桌陪你？”

赵远阳伸手，阻止他继续往前走：“你先出去成吗？我把身上的泡沫冲了就出来，你给我拿衣服了没？”

赵远阳出去后，把霍戎给他带过来的衣服换上。

霍戎提醒说：“阳阳，下次想耍小聪明，别刷卡了，不然我立刻就能逮着你。”

赵远阳换着衣服的动作一愣，这么好心提醒？

“知道了，知道了。”

霍戎慢悠悠地说：“也不能用现金，因为你一出校门，我就知道你逃课了。”

赵远阳：“……”

“只要你超过十分钟没到家，我就能知道你去哪里了。”霍戎很明白地告诉他，“如果再翘课，你知道的。”

“我知道了。”

霍戎也意识到自己话说得太直白，让赵远阳不舒服了。他拍了一下赵远阳的脑袋，声音缓和了些：“阳阳，别怪哥哥。”

赵远阳垂下眼睛，很平静地“嗯”了一声：“不怪你。”

他没怪霍戎，他知道在霍戎允许的范围内，他就是自由的。

或许是他这天的行为真的让戎哥不高兴了，戎哥才这样跟他说话。

赵远阳换位思考了一下，心里是能懂他的。

霍戎嘴上说着不怪他了，其实还在生闷气。

赵远阳后来跟魏海解释了事情的来龙去脉。

“我哥收到我在酒店刷卡的信息，以为我被骗了。”

魏海愣了一下，然后低下头：“早知道用我的卡刷了，这样你哥就不会知道了。他骂你没有？”

“没有。”赵远阳摇头，“我给他解释清楚了。”

“那他走了？”

“走了。”赵远阳把校服外套穿上，“走吧，我们也回学校上课去。”

魏海看着他，欲言又止。

两人回到学校，老余把他们骂了一顿：“为什么又逃课？我不是让你们不许走吗？！还当着我的面跑了！门卫拦不住你们是吧？居然用冒充我签名的假条去糊弄人！”

魏海站出来说：“假条是我签的，和他没关系。”

赵远阳说：“我跑步出了汗，就回去洗个澡，是我拖着魏海走的，跟他没关系。”

老余气得不行，两个人互相揽责任，他骂谁？最后只得让他们站着上了两节课。

第二天是星期六。

晚上，霍戎快速地帮他把作业写了。

赵远阳不肯，嚷嚷道：“我要自己写作业！我是要考大学的！你怎么可以帮我写作业！”

霍戎道：“明天再说考大学的事，想考什么大学？哥帮你去打听一下。”

考什么大学，这问题赵远阳没想过，考上什么读什么呗。高考制度改革后，现在是先出高考成绩，再填志愿，通常不存在落榜的情况。

赵远阳没想读那种特别好的大学，觉得念一个离家近的，差不多的，他的分数能上的大学就可以了。

过了这学期，他就是高三的毕业班学生了。

虽然现在才高二下学期，但班上的氛围已经非常压抑了，人人都在担心着未来，担心着高考，担心着成绩，什么都担心。

每次考试，赵远阳都能看见一些人进步，一些人退步。

退步的人会趴着哭，哭完了又继续起来做题。

赵远阳好像融不进这种氛围。他该怎么玩就怎么玩，该学习就学习。有时候他想学习了，霍戎却会拉着他做别的事情，和一般操心孩子成绩的家长不同。

周末，赵远阳接到电话，是运动会官方通知他通过了护跑手选拔。他猛地站起来，但只激动了两秒，就冷静下来了，这种好事怎么会轮到自己？

他想起霍戎前几天早上问他是不是想做这个护跑手。

赵远阳表示没兴趣。

可这天电话就来了。要说里面没点儿猫腻，他是不信的。

电话里那道温柔的女声给他交代了一些重要的点，还要他过两天到市立体育馆听讲座，参加训练、领火炬什么的。

总之事情很多，赵远阳也没完全记下来。

本次运动会火炬手有很多名额，是历届运动会以来最多的一次。护跑手要少些，每个火炬手只需要跑两百米，而护跑手则要跑上数千米。电视台工作人员会扛着摄像机跟着拍，最后交接的时候，会停下来采访。

赵远阳这边接到了通知，学校也接到了通知。

学校联系了班主任，老余正在家里吃饭，教务处一个电话过来，听见消息，他嘴里的鱼刺当场就卡喉咙了。

他给赵远阳打电话时，赵远阳正在跟霍戎说话。

赵远阳严重怀疑这件事情是霍戎操作的，霍戎却说："我是插手干预了，但没能帮上忙，是我们家小朋友本身足够优秀。"

闻言，赵远阳果断相信了他的说法。

霍戎知道他爱出风头，知道这件事会让他高兴，便美化了他的资料，让他接受采访的时候有话可说。

老余在电话里比赵远阳这个当事人还激动，一通夸："争气！争气！我就知道我没看错你！"

赵远阳跟他商量："余老师，我能申请一件事吗？"

“你说！”

赵远阳眼睛一亮，说：“既然这个护跑手我选上了，那我是不是今后都不用参加晨跑了？”

“不行！这个不行！你现在是火炬护跑手了！是学校的代表！别人可以不来！你必须来！”余老师非常激动，措辞间带着严肃，“这是值得骄傲的事，不能马虎！”

赵远阳不知道的是，原本这个晨跑因为耽误学习，高二年级的主任就向学校提出来了，本来已经有了取消的意思，可因为赵远阳当选了火炬护跑手，因而全校庆祝，三千余名学生必须参加晨跑！不仅如此，课间操也改为跑步。

学校还专门购买了一批火炬，印着赵远阳的脸和名字，以及运动会的标志，立在校园的各处。

印在火炬上的脸，是从他的证件照上抠下来的。那火炬粗制滥造，要不是因为他帅，简直没法儿看！

这个伟大的主意，不是别人出的，正是班主任余显在开会时提出的，而且赵远阳还不知道。

等他去学校上课，一进校园就傻眼了。

从校外的花台旁，到教学楼底下，光这段短短的路就立了四个一米高的火炬。为了学生的安全着想，这些火炬当然不可能点真的火，而是用红色的纸剪出来的“火苗”。

看见上面自己的证件照和名字，赵远阳脸色铁青，怒气冲冲地跑开了。

他来学校的时间原本就比较晚，这东西还不知道让多少人看了去！

能不能找他商量一下，挑张好看的照片？！

赵远阳的脸色一瞬间凝固到冰点，旁边路过的同学都看着他偷偷笑。

他气得心口疼，直冲教务处，找能管事的罗主任。

罗主任认识他。

这两天，赵远阳在教师中出了名，狠狠地火了一把。原因是老余把他的证件照发到年级群上，带着强烈炫耀意味地说他们班这个学生要去当火炬护跑手。

但过了这天，或许就在全校师生面前出名了。

赵远阳到教务处的时候，几个主任正准备去操场监督晨跑。一看到赵远阳，讶异道："赵同学，你怎么跑这儿来了？"

赵远阳忍着怒气，冷着脸说："火炬！"

罗主任笑眯眯道："这不是挺好的吗？是荣誉，全校都看得到。"

"荣誉个鬼？这侵犯了我的肖像权！我不同意！撤掉，撤掉！"

罗主任的脸色难看了起来。

火炬虽然粗制滥造，但还算不错了，而且是定做的，一口气做那么多，价格不菲，他说撤就撤？

"赵同学，这个火炬的意思呢，是要同学们把你当榜样，护跑手啊，了不起啊，了不起。"

"那你怎么不把自己的脸印上面去？"

"你是护跑手啊，我不是。"罗主任不耐烦道，"这样吧，有什么话，我们等主持完晨跑再说，外面的广播都响起来了，你也该回班集体集合了。"

赵远阳太生气了，一想到学校三千多人，现在指不定都在嘲笑他，对着他的脸指指点点，他就止不住地难受，连带着对罗主任也没了好脸色："你不同意撤是吧？那我让人来撤了。"

罗主任知道他们班的魏海有背景，惹不起。也知道赵远阳有背景，他还知道赵远阳的双亲都去世了。但即使赵远阳继承了家里的地产公司，也不能把这种社会习气带到学校里来吧？

罗主任非常不满，也懒得理他："你爱怎么弄怎么弄吧。"

学校里有保安，他一个人是撤不完的，顶多叫几个同学。罗主任又补充道："我先警告啊，参与这件事的，学校都会给予处分，不要害人害己。"

学校这么做，是经过深思熟虑的，全市那么多报名的学生，高中生、初中生、大学生都有，结果就赵远阳一个人中选了。

这怎么不值得高调地炫耀？

至于当事人对这个有意见，学校没考虑过，这是多好的事啊！这么大的荣誉！怎么会有意见呢？

正好，上面有人要来视察，到时候看到了火炬，自然是有疑问的。譬如，领导可能会问："火炬的想法不错，但这上面是谁啊？哪个运动员，怎么不认识？"

这时候，再来个人回答："这是我校高二（一）班的同学，他竞选上了火炬护跑手！"

学校是这么想的，老余自然也是这么想的。

这是脸上有光的事。

从没考虑或征询过当事人的意见，就笃定他会非常高兴。

赵远阳是爱出风头，但不代表他想这样啊。

罗主任丢下那句"你爱怎么弄怎么弄"就没管这事了。

不久后，那些火炬就消失了。

班上还有同学在惊奇："咦，刚刚还在这儿的，现在怎么全没了啊？赵远阳，是不是让哪个爱慕你的女生给偷走啦？"

赵远阳心情不佳，哪怕火炬全部撤走了，他还是变成了笑话。

半个小时前都还立在校园各处的火炬，一个晨跑的工夫全部消失不见了。学生们惊奇，老师们好奇，罗主任想想就知道是谁干的好事。

他直接冲到了高二（一）班，找到赵远阳。

赵远阳很淡定："你们侵犯了我的肖像权，而且是罗主任您自己说的，让我爱怎么弄怎么弄。"

罗主任百思不得其解，赵远阳是怎么办到的。

他们学校查得很严，尤其是进校门，家长进校门都要拿身份证或者别的证件来登记，如果要在半个小时内把这么多火炬撤走，必然是需要很多人的，而且还需要一辆车才能运出去。

罗主任是跟赵远阳说了，让他爱怎么弄怎么弄，但他怎么知道对方真有本事全部给撤走了。

"这是学校的公物！财产！你这种做法是违背校规校纪的！你这是损害公物，不，你这是盗窃公物，是要赔偿的！"

赵远阳淡淡地说：“赔偿什么？火炬吗？等会儿就给你们送回来。”

罗主任是把他叫到外面来说话的，但他说话特别大声，班上同学都知道教务处主任——那个脾气很不好的罗主任，在对着赵远阳发威，都窃窃私语着，说赵远阳要完蛋了。

“赵远阳是怎么触罗主任霉头了？骂人骂得口沫横飞啊……”

“没听见吗？损害公物还是盗窃公物来着，要他赔偿，好像是火炬。”

“火炬？就印着他证件照那个？嗯……估计是了，一个晨跑的工夫全部不见了……”

怎么看都有问题啊。

“送回来？送回来也不能掩盖你犯的错误！”

“罗主任，您会错意了，我说送回来，是送另外一批新的火炬，之前那批已经全部销毁了。”

都是黑历史，只有销毁才能让赵远阳释怀一些。

人都是健忘的，哪怕同学们这天还在津津乐道，可过几天就能把这件事给忘了。

赵远阳回到班上，整个人舒服多了。

魏海没来上课，前面的孔三思回头，满脸好奇道：“罗中海干吗找你？”

罗主任有一头乌黑油亮的头发，同学们都在说他是不是戴了假发，但说归说，没人敢去验证。

结果不知道哪个捣蛋的，在课间操的时候，把罗主任的假发拿掉了，露出了“地中海”。

后来学生间就流传出来了，叫他“罗中海”。

赵远阳说：“没什么。”

火炬的事情，太丢脸了，赵远阳才不想让人知道。

但孔三思不上道，又追问他：“是不是那个印着你证件照的火炬的事？我觉得那证件照挺帅的，就是比你本人差点儿。我晨跑的时候，还听见其他班女生在说要偷一个回家。”

赵远阳：“……”

“能不能别提火炬的事了？”再提他就要疯了。

孔三思比了个“OK”的手势：“懂，懂，懂，不提了。”

结果到了课间操休息的时候，赵远阳就听见他在跟别人说：“我们去小卖部买吃的吧？我想吃冰激凌，想吃‘火炬’了！”

过了十分钟，他们人手一个“火炬”回来了，舔得满嘴都是巧克力和香草冰激凌，满脸都是猪一般的幸福样。

火炬冰激凌的外包装上还印着体育冠军的脸。

赵远阳听着他们在谈论：“火炬换了？怎么换了啊，早上不还是……结果我刚刚看到的，全换成体育冠军了……”

接着，赵远阳看到别的同学也人手一个“火炬”进了教室。

因为冰激凌，赵远阳受了很大的刺激，只要看见它，就会想起这天的耻辱来。

到了晚上，已经没人提这件事了，似乎忘了。

晚自习，老余抱着一个一米高的、粗制滥造的火炬进了班级，放在讲台旁边，兴高采烈地说：“早上高一有个女同学，把这个偷偷藏了起来！被他们班主任抓到了就赶紧让我去拿走。幸好，幸好，总算是抢救了一个回来。”

赵远阳一听，痛苦不堪地趴在课桌上起不来了。

好在人们的忘性大，加上他们（一）班的学习氛围紧张，班上每个同学都沉迷于学习、沉迷于刷题，没人继续关注赵远阳这个护跑手的事。

对班上其他同学来说，老师布置的作业量是远远不够的，他们会自行购买练习册，每天上课听讲，下课就自己刷题，刷完一本练习册又买下一本难度更大的。

除了刷题，就是考试，班级小考，年级小考，每周基本会有一次。

赵远阳基本可以完成作业，但完成作业这项基本工作就需要花费他所有的课余时间。老师收作业是不会检查的，而是发答案下来让同学们自行订正，就更花费时间了。

他除了参加各种考试，还得补考会考。一开始会考很严，到了补考的时候，老师会在上面念答案。

在这种高强度的学习下，很快就放暑假了。

高二升高三的暑假，是最重要的一个暑假。学校只放十天，剩下的时间全体学生要在学校内进行补课，而且补课是要另外收取补课费的，不算在开学交的学费内。

老余在讲台上说：“原则上，本次补课是不可以缺席的，也就是说每位学生都必须参加。你们马上就要升高三了，这是最关键的一年，大家现在辛苦一些，以后上大学就轻松了。”

每位老师都会跟学生说这样的话，现在辛苦一些，以后大学就轻松了。

等上了大学，大学老师会说相同的话：“现在辛苦一些，工作就轻松了。”

这种话可以骗过所有学生，包括赵远阳。

他是一直被养在温室里的孩子，从没为生计发过愁，也从没考虑过未来。他也没工作过，梦里他还没参加高考，就提前读预科出国了。

在国外读了一所不怎么样的私立大学，最后拿了一家名校艺术学的学士学位。

获得学位后，他被教授推荐去知名拍卖行工作了两个月，仅仅两个月，他就因为迟到和态度等问题被上司骂了。他是个禁不起批评的人，意识到自己可能干不长了，即将被辞退的时候，就提前一步提交了辞呈。

然后赵远阳就开始吃喝玩乐，过着外人眼里自由不羁又潇洒的日子。

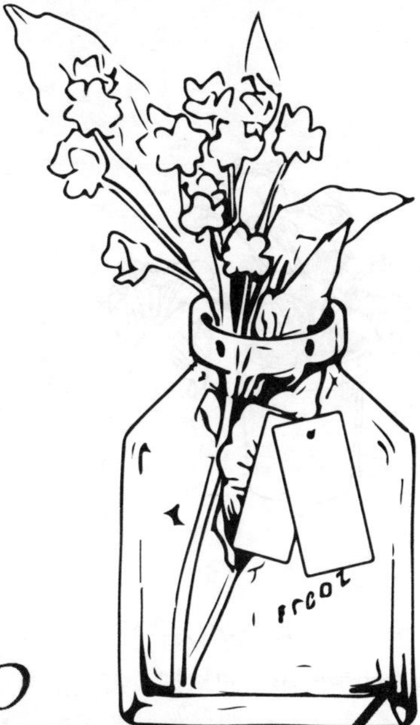

Serenade

第四章

红叶四季织

同学们都在学校学习的时候，赵远阳却需要经常出去训练，和本市其他的护跑手一起培训，每天都要跑很长的路程，必须要在二十分钟内跑四千米。

为了美化档案，他还去参加了几个公益慈善会，捐了几笔钱。资料上还夸张地写着："年纪轻轻的高中生，在父母走后，一个人撑起了家族企业，短短两年时间，公司市值翻了两番。据公司员工透露，这位年轻人虽然年纪尚小，但眼光毒辣，正是他们背后每一笔投资的决策人。"

这么夸张的简介，赵远阳读了两遍就把自己恶心到了。

太夸张了。

他一个"草包二世祖"干吗非得整个年轻有为的背后决策人的人设？

赵远阳盯着这份资料，越看越觉得假，郁闷地问霍戎："为什么要这么写？这不是弄虚作假吗？！一看就是假的嘛！谁会相信这个啊！"

霍戎说："没人会关心真假，他们只会觉得你厉害。"

赵远阳还是觉得不好，心虚地皱着眉问："那到时候有人夸我，问我问题什么的，我一个都回答不上怎么办？"

"记者不会问那么多的，顶多简短地描述两句你的经历，然后公式化地问你对这次运动会有没有什么特别想说的。到时候提前背好稿子，不会有问题的。"霍戎宽慰道。

而且还不一定会采访他，或许连镜头都不会有，但就他这身高、长相，提前背稿子是少不了的。

赵远阳点点头，霍戎说的话和运动会官方说的是一样的。

展现给观众的，无论真假，一定得是最好的一面。

和他一起做火炬护跑手的，有年轻的企业家，有消防员，有医生，各行各业的人都有，都是“不平凡”的普通人。

赵远阳是八十五位护跑手里年纪最小的，也算是其中体能测试得分最高、身体素质最好的。

到了七月，运动会已经开始预热了，学校却还在上课。

护跑手的职责是为火炬手传递圣火，提供支持，在必要时帮助火炬手完成传递任务。火炬手需要跑两百米，但像赵远阳这样的护跑手，要跟着跑上数千米。

学校里有不少学生都翘课了，老余默许大家可以逃课去看火炬传递，于是整个班级的同学几乎都去看火炬传递了。

赵远阳穿着蓝色的护跑手制服，提前两个小时就到了安排好的火炬接力场地，和他组队的护跑手是体育大学的田径老师。

接力场地的马路四周人山人海，许多人高呼：“加油！运动员加油！”

那些加油的声音非常洪亮，赵远阳安静地等待着火炬传递过来，耳边渐渐只剩下震耳欲聋的欢呼声。

人群在接力场地外围挤成一团。

赵远阳往路边看去，连不爱凑热闹的霍戎都挤在人堆里。人实在太多了，霍戎在这里没有特权，只能站在人群里，给赵远阳加油。

好在他非常高，赵远阳一眼望过去就能看见他。

不仅如此，赵远阳还看见了不少班上的同学，魏海也在。老余提前问过他是跑哪一段路，他就说了。

老余就透露给班上的同学，默许他们来给运动会加油，给赵远阳加油。

“这种难得的机会只有一次，很值得去看，但是大家看完回来，需要交两百字的检讨。”

两百字检讨，可以说是很宽松的条件了，于是全班集体翘课，提前过来看火炬传递。

赵远阳需要跑很长一段距离，许多人是没办法一直跟着跑的，而且接力场地外面人群围堵，行动不便，通常只能跟着他跑两百米就停下。

渐渐地，赵远阳一扭头，就只能看见霍戎了。

魏海似乎是挤在人群里出不来了，只能眼睁睁看着赵远阳的背影渐渐远去。

坐着轮椅的火炬手艰难地推着轮子前行了百米左右，就把火炬给赵远阳了，让赵远阳帮助他完成传递任务。

旁边除了人群，到处是摄像机，天上也都是盘旋的航拍器。

赵远阳的耳边是洪亮的加油声，那些声音太响亮了，他这辈子都没有听过那么高的欢呼声。他原本是觉得当护跑手可以出风头，却在培训过程中渐渐变得认真了。到现在，真正手拿着火炬的时候，他内心产生了一种由衷的自豪感。

他跑两步，就会扭头看一眼霍戎。震耳欲聋的欢呼声让他一度非常想哭，可火炬前有摄像机，那些摄像机都对准他在拍摄，于是他强忍着眼泪向前跑，把燃烧的火炬传递给下一个人。

赵远阳跑了约一千米才停下，换另外两名护跑手上场。

到了这里，赵远阳就可以离场了，七月的太阳太炽热了，他满头是汗，有人递给他一瓶矿泉水。他一边喝水，一边有记者来采访他。

好几位媒体记者都在问他：“请问对本次运动会有没有什么心里话想说？”

“当火炬护跑手感觉怎么样？是什么样的心情？”

赵远阳拧紧矿泉水瓶盖，额头和鼻尖都有细密的汗珠，头发也是微湿的，汗水在七月的阳光下发光。他的身材挺拔，双眼发亮，年轻而英俊的脸庞让摄像机不由自主地对准他，给他特写。在镜头下，他整个人都熠熠生辉。

镜头永远地记住了这个年轻人，直播画面上、重播画面上，无数次地回放了这个瞬间。

赵远阳现在还不知道，他拿着火炬跑步以及受采访的视频，被剪辑进了本届运动会的精彩瞬间的开头，虽说只有一秒钟的镜头，但体育台一天会放上百遍这个开头。

他是提前背过稿子的，可他的记性不好，一首诗背了好多遍还是会记错，这么长的稿子他当然记不住了。

记者一问，他不怯场，但还是忘光了。

他只能不好意思地抓头，问道："您刚刚问……问了什么？我太紧张了，没记住。"

年轻女记者忍不住愣了愣，仰头望着他的脸，回神后，有些尴尬地重复了一遍问题。

赵远阳这次有点儿紧张，但还是完美地回答上了问题："很幸运能在这样的年纪、在求学阶段经历这样的盛会……"

稿子挺长的，他记不住那么多，只能简短地说上几句。

可记者不知是不是就是想采访他，缠着他又问了好多个问题。

有些赵远阳是提前背过的，有些他没背过，来来回回就是几个词："激动、幸运、自豪。"

终于，记者没有问题可以问了，赵远阳才离场。

那记者十分不舍地上了电视台的车，上了车还在回头望赵远阳。

马路两旁的人群基本已经散了，赵远阳跨出接力场地，满身是汗地跑向霍戎。

明明才跑了一千米，他浑身却跟散架了似的。

霍戎把赵远阳的手机还给他，说道："一直有消息弹出来，你看看。"

因为他要跑步，身上什么东西都不能佩戴，手机也不能放身上，于是就让霍戎帮他拿着。

赵远阳看了一下，是班级群的消息。

他们班的班级群一向死气沉沉，赵远阳也不喜欢玩 QQ，他没什么要联系的人，所以平时很少看。

这次因为他护跑的事情，一潭死水般的班级群突然被投下一颗炸弹，炸得水花四溅。

有人拍了几张他英姿飒爽的跑步照片，传到群里，发消息说：“帅炸了！”

赵远阳一瞥，是班上某个男同学发的，他们几乎没说过话。

老余特许他放假半天，还把群里的照片转发到了教师群，得意扬扬地夸自己教出来的、优秀无比的学生。

群里全是夸赵远阳的声音，说他帅，说那么多人里就他最耀眼，各种夸他的词，有些词语他见都没见过，只知道应该是夸人的。他不禁有些飘飘然了。

为表感谢，他专门发了条消息在群里，说谢谢大家。

过了会儿，好几个班上的同学都来加他的 QQ。

霍戎看见他在笑，偏头看了一眼：“都夸你呢。”

“是啊，说我帅。”他笑弯了眼。

霍戎也笑：“我家小朋友是很帅。”

这边交通全部封锁了，要出去只能步行，然后去外面街道停车的地方上车。

因为赵远阳穿了护跑手的制服，许多人都忍不住看他。

但他只想赶快回家，洗个澡，好好睡上一觉。

霍戎放任他睡觉，让他一觉睡到晚上才叫醒他吃晚饭。

赵远阳下了床，四下寻找，问道：“我跑步穿的衣服呢？”

霍戎说：“洗了，明天送回来。放心吧，哥不会给你丢的。”

“哦。”赵远阳点点头，觉得果真像老余说的那样，这是件值得一辈子回味的骄傲的事。直到现在，回想起那人山人海，那震耳欲聋的加油声，那沉甸甸的、燃烧着的火炬，都让他心跳加速，他似乎还处于激动中，久久不能平静。

他吃完饭，自觉地从书包里翻出练习册，趴在书桌上写。

霍戎问他需不需要辅导，他就指出几道题：“这个，这个，还有这个的第三小题，我不是特别懂。”

赵远阳最近的状态都是这样的，整张卷子，他可以独自完成个七七八八。他不会的题，基本都是大众难题，可以难倒大半高中生。

霍戎看了一眼，便开始给他讲题。

七八月原本是该放暑假的，但学校要补课，把高三的内容提前上了。

学习节奏非常紧，尤其他们班的老师教学进度很快，听说其他班才上到三分之一的课程，而他们已经快开始复习了。

全班都像一根紧绷的弦，隐隐有了要断掉的趋势，直到赵远阳要护跑，全班翘课，这根弦才突然松一些，接着迅速地重新绷紧。

虽然运动和学习是不一样的，但也类似，都需要一种坚持不懈的精神。同学们无疑是被他鼓舞了，当天回去就重新振奋起来，打了鸡血般地学习。

校长和主任晚自习时过来视察，先是批评了余显，说他居然公然给学生放假，要扣他的工资。

给余显扣了两千块的工资，校长又说："你们班的学习状态不错啊，我去申请，再给你发五千块奖金。"

罗主任站在后门口望了一下："我们的护跑手呢？"

老余说："他最近每天都在训练，我给他放了个假，今天休息，明天过来上课。"

等校长和罗主任都走了，老余就接到了赵远阳家长的电话。

说护跑手生病了。

霍戎面不改色地撒谎："对，在医院打点滴呢。"

"是不是前段时间太累了？"老余拧眉道。

霍戎说："嗯，疲劳过度。我让他多请两天假，他不肯，说最多就明天一天，后天就回去上课。"

"没事，没事！"老余赶紧说，"你让他好好休息，身体是革命的本钱，有了本钱，才能好好学习嘛。"

霍戎深沉地说道："好。"

赵远阳在旁边冷哼了一声："弄虚作假。"

他当然没生病，都是霍戎为了给他请假，骗老师的。

他的确是挺想休息的，这段时间，他很多时候都没上课，结果不知道为什么，可能是他变聪明了，也可能是同学们都变笨了，他的成绩丝毫没退步。

上回考试，他还是接近年级第四百名。

从操场回来，会经过教学楼旁边的公告栏，那里每次考试后就会张贴一张巨大的红榜。

一整面墙的红色榜单，只有年级前两百名才能上。

赵远阳每次路过就看一眼，但他一次都没上过。人嘛，总是对得不到的东西有种执念。他经常看，看着看着可能就受了刺激，直接打通了他的任督二脉，在没怎么学习的这段时间，成绩都没怎么退步。

而且，这段时间虽说经常训练，不用每天都关在学校里，但他的压力也不小。

一会儿担心自己跟不上，一会儿担心自己在摄像机面前表现不好，说错话。

霍戎进去洗澡了，赵远阳还剩一些作业，却没什么心情写了。

刚刚戎哥帮他给班主任请完假，就给他说："哥洗十分钟，等出来了，希望你的作业都写完了。"

赵远阳看了一眼时间，手里飞快地转着笔。

霍戎出来的时候，赵远阳端正地坐在书桌前咬笔，一副看似用功的模样。

他走过去，问道："作业做完没？"

赵远阳不看他，低着头说："没呢。"

霍戎走近一看，得，他进去洗澡的十几分钟，赵远阳一道题都没做。

虽然第二天请了假，但赵远阳还是在群上问了作业和课程，很多平时不说话的同学都很关心他，几个说要帮他记笔记的，还有几个问他病好没好，让他好好养病。

学校虽然不允许带手机，但现在属于暑假期间，学校又是违规补课，自然不可能禁止那么多东西，老余就睁一只眼闭一只眼了。

赵远阳在家待了一整天，而且一整天都在学习。他发现，霍戎这天一直在忙着自己的事，手上拿了个巴掌大的、皱巴巴的笔记本在研究着什么。

他冲着迷迷糊糊快睡着的赵远阳说：“阳阳，哥过几天有事，要走半个月，你自己在家别乱跑，就只准去学校，别的地方不准去。”

赵远阳想了一下，一周六天课，只有周末一天休息，戎哥走半个月，那他只有两天假期，能去哪里玩?

加上这么热，他就更不乐意在这种天气外出了。

赵远阳想了想，点了头，保证道：“你放心去吧，我一个人也没问题，不会乱跑。”

“乖阳阳。”

赵远阳乖巧地点了一下头，渐渐入睡。

第二天，赵远阳收拾收拾准备去上学了。结果他刚到学校，就看见门外聚集着很多家长，围堵在学校门口，还有许许多多穿着夏季校服的学生，也堵在门口。

赵远阳还没下车，就在群里看见老余说不用去了，而且是以后都不用去了，学校要退补课费了!

怎么这么突然?

他摇下车窗，听见那群围在学校外面的家长在正生气地说着什么，说他们不要退费，要上课。

他还看见教导处的主任头疼地跟家长们解释些什么。

赵远阳一时也不知道该不该下车了，这是真的不用上课了?

他有点儿蒙，犹豫了一下，最后还是让司机开车走了。

回到家，他放下书包，才从霍戎这里得知事情的来龙去脉。

学校偷偷给学生补课的事，不知道让哪个想去看运动会的学生给举报了。学校补课不罕见，可现在是特殊时期，要是收了补课费，那就一举报一个准。

基本上所有的学生都欢欣鼓舞，赵远阳也挺高兴的，终于不用上课了，不用压力那么大了，不用整天忧心自己要是跟不上进度该怎么办了……

他身上的压力霎时一松，把书包往地上一丢，就倒在床上滚了两圈，开始看日历，喜滋滋地数这个暑假有多少天。

真的放暑假了！而且这个暑假有一个月零三天！

赵远阳开始计划去哪儿玩。

同时得知消息的魏海，发短信问他要不要去看运动会。

赵远阳想了想，觉得这个提议很不错，正想回复，旁边一直看着的霍戎一把将他的手机夺走。

“你得先问他，有几个人去，如果就你们，我不同意。”

“你这人怎么这样啊！”赵远阳想抢过自己的手机，霍戎就高举着手臂，赵远阳根本拿不到。

“就你同桌跟你两个，不安全，我不放心。”

“我都没问你跟谁去出差，你凭什么管我？！而且我跟你说几遍了，他是我好哥们儿！会照顾好我的，不用担心！”

霍戎认真地注视他：“我都是工作的事，如果你想知道我都跟谁出差，我回来会告诉你。但是，你要是跟你同桌单独去，我不准。”

“手机还我！”赵远阳瞪着他。

霍戎低头看他，他不甘示弱地望着霍戎。

霍戎无奈地唤他的名字：“阳阳，听哥哥的话。”

赵远阳很想跟霍戎生气，骂霍戎管得太宽，可他的脾气已经不知不觉被消磨了许多，至少在对上霍戎时，他已没有非要跟人争个输赢的脾气了。

他万般无奈地妥协：“好，好，好，我先问他，要是单独去，我肯定不去。”

“手机可以还我了吧？”赵远阳望着他，伸手。

要换其他人，赵远阳早把人给踹了。

赵远阳认命地给魏海发消息：“还有谁要去看吗？人多热闹点儿。”

一根筋的魏海，也不知怎么一下子明白了他的意思，回复：“还叫了几个人的。”

赵远阳竖起手机给霍戎看，嘴角撇着：“这下你是不是可以放心了？”

霍戎看见了短信，继而注视赵远阳：“哥不在你身边，怎么都不能放心，乖一些，别惹事知不知道？”

赵远阳不以为然，敷衍地嘟哝道：“我能惹什么事……看个运动会能惹什么事？”

霍戎是真放不下心，继续叮嘱他：“不能喝酒，不能抽烟。”

赵远阳继续点头，凡事先答应了再说。

霍戎知道他就这样，无论怎么叮嘱都是不管用的，还是得让人跟着他才行。

赵远阳张了张嘴，喉结滚了滚，一句话也说不出来。

霍戎还没走，他就涌上了一股强烈的不舍之情，不想霍戎走。

他从没觉得自己有一天会离开一个人就活不下去了。

霍戎穿好衣服，抓住他的手：“走了啊。”

赵远阳咽了咽口水，望着他说：“哥，如果你不想我惹事，不想我乱跑，你可以带着我走的。我知道你有重要的事情要做，但你办事的时候可以不用管我的。”

霍戎当然不可能带他走。

赵远阳嘴唇微动，准备说什么的时候，却只剩叹气：“算了，算了。”

他意识到自己话语里透出了强烈的依赖，很懊恼，将脸埋到枕头里：“你让我去我也不跟你去，你自己走吧，注意安全。”

霍戎拍拍他的肩膀，轻声道：“哥知道了。”

赵远阳听见他离开的脚步声，听见门关上了，才从枕头里抬头。

他裹着被子在床上滚了两圈。

霍戎是个大忙人，常常会突然消失个两三天，有时候是半个月，有时候是一个月，最长不会超过一个月。

赵远阳有时候白天去读书了，晚上回家发现家里没人了，他就打破以往的规律，一个人在家里折腾到很晚才睡，觉得没人管的感觉真好。

结果第二天一觉醒来，发现家里没有人，他心里就会觉得空落落的。

赵远阳现在就处于这样的状态。

虽然不知道霍戎在忙什么，但他知道那应该是非忙不可的事情，不然霍戎不可能丢下他。

赵远阳一个人在家准备了两天，收拾好东西，就去机场和朋友集合了。

他的东西不多，不需要行李箱，只有作业和几件贴身衣服，一个包就够了。缺什么到地方了再买，是他一贯的旅游方式。

八月的机票是最紧俏的，几个月前就被抢购一空了，而且特殊时期，私人飞机也不允许往那边飞。幸好航空公司还留着几张头等舱的票，不然他们只能取消行程了。

魏海问过赵远阳后，又问了几个朋友，一行人含赵远阳在内，共有六个人，有男有女，都是赵远阳见过的。

薛问的朋友是个设计师，在飞机上一直开着电脑办公作图，另一个女孩子戴着眼罩在睡觉，赵远阳和魏海他们一起打牌。

头等舱的座位一共有八个，除去他们六个，另外两个位子坐了一个银发的外国老帅哥，还有个位子坐着个赵远阳觉得有些眼熟的人。

打着牌，李云畅突然说："旁边那个男的，你们认识？"

李云畅比赵远阳跟魏海都要大个六七岁。

他这么一说，几人纷纷望过去，看向那个普普通通、穿黑色 T 恤和迷彩短裤的精瘦男人。

李云畅对这类事最为敏锐，他问了，那就说明发现了什么。

赵远阳扭头看了一眼就回头，淡定地继续出牌："别看了，我认识。"

"家里派来监视的？"

赵远阳点头。

霍戎现在似乎也不怕他发现有人在跟着他。

而且他觉得，可能还不止一个人。

明面上有一个，背地里不知还有多少。

他们继续打牌，一直打到飞机落地。

这个时间点，好的酒店都被订光了，好在魏海的大哥在这附近有幢空着的别墅，提前让人打扫了，他们到了就直接住进去。

在开幕式举行前几天，他们就到了，赵远阳除了做作业就没事干了，便跟着他们去玩。但无论他做什么，都有人盯着他。

白天，赵远阳在房间做了会儿作业，晚上就跟着他们去看开幕式。

李云畅说："这些天，我发现至少有四个人在监视我们、跟着我们。看那边，他们连开幕式都能混进来。"

"家里管这么严？你都这么大了，还这么管你？"薛问看着赵远阳。

薛问的设计师朋友就说："有些父母是控制欲比较强，不过吧，让人看着点儿不是什么坏事。"

赵远阳早已习惯，说道："虽然被监视，但我也没什么感觉，他们只会盯着我，不会插手我做什么。"

"不会觉得不舒服？"李云畅说，"想不想摆脱这些监视？"

赵远阳看向他。

"我有办法让你逃离，他们的监视看似毫无死角，其实是有漏洞的，而且这里人这么多，等会儿结束了，人一多，就很容易混过去了。"

赵远阳心中微动："这……"

"你要是愿意，我就给你说方法。"

"我能往哪里跑？我又跑不掉。跑得掉也是一时罢了，等明天就会被找到。"而且他要是真这么做，不出事也就罢了，要是不小心折腾个什么事出来，霍戎回来就得教训他了。

李云畅重复道："就问你愿不愿意？"

赵远阳又犹豫了。

在霍戎这里，他算是真的失去自由了，虽然这个选择是他自己做的，但日子一长，以他的性格难免觉得被困得难受，想逃走。

难得有个新朋友给出主意，他犹豫了会儿，咬着牙，点了点头。

他在心中不断安慰自己，不就是逃一天吗？能出什么事？没人监视，想干吗干吗，多爽啊。

开幕式结束后，赵远阳就按照计划，穿着一件很薄的连帽衫外套，戴着帽子，和几人分开，坐上酒店的车，在中途下车后上了辆出租车，绕了很大一圈，最后到达一个荒郊野岭。

到了之后，赵远阳想给魏海打个电话，一摸兜空空如也，才发现自己的手机落在出租车上了。

赵远阳在原地等了会儿，就有辆吉普开过来接他。

“赵远阳？”开车的男人皮肤黑黑的，叼着廉价的烟，眯着眼上下打量着他。

“我是。”赵远阳看了一眼车牌号，跟着上了车。

他闻到车里有股浓郁的臭味，特别呛人。

赵远阳问他借了手机，给魏海打了电话，最后说：“如果有人找你，问我去哪里了，别说。如果我哥打电话问你了……你……你就告诉他吧，至少告诉他我非常安全，让他别找了，也别回来。”

魏海知道他们关系好，但如今才知道，这个男人做事这么滴水不漏，赵远阳出门玩，还要找四五个人盯他。

要是魏海，早反抗了，早就远走高飞了。

魏海恨铁不成钢，磨了磨牙齿，从嘴里吐出“胆小鬼”三个字来。

赵远阳叹了口气，也觉得自己挺胆小的。他做事情没想太多，可是做了，就有些后悔。这下算是完蛋了，戎哥得教训他了，但后悔之余，又觉得刺激，很爽。他感觉像是脱困了，没人监视他了。

挂了电话，开车的男人才问他：“躲人呢？”

赵远阳“嗯”了一声，看向黑漆漆的窗外，不知道是哪里，问道：“还有多久到？”

车子一路颠簸，可赵远阳根本不知道他在往哪里开。

“马上就到。”

吉普车开了约半个小时后，终于到了目的地。眼前是一座小平房，房子很旧，家具比房子新，床上用品都是才准备的，但床很小，而且这里没空调，很热。

赵远阳一进去就后悔了——他干吗要自讨苦吃？

他过来看个比赛而已，非得玩火，跟远在他乡的霍戎对着干。

谁知道霍戎是不是在做什么危险的事情，一听自己不见了的消息会不会因此而受伤。

赵远阳后悔了，想回去了。开车送他过来的男人丢给他一部手机，嗤笑了一声："这就开始后悔了？"

"谁说我后悔了！"做了这么多，手机还丢了，赵远阳当然后悔死了，可他偏偏嘴硬，打定主意至少要把这晚给熬过去。

他做这件事，不为别的，大概就是想告诉霍戎，自己想跑就可以跑，霍戎是关不住他的。

可是做了，他又觉得这件事毫无意义。

像霍戎说的，他果然要惹是生非。

他睡不习惯那张床，于是就坐在窗边，拉开窗帘，开着窗户吹风。

外面是原野，这里是郊区，具体在哪里，赵远阳也不知道。

他睡不着，身上被蚊子咬了许多个包，心里懊悔得不行，拿着手机特别想打电话让人来接自己，特别想通知霍戎一声——他后悔了！他再也不跑了！

他一边后悔，一边打蚊子。房子里开着灯，他翻箱倒柜地找出一瓶驱蚊水，在空气里接连喷了好几下。

他还找到一包火柴点着玩，结果火苗太旺，他手一抖，火柴就掉了，正好掉在窗帘布上。

那窗帘不知道是什么材质的，一点就着。赵远阳赶紧抬脚去踩，几下就灭了。空气里弥漫着一股布料燃烧的臭味，窗帘布在被火烧后，散发出一股很难闻的气味。

赵远阳皱着眉，掩着鼻子，低头看着那团黑乎乎的窗帘布，神情有些发怔。

他看一眼时间，半夜两点了。

笼子里的鸟飞出去了，在外面什么都不会，觅食也不会，现在后悔了，想回去了。

这么晚了，赵远阳也不知道谁在。这手机不是他自己的，上面没有手机号码，只有刚刚打过的李云畅的电话。

他因为手机丢了，就借了别人的手机给李云畅打电话，李云畅便把手机丢给魏海。

赵远阳只听见长长的嘟声，可就是没人接电话。

过了会儿，嘟声没了。赵远阳一看手机，没信号了。

他满屋子找信号，电话打不通，他只好给家里打电话，霍戎不在家，电话是接到警卫室的。

信号差，赵远阳听不见那头说话，只能一直语无伦次地说："我也不知道我在哪里，旁边除了杂草，什么都没有。"

他也不敢挂电话，他知道一直通着话，对方是可以追踪到他的位置的。

但是这几个月是特殊时期，不可能派直升机出来。赵远阳只有等着，对着一个没人回应，偶尔有杂音的手机说话，描述着周围的环境："千万别给你们老板说，我很安全，我没问题，就是不知道自己在哪里……对了，有个车牌号，我还记得……"

赵远阳等了许久，这里或许真的太偏僻了，所以很难找。他抱着腿坐在椅子上，等到电话没电了，人也没精神了。终于，外面有两道车灯往这边照射。

那两道光像是救赎一样，让赵远阳立刻打起精神来，从椅子上跳下来。

车不是熟悉的车，开车门的人赵远阳是认识的，是跟着他过来，在飞机上监视他的那个人。

赵远阳钻进后座，前座除了司机，还有另外一个人。

"对不起，我的手机丢了，给你们的工作造成麻烦了。"他知道他的手机多半都是有卫星定位的，一开始没想到这事，是手机丢了后，他才突然意识到的。

赵远阳抓了抓头，小心地问："你们老板知不知道这件事？"

"还不知道，没联系上。"前座的两个人都沉默寡言，但赵远阳问一些问题，他们还是会回答的。

那句"还不知道"让赵远阳松了口气，后面那句"没联系上"让他一下子坐直了，立刻紧张起来。

“为什么会联系不上？是……”

其中一个人简短地回答：“在工作。”

“哦……工作。”赵远阳点了一下头，“那就不要联系他了。”

这次没人回答他了。

赵远阳像是在自言自语：“如果联系上了，也不要说发生了什么事，我给你们加工资，不要跟你们老板说了。”

这次，还是没人理他。

赵远阳开始觉得无聊、困倦。

他的脑袋靠着车窗，说道：“你们放心，等你们老板回来，我会夸你们的，他就会给你们奖金吧？”

没人理他，他就自顾自地说话：“他应该会给你们奖金的吧？他要是不给，我给。你们帮我保密，我就跟他往死里吹你们的工作特别棒……嗯……你们老板什么时候回来，他去哪儿了？”

车厢内依旧只有沉默在蔓延。

霍戎说他至少要八月中旬才能回来，而现在才九号。

赵远阳也不知道霍戎去哪儿了，此时太晚了，他也太困了。

半夜，赵远阳去酒店将就睡了一夜。他不好意思那么晚了还回魏海大哥的别墅，怕折腾人睡觉，也怕他们说他是胆小鬼、窝囊废。

白天回去的时候，所有人都还在睡，只有李云畅起床了，抓着门框做引体向上。

一看见赵远阳，他就说：“听说你昨晚又害怕了？跑了？”

赵远阳不自在，解释道：“蚊子太多了，我睡不着。”

他啧了一声：“就你这胆量，还是别跑了。”

赵远阳转移话题：“我先去做作业了，下午是去看击剑决赛？”

李云畅说：“击剑，还有马术和射箭的票，你想看哪个就去看，门票上写了场馆。”

赵远阳回房间做了会儿作业，下午，他背着书包先去看了击剑，再去看马术。

比赛的时候，赵远阳摸出作业，一边看比赛一边做作业，语文老师布置了运动会观后感的作业。他一边看，一边用自己贫瘠的词汇量描述着——场馆设计很大气，特别高、特别宽、特别亮；场内看比赛的人特别多；加油声特别大；运动员特别厉害……

他一篇作文里，用了无数个“特别”“非常”这样的词语。

除了这两个词，他找不到词语形容心里的自豪感。或许是因为参与过的关系，他有了很多感触。

他们的行程安排得满满的，每天都要去看不同的比赛，这天看马术和击剑，第二天就去看体操和排球。那种靠近水的，比如帆船、游泳、花样游泳和跳水，赵远阳是坚决不去的。

每次赵远阳去看比赛，都会好学生模样地带上作业，有时候旁边看比赛的陌生人会夸他认真。

赵远阳听了，就更来劲了，背着书包里的作业到处跑。

隔了几天，霍戎给他打来电话的时候，他接到了。

在电话里，赵远阳感觉霍戎好像还不知道自己做了什么事，但他依旧很心虚，说话都是讨好的语气，没像以前一样跟霍戎在电话里斗嘴。

霍戎夸他听话：“没惹麻烦吧？”

“没有。”赵远阳心虚道，“我每天都去看比赛，今天去看了篮球的，看到喜欢的篮球运动员了！我去看比赛时都有带作业去做的。”

“哥，你什么时候回来？”赵远阳问他。

霍戎没回答，嗓音哑哑的：“快了，哥哥也想回家见你。”

赵远阳躺在床上，声音也哑着：“我想你快点儿回来。”

霍戎听着他的声音，心里痒：“阳阳，要跟哥视频吗？”

赵远阳居然没拒绝：“我手机没办法视频的，屏幕太小了。”

“那你把手机放在耳边，哥听着你说话，去把门锁了。”

赵远阳突然想起了什么：“你等会儿啊，别挂。”

他说着便从床上坐起来，穿上鞋，去隔壁房间敲门。

薛问的朋友池小姐是个平面设计师，带了电脑来工作。

开门的是薛问，赵远阳不好意思地问他：“你朋友在用电脑吗？我能用一会儿吗？”

薛问鄙视地说：“现在都晚上了，谁还工作啊？都干正事呢。等会儿啊，我去给你拿。”

赵远阳心说：你这是干正事，我那也叫正事啊。

薛问把笔记本电脑给他拿来了。

赵远阳接过电脑：“谢谢薛哥。”

他抱着笔记本电脑跑回卧室，一边开电脑，一边在电话里跟霍戎说：“我借到电脑了，来，开吧。”

赵远阳不好把电脑放床上，就去抬了张桌子，顺便把窗帘拉上。

他把电脑放在桌上，桌子比床高一些，就靠在床边。

视频接通后，画面有些模糊，霍戎的脸都在屏幕上卡顿了。

赵远阳戴着耳机，听见霍戎说：“阳阳，听得见吗？好了没有？”

卡了会儿，网速好多了，赵远阳说：“听得见，但是有点儿延迟。”

霍戎低声说：“你坐近一些，别坐那么远。”

赵远阳就听话地往电脑摄像头前凑。

这天的赵远阳格外听话，说什么做什么，一点儿也不反抗，不跟他说“不”。

霍戎没往赵远阳犯了错那方面去想。

赵远阳的眼睛眨也不眨地盯着有些卡的屏幕，说他又黑了。

霍戎说：“哥过几天就回来，你乖乖的。”

赵远阳不想结束视频，可还是不得不结束。

他把电脑给薛问还回去，薛问就拉着他在客厅喝饮料，看电视上的比赛回放。

两人各自喝了一罐饮料，赵远阳就回房间睡了。

次日，赵远阳去看了乒乓球比赛，乒乓球是最热门的比赛之一，场馆内人非常多，比之前看的比赛，人好像都要多一些。

他们一行六个人，全部去看了，赵远阳中途去上了个厕所，回来就挤不进去了。

赵远阳只好在下面看台站着等比赛结束，等他们出来了，再一起回别墅。

等回去了，赵远阳才倏地想起来："你们谁看见我的书包了？"

"你背书包了？"

赵远阳："……"

那是他整个暑假的作业！

赵远阳立刻打车回去找。他几乎快完成了所有的作业，怎么可以丢！

但场馆清扫后就关闭了，赵远阳问了一圈，也没找到书包。

最后他死心了，掉了就掉了吧……掉了就不交了。

这次的旅行以赵远阳作业丢了告终，回家后，赵远阳又等了许多天，霍戎才回来。

赵远阳道："我过两天就要开学了。"

霍戎"嗯"了一声。

赵远阳看着他："你跟我约定好十五号回来，结果你迟了十天。"

"哥不是故意的。我办完事回家了一趟，被别的事绊住了。"霍戎跟他道了歉，又道，"你呢，听不听话？"

赵远阳心里一个咯噔。

他怎么给忘了！

赵远阳看看他似乎还不知道的样子，心里有些打鼓："嗯……听话的，就是看比赛的时候……"

"嗯？"

"作业丢了。"赵远阳垂着脑袋。

赵远阳那天正好开学，把学杂费交了，领了退回的补课费，领了书，作业也没交，趁着老师还没检查出来就赶紧溜了。

可回家发现有些不对劲。

他们家外面有一片很大的向日葵，八九月正是盛放的时候。而门前有几株高大的凤凰木，最低矮的树枝上挂了个鸟笼，里头关了一只赵远阳不认识的、羽毛很艳丽的鸟。

他们家不养鸟，之前也没说过，但这天一回家就看见了这样的鸟笼，他忍不住地想多。

他心里打着鼓，推开门。

霍戎就坐在沙发上。赵远阳觉得，这天的戎哥和往常的有些不一样。

到底哪里不一样，他也说不上来，可能是他自己吓自己。

他蹲下来换鞋，霍戎一直没说话。换完鞋，他站起来，慢慢地朝房间走，霍戎却叫住他："阳阳，看见外面那只鸟了吗？"

"什么鸟？没看见。"赵远阳望着天花板。

"就是鸟笼里的那只画眉。"霍戎的声音十分温和。

赵远阳低头看着自己的脚尖，"哦"了一声。

霍戎看他一眼，眼底黑沉沉的："阳阳，把书包放下，坐这儿来。"

赵远阳回房间，把书包放下后，慢吞吞地坐到了霍戎的旁边。

门开着，一眼就能望见外面的鸟笼。鸟笼里有只色彩斑斓的画眉鸟，这里飞飞，那里飞飞，就是飞不出去。

霍戎指了一下："看见没有？那只鸟。"

赵远阳忍不住挠自己的手心，点点头。

"主人把它关着，你说主人坏不坏？"

赵远阳昧着良心说："不坏，这是个好主人。"

"那你说，被那样关着，它会不会很想飞走？"

"不会……嗯，我不会'读鸟术'，不知道鸟怎么想。"赵远阳解释。

霍戎听后，反倒笑了："是啊，我们都不懂鸟怎么想。"

事实上，赵远阳觉得自己没做错，但霍戎也没做错什么。

"阳阳，鸟要是想跑，它可以跑，你如果想跑，你可以试试。"

"我不试！"赵远阳摇头，双手抓着他的手腕，眼睛缓缓合上，"你别生气了，我肯定听你的话。"

霍戎的脾气一下子就下去了。

赵远阳就是有这种本事，无论他做了什么，霍戎都没办法跟他置气。这么个犯了错就撒娇的孩子，霍戎怎么舍得生他的气？

“手机必须随身带着，如果想故意丢掉，你可以试试。”霍戎警告他。

赵远阳见好就收，拼命地点头。“不丢，不丢，肯定不丢，手机就是我的宝贝！”末了他又补充一句，“哥，你也是！”

霍戎笑笑，看他长不大的模样，心里忍不住想：自己像他这么大的时候，在做什么？

他只记得那时候，是没人拿他当宝贝的。

第二天是九月一号，赵远阳开学了。

当老师质问他为什么没交作业时，他昂首挺胸地回答：“丢了！看乒乓球比赛的时候丢了，但我全部做完了！”

如果他没做，他要是撒这个谎，那他肯定是心虚的，而不是这么理直气壮的模样。

可他再理直气壮，在老师眼里，没带就等于没做。丢了？那就是没做。如果真的丢了，那也是故意丢的。

如果换个学生这么说，老师都会相信。可丢作业这种话从赵远阳嘴里说出来，就显得不那么真实了。

毕竟赵远阳是属于有“前科”的学生。

原本学校规定，没交暑假作业就不允许报名，可赵远阳这种情况……各科老师都要求他把暑假作业补上来，这事就算揭过了。

赵远阳当然不肯重新再写一份，一再强调作业是真的丢了：“魏海可以给我作证，我们一起去看的比赛！”

“正好，魏海也没交作业，”老师了然道，“你们一丘之貉，谁说的话能信？”

“真丢了。”赵远阳满脸无奈道。

“嗯，我知道你丢了作业，你怎么没把自己弄丢？”

赵远阳：“……”

老师铁面无私道：“一周后，必须补上交给我。”

暑假作业现在全部收上去了，赵远阳昨天没找人复印，如今要是想补作业，就没办法像昨天那么便利，不能直接抄了。如果要他自己再做一遍做过的题，他是坚决不肯的。

出了办公室，他就把作业的事给忘光了，谁爱交谁交，反正他不交。

他发现书包丢了后，去找过一次，但是当时没找到。而且都过去这么久了，现在找到的希望肯定更加渺茫。虽然包里的作业不算什么，没人会对他的作业感兴趣，可那也是个名牌包，而且包上挂的是之前在电影院买的钥匙扣。

他买了一对，他一个，霍戎一个，现在丢了，他不太高兴。

玩了一个多月，突然上课了，赵远阳很难适应。他不像班上别的同学，他是很难静下心来的学生，第一天上课，他瞎做了点儿笔记，听了一天的天书，晚自习就熬不住睡过去了。

一打放学铃，他就清醒了。

九月的校园，桂花刚刚绽放，赵远阳抓一把，揣在裤兜里。

出了校门，赵远阳看见霍戎在等自己。他现在读书，有时候霍戎会跟着来接送他，有时候不会。

霍戎属于那种能在人群里一眼被找到的人，不用刻意去寻找，赵远阳一眼就能看见他。他的姿态放松，身高腿长，站在路边时很多人都会看他。

哪怕如此，他周围仍旧没有人，因为人们会不由自主地避开他，眼睛却会追随他。

这让赵远阳想起，别人口中的霍戎，是个很冷漠、很残忍的人。

他从没看过霍戎发威，只在别人嘴里听说过一些让人不适的事迹。但是听说的霍戎，和他亲眼见到的、长久以来接触的完全不同。

赵远阳走近霍戎，霍戎接过他的书包，掂量了一下："今天书包怎么这么轻？"

"今天开学，没作业。"赵远阳撒谎。

当然是有作业的，只不过他一整天都在走神，什么都没听进去，加上暑假作业的事，导致他没心思做作业。

上了车，赵远阳把裤兜里那把桂花摸出来，从书包里翻了条白色手帕，包住，再拿给霍戎：“给你，去烟味。”

霍戎接过，揣在上衣口袋里，看着赵远阳说：“前年你送哥的那把桂花，还在我抽屉里，就是干枯了，一捏就碎。”

前年？

赵远阳不太记得这件事了。从前的他记性非常好，梦里的什么事都能回忆起来，小到班上一个无关紧要的同学考上了什么大学都有印象，但是慢慢地，那些记忆好像远去了。

他唯一记得比较清楚的，就是梦中他把霍戎赶走那天，以及后来他溺水而亡，以一个旁观者的视角，看见自己冰冷的尸体从海里被打捞出来。霍戎抱着他，用一如往昔的语气叫他的名字。

那瞬间，赵远阳开始后悔了。

他从没那么后悔过一件事，从没觉得自己那么讨厌过，霍戎这么好的人，他怎么就那样把人给踢开了？

赵远阳将随手摘的桂花送给了霍戎，霍戎会放好，一直收好，哪怕干枯，也没丢。

刚开始是忘记丢了，后来看着就不想丢了。

霍戎见赵远阳发起呆来，似乎是在想什么事情，转移了话题：“老师问你要暑假作业了吗？”

赵远阳回神，说起这个他就很郁闷：“问了，我说我看比赛丢了，结果都不相信我，让我补上。我才不补……明明就是丢了嘛。还有啊，书包上还挂了钥匙扣，我挂了半年呢，就这么丢了。”

霍戎安抚道：“阳阳，书包找到了。”

赵远阳猛地扭头。

霍戎笑笑：“嗯，找到了，书包里的东西都在，你明天可以拿去交作业了。”

赵远阳长长地呼出口气，眉开眼笑道：“找到了就好，不然……钥匙扣丢了多可惜啊。”

回家的时候，赵远阳看见门外挂着的鸟笼没了，鸟也没了，估计是放生了。他一进门，就看见客厅多了一个巨大的陈列柜。

玻璃陈列柜里，最大的是一个火炬，还挂着一套衣服，是赵远阳当护跑手的时候穿的。有一张运动会的奖状，还有英语竞赛的荣誉证书和几张跑步的照片。

就这么两张奖状、一套衣服、一个火炬、几张照片，却是赵远阳的全部荣誉。陈列柜很大，这些东西只占据了中心很小一部分空间。

比起别人家孩子满面墙的奖状，赵远阳这点儿东西实在是寒酸，但他看着，仍是有种满足感。

以前他可没拿过这种东西。

他问霍戎："火炬是？"

他只是护跑手，而火炬是火炬手才有的，他只有一些纪念品。

霍戎说："是你助跑拿过的那个。"

不知道霍戎是用什么途径拿到的。赵远阳忍不住打开玻璃门摸了一下，又想起老余说的，这件事可以吹一辈子。

赵远阳其实是个很容易满足的人，尤其是霍戎为他做了这些事，他就更容易满足、更容易感动。这些细碎的小事，霍戎都能记着，并为他考虑。

这是别人做不到的。

赵远阳关上玻璃门，神情很认真地说了句："谢谢哥，不过这柜子，看着怎么这么大啊……"

柜子太大了，更加显得东西太少。

霍戎笑着说："你还年轻，会有机会把这个柜子填满的。"

第二天一大早，赵远阳就背着作业直冲办公室，找各科老师把作业交了，并且又强调了一遍："我说是丢了，就是真的丢了。"

他书包里还有照片，背着书包站在比赛场馆前面的游客照，这些证据让各科老师都哑口无言。居然真的是误会？真有学生丢了作业，结果又莫名其妙找回来了？

有些老师面子挂不住，挑他作业的刺；有些老师尴尬地笑笑，说他完成得很好，要给他加操行分。

赵远阳顿时通体舒畅。

除了刚开始几天，他学习特别费劲，静不下心，后来就慢慢好了。学习氛围真的容易影响人，当全班同学都在埋头学习的时候，要是自己睡觉，就感觉自己很不是人。

赵远阳现在就是这种感觉，强撑着眼皮，白天学，晚上也学。

霍戎知道他是高三的学生了，有时候看他实在压力大，就拉着他做减压的事，但大多时候，霍戎都安静地陪着他学习，他有什么不懂的都给他讲。

老师给每人发了一份高三复习计划。计划分三轮，全校都是统一的计划，第一轮复习是整合知识，到来年三月；第二轮复习是巩固，从三月到五月；最后的第三轮复习，是从五月到高考前，是冲刺阶段。要求每个人都要考出超过自己预期、超过自己最好成绩的分数。

复习计划上这么写，可老师还是会说："尽自己最大的努力就好。"

除此，老余还让学生把自己梦想的学校写在便笺纸上，贴在后面的黑板墙。

赵远阳上网收集了一些信息，但他没有特别想考的学校，就按着自己的分数，在本市找了个看起来还不错的外国语学校填上了，贴在后面的墙上。

班里的同学志向几乎都很远大，大半选了国内最好的两个大学，剩下的各有不同，有的出国，还有一些有自己特殊想法的，写了警校、政法大学之类的。

但无一例外，都是好学校。

赵远阳填的这个，和他们的比差了很大一截，让人一看就知道是他选的。

他觉得有些丢人，偷偷把便笺撕下来，也填了个厉害的外国语学校上去。

虽然他知道多半是考不上的，但他还是安慰着自己——没什么了不起的，自己冲一冲也可以。

赵远阳在这种学习氛围下渐渐地进步了，月考考了年级第三百名，差一点儿就进入前三百了。能取得这样的成绩和他的智商是不挂钩的，他的智商确实很普通，也不是学习的料子。能取得现在这样的成绩，完全是因为他还算勤奋。

勤能补拙，所以他一直在缓慢地进步。

他想的是，要是毕业前能上一次学校的红榜就好了。

这年也是霍戎最忙的一年。以前是只处理生意上的事，所以年中出一次差，年末出一次差，完全够了，但现在还多了一些家事。

赵远阳读书的时候，他经常会回家，但通常几天就能回来，这么两头跑，来回近二十小时的飞行时间，让他一向坚毅的眉眼都染上了疲惫。

霍戎从不跟赵远阳说自己的事，赵远阳要是问他，他也不会正面回答，只会拍拍赵远阳的头，让其好好学习，放宽心。

他越不说，赵远阳越容易想多。

他发现自己一点儿也不了解霍戎。

他不住地回忆着梦里发生了什么事……那时候他还在为考雅思做准备，考了许多次都没过。而且当时的他英语并不好，哪怕在外公那里待了许久，他仍然有交流障碍。

所以他一直拖着考试，等他的同学全部高考完了、毕业了、各奔前程了，他还是没考过。

在高三毕业那个暑假，他的雅思分数终于“低空飞过”。

其实雅思过不了，他也一样可以出国读书，毕竟最后上的只是个私立大学。虽然最后拿的毕业证书是名校的，可有心人一查，就知道他的毕业证书有多大水分。

这样的学校没那么多要求。但赵远阳那时候贪玩，就想留在国内，所以三天打鱼两天晒网的，一直没有通过考试。

他那时候考试，以不能分心，要专心学习为由，自己在外面住，然后每天都出去玩。

他还记得，他和霍戎的矛盾爆发，就是在他考试通过后不久。

周淳说霍戎不对劲，他一开始没当回事，但心里埋下了怀疑的种子。

他考试过了，霍戎知道了就准备过来，但是当天他们就闹翻了。

赵远阳去国外读书了，霍戎也回国，两人同在一个国家、一个城市，但从来没有遇见过。

就是在这段时间，他从别人的嘴里得知霍戎领养了其他人，也是从别人的嘴里得知霍戎其实是个很可怕的人。

还隐约得知他的出身似乎并不好，所以他能得到现在的地位，变成这样的大人物，是干了许多坏事的。

他还听说霍戎的母亲嫁给了某个寡头，而且还有了新的孩子。

想到这里，赵远阳终于想起来，现在霍戎突然这么忙，还是处理家事，可不就是他母亲要嫁人吗？

霍戎的父母没有结婚，他母亲现在想嫁人了，没人拦得住。

赵远阳猜出了事情的始末，更苦恼了。

他要怎么安慰戎哥？而且他的安慰还不能摆在明面上，毕竟他是不应该知道内情的。

赵远阳又不够聪明，加上霍戎隔几天回来一次，很快又要离开，他还真不知道要怎么安慰。

霍戎每次回来，赵远阳就忍不住问他：“哥，今天有没有什么要跟我说的？”

“睡吧。”霍戎缄口不语。

赵远阳垂着眼：“哦，那我等你告诉我。”

霍戎沉默了一下，才说：“阳阳，你不用考虑这么多。好好学习就够了，压力也不要太大，我对你没有要求。”

他对赵远阳没要求，赵远阳对自己还是有点儿要求的。

赵远阳最近也很辛苦，高三学业压力大，他们（一）班是全年级教学进度最快、压力最大的班级。

老余每天都会用他的钢尺敲黑板，在上课前说一遍：“同学们，高考改变命运！你们知不知道？”

同学们就齐声回答：“知——道——”

赵远阳学习压力大，霍戎又常常不在家，魏海觉得班上的氛围让他难受，就不来了。

但他有时候还是会来陪赵远阳说说话。

高三第一轮复习是最枯燥的，老师发了一大堆提纲要求背。赵远阳没有收拾，一会儿就找不到提纲去哪儿了，试卷又去哪儿了。

魏海从抽屉里抽出一大堆纸出来："喏，开学发的，都在这儿了，你缺什么就自己找吧。"

赵远阳一边低头寻找缺失的提纲，一边问他："你没什么打算？不读大学了？"

"读吧，读什么都一样。"魏海望着天，"好歹拿个文凭。"

就他这样的成绩和档案，连中专都不肯收他吧？

不过魏海的父亲还是可以安排他进一流的大学，读个三加二，最后以专科的分数进校，本科的文凭出校。

时间过得太快，日子真的像水一样，哗啦啦就流没了。

赵远阳学习太用功，熬夜熬得眼睛都红了。

在霍戎看不见的地方用功，在他看不见的地方默默变得更好，这让赵远阳非常有成就感。

他有时候能明显感觉到自己看不太清提纲上的小字，他这时还没意识到自己可能是近视了，只是听了班上同学的建议，去买了瓶眼药水，眼睛干涩了就滴一滴，会舒服一些。

冬天来了，温度骤降。家里开了暖气，但赵远阳还是不喜欢在冬天离开被窝。他最近都喜欢盖着被子看书，一边看一边背，支着下巴，眼睛离提纲试卷很近。

远看着，还以为他在睡觉呢。

霍戎好几天才回来一次，一回来就看到赵远阳这副模样。

赵远阳听见开门的声音，抬头，红着眼睛望着他："哥，你回来了。"

霍戎看他的眼睛通红，心里一紧，以为他哭过了。

他快步走向赵远阳，关切问道："怎么搞的，眼睛是怎么回事？"

赵远阳说："痛。"

霍戎紧张道："哪里？哪儿痛？"

“眼睛。”赵远阳眨了一下干涩的眼睛，打了个哈欠，把订成一摞的提纲放在一边。

他闭上眼：“你怎么才回来？你是不是很忙？你要是忙，可以不用管我，不用回来看我，反正我最近也很忙，你不用抽时间陪我。”

就是因为赵远阳总是这样，霍戎才要时不时回来看他一眼。

这不，几天时间没见，一回来赵远阳就说眼睛痛。

霍戎低下头，低声问：“眼睛怎么痛了？”

“作业多，熬夜熬多了，看字看不清了。”赵远阳实话实说。他也不知怎么搞的，看着戎哥特别忙的样子，东奔西走，他心里不好受，所以学习就非常用功。

霍戎低头看他：“近视了？”

“不知道，不是吧？”

霍戎看着他通红的眼睛，这么红了，眼睛里还有水，耷拉着眼皮，小狗似的望着自己。

他叹口气：“最近别这么用功学了，明天带你去检查一下视力，要是真的近视了，只能先佩戴眼镜，等你高考完了，就带你去矫正视力，现在医学很发达的，别把眼睛熬得更坏了，知道吗？”

到了高三，几乎没有假期了，元旦放一天，春节放七天，国家法定节假日几乎也只放一天或者一天半。

赵远阳因为近视要去配眼镜，专门请了两节课的假。

他去眼镜行检查了一下，发现度数很低，就一百度的样子，要是再熬，再那样凑近看书，近视肯定会很快加深。

这个度数，只要选择合适的保守疗法是可以恢复的。比如减少用眼，少接触电脑、电视和手机，也要少看报纸和书。

但赵远阳现在高三了，不看书怎么能行。

最后，他还是配了副度数很低的眼镜。霍戎说，等他高考完了，就带他去进行矫正。只要度数没有恶化得太严重，都是很容易矫正的。

赵远阳是第一次戴眼镜，店里款式众多，他挑啊挑，挑了副玳瑁的圆框眼镜，人长得帅，戴眼镜也不会丑。他戴着刚配的眼镜回学校去上课，几个近视的、没近视的，都看着他，说他这副眼镜好看。

有同学问："这眼镜看着挺俗气的，怎么你戴着就这么好看？在哪儿买的，我也想去配一副了。"

赵远阳才不想自己的眼镜成为爆款，变成爆款了，他就得去换了。

但是同学问了，他要是不说，那就太小气了。最后他还是老实回答了店名和店的位置，心想要是这个人真的去配了一副和他一模一样的，哪怕道理是谁丑谁尴尬，他也要去换一副新的。

他这会儿有点儿理解魏海了。

魏海的饰品都是限量的，或者去定做的——因为不想和人戴同款。好在学校有规定，不允许学生佩戴耳钉等饰品。

有些女孩子爱美，会打耳洞，平时戴耳棒，偶尔戴耳钉或者耳环。

但人家都是长头发，是可以遮起来的。

到了年末，放元旦假期了，霍戎的事情似乎解决了很多，开始变得有时间了。

赵远阳琢磨着霍戎的母亲是不是最后还是嫁给了寡头，但琢磨归琢磨，他对戎哥的家里人不感兴趣。

而且霍戎和他那些家人的关系并不好，不仅不好，或许还称得上是仇人一样的关系。

他曾经听说过一些，霍戎的父亲是很厉害的大人物，霍父虽然滥交，情人很多，但孩子并不多。霍戎的母亲能怀孕，生下霍戎这样的孩子，如今五十岁了，都还能俘获寡头的心，只能说明这个女人很厉害。

这种家庭远比赵远阳的家庭要复杂，也是赵远阳永远难以想象的复杂，比电视剧还精彩。

赵远阳是一点儿也不想见到霍戎的家里人，既然事情看起来解决了，他就懒得去想了。

元旦只放了一天假，大家当天晚上就回学校上课了。

学校原本还有新年晚会，结果高三学生不参与，不仅仅新年晚会，别的所有娱乐活动，高三学生都被勒令禁止。

学生们上着课，听见学校礼堂传来的音乐声，大多都很浮躁，心痒痒的，想去看看。

上着课，魏海从后门出现了。他蹲在后门处，因为个子高，太明显，老师一眼就看见了他。

魏海戳了戳赵远阳："去不去看晚会？"

赵远阳放下笔，又抬头看了一眼在讲台上坐镇的老余。

魏海说："别的班好多学生都去看了，我们班同学都是榆木脑袋，不懂劳逸结合，你快出来，跟我去看。"说完，他矮着身子，蹒跚着出去了。

老余没说什么。

赵远阳合上书本，站起来直接从后门出去了。

他一出去，魏海就拉着他狂奔。

老余追出去，然而两个腿长的男生就只剩下模糊的影子了。

他回到教室，对全班同学说了句："戒骄戒躁，方成大器。"

赵远阳这个又骄又躁的，已经跑掉了。

学校不大，冲出两栋教学楼旁边那条路，就安全了。魏海停下奔跑，喘着粗气，拉着赵远阳开始慢慢地走着。

这段时间因为赵远阳学业繁忙，而且魏海鲜少来学校，两人几乎没什么交流。

由于近视，赵远阳不打游戏，也很少用手机聊 QQ 了。

魏海有自己的交际圈，交友广阔，哪怕赵远阳沉迷学习，他也能找到自己的乐子。

听说学校有新年晚会，还不允许高三的参加，他就连忙赶来学校了，这还能忍？

大礼堂外面有学生会的人守着，要进去的话得告知名字、班级和老师名字。

出去的人要和进去的人对得上姓名才行。

学生会的干部在名单上找不到他们的名字，正想发问，魏海就拽着赵远阳飞奔着闯了进去，飞快地上了楼梯，一眨眼就钻进后面的座位区。黑压压的礼堂，只有舞台那里亮着。

魏海找了两个空位，和赵远阳坐下来。

舞台上正在表演的是高二某个班级自己排练的小品，他们落座时小品正好进入尾声，众人啪啪鼓掌。

主持人上台，用有些稚嫩的播音腔介绍下一个节目——由 ×××、××× 和 ××× 表演的太空步。

前两年，赵远阳也动过参加的心思，但是这个要层层选拔，他看了一下流程，觉得十分麻烦，最后就没参加。

别人看晚会的时候，他有一年是跟魏海出去玩，去年则是翘课回家陪霍戎了。

到了这年，他才算是相对完整地看了学校的新年晚会。

虽然从头到尾都是学生在主持，但节目都还挺有意思，赵远阳看到了晚上九点多。

这时候已经到了放学的时间，结果赵远阳因为看晚会而忘了，霍戎在门口等了他一会儿，没见到他人，又看见学校里礼堂亮着灯，有音乐声，很吵闹，就猜测他是不是去看学校的演出了。

他给赵远阳打电话，结果赵远阳开了静音，没听见。

等赵远阳意识到的时候，看见的是十分钟前的未接来电。

他连忙走到后面僻静的地方给霍戎打电话。

霍戎接电话很快，也不知是自己这边吵，还是霍戎那头的杂音，赵远阳听不清他说话。

“哥，你等会儿，我看晚会忘了时间了。我马上出去……你等等我……”

赵远阳边说边往外走，太吵了，他听不见电话那头的霍戎在说什么。晚会还没结束，所以出口处一个人也没有。

这时，突然一个人迎面走来，和赵远阳撞了个满怀。他正想骂人，就闻到了熟悉的味道。

黑漆漆的走道，没有旁人，音乐声很大，五音不全的校园歌手、质量有些差的音响设备，这些声音都在提醒着赵远阳——这里是学校。

霍戎低着头："阳阳，节目好看吗？还有多久结束？哥哥陪你去看完？"

一个学生会的从不远处走过，赵远阳答道："不好看，你听，那些人唱歌还跑调。我去跟魏海说一声，我们回家。"

旁边一侧是黑暗的出口，一侧是亮着光的舞台，两边都不时有人走动，若是有人注意看，就会发现墙边靠着两个人。

"你们教室门都关了，还收拾书包吗？"

门关了不算事，可以翻窗户进去，哪怕窗户特别高，也架不住霍戎人高腿长，身手了得。

"不收拾了，没多少作业，我差不多写完了。你等我会儿，我去跟魏海说一声。"

赵远阳回到座位上，魏海已经不在了，赵远阳就给他发了条短信，说自己不看了，要走了。

很快，魏海回复了个"好"字。

赵远阳从另一个出口出去，发现就在他刚刚打电话的地方，魏海正蹲在那里。

"你在这儿啊，四海，我哥来接我了，我先走了啊。"

魏海"嗯"了一声，轻飘飘地看了他一眼。

回到家，赵远阳换了衣服，洗漱完上了床，就找了几张放在家里的高考真题试卷解析看了起来。

理科不像文科，文科要背很多东西，理科要背的就少多了，但乱七八糟的公式还是容易让人混淆。

赵远阳的数学成绩还行，要是突击一下，没准儿可以考个一百二三十分。加上他的英语很好，是拿满分的料，这两科加起来，就是两百七八十分了。算上语文，凑个三百三四十分。理综里面，他最好的是物理，在及格线上，生物和化学他学得差，每次理综测试都只能考个一百五六十分。

这些加起来，勉勉强强有个五百分了，运气好的时候，能考个五百二十分，一般就能上一本线了。

赵远阳没事的时候，就经常研究自己的成绩，要是这科再多个多少分，那科再多个几分，哎呀，他就可以读重本院校了！

他之所以把外国语学校放在自己的志愿里，是因为他拿过奖，听说这个奖分量挺足，不仅可以优先录取，还可以加分。

要是不报外国语，不是亏了吗？

学业紧张，时间也就过得快，一下子就到了期末。

期末考试是一模，也是全省联考，赵远阳这次鼓足劲应对考试，考完心里特别不踏实，回教室一对答案，感觉天都塌了。

怎么错这么多！不应该啊！

赵远阳忐忑不已，等成绩下来了，他才发现一切都是自己想多了。

这次是他考得最好的一次了。他之所以对答案时感觉错得特别多，是因为跟他对答案的那个人，是年级第一的谭梦佳。

等分数下来，排名也下来了。

赵远阳去红榜看了看——哦，糟糕，他还是没上红榜，他没有进年级前两百。

但是在老余那里，赵远阳知道自己的排名有了不小的进步，险些就可以上红榜了。

他现在的成绩是全年级第二百四十五名。老余给他分析："这个第二百名的学生，只比你高十五分而已，这十五分该怎么拿？你的英语没问题，数学考得也不错。你们语文老师来跟我说了你的成绩，八十分，还没及格。你自己说说，怎么考的？"

赵远阳说："这么高，当然是瞎考的。"

运气不错，蒙对了好多选择题呢。

老余："……"

"班上的语文成绩平均线是一百二十分，你也不需要达到这个平均线，就往上再提高个十几二十分，不难吧？如果没有把握，最好去补习一下语文，比如写作文，还有阅读题，这些都是有技巧的。而且按照往常的成绩，我们学校的学生只要平时稳定在年级前两百的，最后都能考上重本院校。你现在差得也不远，但是你不能抱着侥幸的心理……”

他跟赵远阳说了半天，结果赵远阳想了想，皱着眉说：“成吧，我回去用功复习一下生物和化学。”

老余：“……”

赵远阳之所以不想突击语文，也不想去补习，是因为霍戎的语文也不好，没办法教他。

但是生物和化学都难不倒霍戎。赵远阳的英语和数学成绩已经稳下来了，只要保持住，趁着这个时间突击短板科目，短时间内是会卓有成效的。

一模完了，期末考试结束，学校却还是不放假。

像往年一样，直到春节前两三天，学校才会放假。

赵远阳的十九岁生日悄无声息地走过，魏海这年给他送了一套教辅书，这书去年才出了第一版，现在还没多少人开始用。

赵远阳拿到班上用的时候，还有人问他这是什么教辅。

赵远阳知道这是好东西，于是就推荐给别人了。

霍戎给他送了副高科技眼镜，是他没见过的东西。

眼镜的镜片可以伸缩、隐形。如果眼睛疲劳了，按一下镜架的按钮，就会变成一副镜框。

据霍戎说，这眼镜不会对眼睛造成负担，也不会让他的度数增长，甚至还有微治疗的效果。

总之是高科技，很神奇的东西。

终于熬到放假了，赵远阳在家里躺了一天，从头天晚上，睡到第二天下午才起床。

他经常听到班上有同学说，等高考完了，一定要睡个三天三夜。

赵远阳这会儿才算是有所感触。

他醒了后，肚子也饿得咕咕叫了，给他准备的饭菜全是大鱼大肉，他一个人扫荡完了，整整喝了两碗鱼汤。

原本寒假放七天，后来改成了十天。

不过不管是十天还是七天，都差不多。

大概是看他累了，霍戎允许他每天都躺着，先让他躺两天，再拉着他外出，在冰天雪地里，绕着葵园跑步。

有时候疲劳是可以通过运动来缓解的，运动量上去了，再读书就不会觉得那么累了。

除夕那天，赵远阳很早就起来了，出去跑了好几个小时，中午睡午觉，一觉到下午，起来吃了个年夜饭。因为运动，他的食量见长，捧着圆滚滚的、看不见腹肌的肚皮，靠在沙发上看春晚。

他看小品笑得肚子疼，霍戎一边陪他看春晚，一边陪他补习生物。

这个寒假，赵远阳的首要任务就是把化学和生物突击一下，争取在这两科上提高个二三十分。

他的压力因为这两天的放肆似乎全部消散了，结果一想到补课的事，他的心头就跟压着什么似的，有些闷。

赵远阳想翻找出前两年的化学和生物的课本、练习册与教辅，结果高一上学期的书怎么也找不到了。

最后还是霍戎给找了出来。正是高一刚开学发的那套书，那时候赵远阳和霍戎才刚刚见面，两人的关系看着还算融洽，但一点儿也不亲密，有很大的隔阂，更多的是赵远阳单方面对霍戎的信任，而霍戎对赵远阳，是有目的地照顾着。

但赵远阳这孩子惹人疼，霍戎对他好，一开始也是带着一二分真心的。

赵远阳带着梦中的感情。他没有亲人了，也没有可以信任的人了，所以霍戎就是他的救命稻草，他对霍戎非常依赖。

他控制不住地在书上写霍戎的名字，画两笔简笔画，把英俊的霍戎画出来。

霍戎翻开他的书，看见整页都是自己的名字，是特别幼稚的、像小学生写的字迹。

现在赵远阳的字进步了许多，从小学生突飞猛进到了初中生水准，字迹工整。

霍戎握着笔，轻轻地敲了一下赵远阳的手背，瞥他："上课都想什么呢？这是你的书还是我的书啊？"

看着这些字、这些名字，赵远阳很不自在，双手托下巴："哥，要不然就不用这书了吧……我打电话去借一本新的来，这书多乱啊。"

赵远阳隐隐约约记得，当时自己是把书丢了的，怎么又出现在霍戎这里？他认真地回想，终于想起来，放假的时候他根本就没收拾，没有把书桌的抽屉清空就回家了。

就是那时候，霍戎发现他没把书带回来，便专门去学校找了一遍，然后拿回来收好，并且没让他发现。

赵远阳现在看着这套书就别扭，霍戎让他专注点儿，笑着说："看名字有什么意思？人在你面前呢。"

好在高一的内容简单，很快就复习完了。霍戎开始给他补后面的内容，他赶紧把书丢开，藏在沙发缝隙里，他希望以后再也别看见这东西。

化学、生物两手抓，短短十天的假期，赵远阳就突击完了。

正月初七，学校就开学了。而且一来就测试，老余往下发了一套专攻阅读理解的英语试卷，一共二十篇阅读理解，要求第二天交。赵远阳没空做，在专心研究教辅书里的理综题。

其实让霍戎补习比听课有用得多，也比自学有用，赵远阳自学的时候，容易走神，但让霍戎给他补课就不会了。

霍戎耐心地给赵远阳讲题，赵远阳手里拿着一支黑笔，霍戎拿着一支红笔，他一边做题，霍戎就能一边帮他批改，给他纠错。

对赵远阳而言，霍老师是个好老师。

赵远阳的短板科目进步了，在接下来的二模中，成绩又往上提了一截。

他的理综头一次考了一百九十分的高分，虽然比起班上二百二十分的平均分还不够看，但对他来说，已经是很高的分数了。

不过，由于这次他的语文考砸了，因此总分只提高了十八分。他上次一模语文考了八十分，这次运气差些，只考了六十分。

而且二模的题比一模要简单一些。

赵远阳的总分提得不多，名次也上升得不多——还差十名，他就能进入年级红榜了。

那红榜就好像赵远阳的一个执念，越是得不到，就越想要。

他学习的劲头一时间非常大。有时候主任、校长来视察，走到后门处看见班上同学学习的那股劲，都会夸一句。

罗主任认识赵远阳，也忍不住夸，说他的变化大，最刺的毛头小子现在也爱读书了。

眼看着离高考越来越近，贴在黑板旁边的倒计时日历马上就要从三位数变成两位数了。学校举办了誓师大会，高三学子全体参加，对着主席台举手庄严地宣誓。

四月初，清明节放假，赵远阳去公墓看父母。

这次，他没让霍戎在汽车里等他，而是带着霍戎去墓碑前面，跟父母说话。

他母亲病逝后，父亲第二天就不知所终，后来从河里捞到一具尸体。周淳去认尸，对着面目全非的尸体，他看了一眼就别过头："嗯，嗯，是，就是他。"

于是直接跳过了法医验尸这一步，潦草地下葬了。

赵远阳那时候大受打击，记忆也模糊了。他甚至不知道墓里面躺的是不是他的父亲，但是他也没理由现在开棺验尸。而且他之前也问过霍戎，让霍戎去帮他调查一下，可这件事情一直没有回音，似乎是什么都没调查出来。

他从来没想过，其实是霍戎有意瞒着他，怕真相会伤害到他，所以选择缄默不语。

从现状来说，赵远阳无亲无故，就只有霍戎一个可以依靠的人了，而霍戎不想打破这样的现状。

学生清明节收假回校，次日就要去市里的医院进行体检。

体检要求早上七点到医院楼下集合。

奇数班是上午体检，偶数班是下午体检。

魏海虽然不来上课，但高考还是要参加的，所以体检也要参加。他家人似乎放弃他了，不管他学不学。

魏海很久没这么早起床过了，他站在集合的地点准备喝酸奶、啃面包，结果旁边的人说体检要空腹，他只好先不吃早餐。

赵远阳从车上下来，弯腰趴在车窗口，跟霍戎说："至少得两个小时才能体检完，你先回家吧，我完事了自己回学校。"

霍戎点头说"好"，看着赵远阳，问道："现在身高有一百八十二厘米了没？"

赵远阳自己也不知道："去年还是一百八十一厘米，应该长了点儿。"

"营养好，肯定是长了的。"霍戎叮嘱他，"阳阳，体检完记得去吃早饭，别吃冷的。"

赵远阳"嗯"了两声："我知道了。"

霍戎拍拍赵远阳扒拉在车窗上的手，轻声跟他说了句"再见"。

高考体检的流程多，且严格。

赵远阳过去集合，就听见旁边班上几个女同学在叽叽喳喳地讨论："你有多高？怎么办，我要不要踮脚啊？可以踮脚吗？"

"要验血，啊啊啊，我好怕验血啊，是不是要扎手啊？"

"听说还要脱衣服，真的假的？"

"不仅脱衣服……还得量胸围呢。"

…………

体检要测视力、量身高体重、测血压、验血、测肺活量，等等……而且验血是最开始的一项。所有人都得去排队验血，抽了一小管血后，就可以吃早饭了。

吃点儿东西垫肚子，再去做接下来的体检项目 。

抽血要先排队，赵远阳探头一看，那针又粗又长，要扎进肘正中。他撸起袖子看了看自己肘正中的静脉，青色的、细细的。

排队人群中一片哀号，赵远阳的表情也不太好看。

他一直看别人是怎么抽的，一直问抽完的人："痛不痛？是不是很痛啊？"

别人一说痛，赵远阳的眉头马上就皱起来，三分的疼痛被他想象成了十分。

他是真不想抽血，一时间脑子里甚至在想，干脆就不抽了。

轮到他时，他不情不愿地把手臂递出去，脑袋别过去。他的眉头深深地皱起，眉眼间的痛苦之色呼之欲出，凉凉的碘伏涂在他的肘窝处，他闭眼"咝"了一声。

抽血的护士笑了一声："针还没扎呢，就这么痛了？"

一般露出赵远阳这种表情的，都是女孩子，但也不乏特别怕疼的男生。

毕竟那针看着是挺吓人的。

"等我开始扎了就告诉你。"

赵远阳紧紧闭着眼睛，点了两下头。

过了几秒，他没什么感觉，护士笑道："好了，抽完了。不疼的，对吧？"

抽完血，赵远阳就去旁边的超市买了个菠萝包，又去买了杯豆浆。魏海一边咒骂怎么没人给他说验血这么快，一边也去买了豆浆和包子。

赵远阳领了体检表，看哪里人少就去哪里排队，测了血压、视力、色觉、嗅觉和听力，好多项他都不知道是什么，就体检完了。不过这么多人一起体检，也挺好玩的。

赵远阳每年都会去做一个全身检查，所以很了解自己的状况，他的身体一点儿毛病都没有，除了眼睛有些近视，别的都很健康。

体检结束时才十点钟。魏海问赵远阳要不要去吃火锅，赵远阳原本是想回家的，一听他说好吃的，馋虫立刻爬上来了，就兴冲冲地跟魏海走了。

他们去的时间早，火锅店还没开始营业，等了快一个小时才吃上。火锅店的热气大，赵远阳脱了校服，魏海欲言又止。

赵远阳注意到他的目光，低头看了一眼自己。

但他什么都看不见。

魏海在锅里捞着：“我看你白天挺用功学习的，不会累？”

“累啊，但有时候我也会趴着睡觉，困了就睡。”

魏海夹了肥牛放在碗里，赵远阳拼命给自己夹香菜。

赵远阳安然无恙地度过了五一假期、度过了三模，接着进入第三轮复习。

他的三模成绩，分数没有多大长进，还是五百分出头，但是名次进步很大。也不能说很大，可他过了心中那个坎，上了年级红榜，目前是全年级第一百八十九名。按老余的话来说，这个名次，只要正常发挥，重本线肯定是没问题的。

他让赵远阳不要松懈，得一鼓作气。

此时，距离高考只有二十天了。

赵远阳前所未有地紧张，各科老师都在帮学生释放压力：“高考考场上，考室和座位都是随机分配的，如果有谁认出了你们，要求你们传答案、比手势，统统不允许。别人要是看，那也跟你没有关系，高考不是讲义气的时候。也别去管，被抓到作弊，那就是三年禁考！”

换到别的班上，老师的叮嘱就会变成：“如果你扭头，不小心看见了别人的试卷——是如果，能看到算你运气好，看不见也别抓耳挠腮、探头探脑的，自己老老实实做题吧！”

考前，学校放了两天假，让学生放松放松，缓解压力。

老余说：“但是也别太放松了，该看的内容还是要看，该复习的不能马虎了。尽量待在家里，别外出，外面天气热，当心中暑。”

“你们的准考证我就先收着，免得你们搞丢了就麻烦了。等七号考试，到了考点我再发给你们。”他抱起自己的资料，顿了顿，感慨万千地说，“最后……祝大家都能考个好成绩，考上心仪的学校。”

第一天放假，赵远阳一晚上没睡好觉，有些焦虑。

他也不知道为什么要焦虑，没考好就没考好吧，考上什么读什么，他也不需要借考试来改变命运。或许是他的胜负欲在作祟，让他日思夜想，根本睡不着。

这一晚，虽然赵远阳还是睡着了，可他做了很多个很长的梦，早上起来精神很不好，整个人像霜打的茄子，没精打采的。吃完早饭被霍戎拉着出去跑了两圈，回来就继续睡了。

赵远阳这个回笼觉睡到了下午，睡到太阳快落山了，金色余晖透进窗子，照射在他脸上。他缓缓睁开眼，望着窗外的光发呆，过了好几分钟才精神起来。

赵远阳的眼睛一转，看见了不远处坐着的霍戎。

他把手伸出被窝，声音带着尚未睡醒的迷蒙：“哥，把我的书包给我，我要看书了。”

霍戎看着他神志不清的样子，建议道：“今天五号，七号才考试。明天再看也不迟。”

赵远阳很坚持：“我现在就要看，不然脑子里都是糨糊了，考试要是考砸了，那我不是白学了！”

他想考得好一些，是因为他觉得自己高三这一年来，背负了这么大的压力，学习这么用功，要是最后考砸了，那就亏大发了！

他闹着要看书，霍戎就把书包给他了，结果他翻了复习资料出来，没过一会儿就看不下去了。

听人说考试前容易浮躁，浮躁就容易导致考试发挥失常。赵远阳一想到这个，就更浮躁了。他看不下去书，群里有人转发了高考前的注意事项，其中有一项就是讲如何减压。

赵远阳一看魔方减压，就靠在床头，拿着魔方玩。但他怎么都不是玩魔方的料，拼了快二十分钟，结果照着公式也拼不出来，气得他把魔方使劲地丢在地上。那魔方在地板上滚了几圈，滚到了霍戎脚边。

霍戎便捡起魔方，不紧不慢地拼着，赵远阳看着他没一会儿就把魔方给还原了，便开始幼稚地生闷气。

赵远阳觉得魔方太难了，所以才拼不好，结果一看戎哥，一分钟不到就把难题给解决了，他就觉得肯定是自己智商不够的缘故。

霍戎站起身，朝他走过去，正打算安慰他，结果他的气一秒就没了。

他想通了什么，翻了本作文书出来，开始研究作文开头。

语文老师说，作文都是套路，照着高考满分作文的模子写，保证能拿高分。

而且他们班老师还总结了个开头仿写、段落仿写，说是他的独家研发，多看看就没问题了。

赵远阳找了半天，才找到那份如何写作文的资料。他对照着作文书，拿了个草稿本和一支中性笔研究了起来。在此之前，他一直没有好好学过语文，也没认真上过课。语文课实际上是他的自习课。

结果现在一研究，还觉得挺有用的。

他们班语文老师总结了一套方法，说阅卷老师看作文一目十行，没那么多工夫看作文的立意是否独到、有没有什么深意，所以好词好句好诗往上面堆，就是最简单的拿高分方法。第一段来个排比和比喻，引用一句生僻的、扣题的诗词，就赢了大半了。结尾时，再首尾呼应地来一句总结，升华全文，如果字再漂亮点儿，作文差不多就能得五十分了。

赵远阳研究了一下，又看了一下他们班同学总结的好词好句。之前快考试的时候，语文老师专门拿了一节课出来，让同学们把收录的好词好句都挑一两句出来，写在字条上，交给课代表。

课代表拿着字条，到办公室用文档录入，再打印出来，然后复印给全班同学。

赵远阳之前一直没工夫看，对这个不感兴趣，但第一科就考语文，他临时抱佛脚，背了一晚上，一边背一边抄，还上网查含义和解析。

背了全班同学收录的好词好句，赵远阳感觉自己整个人都有文化了，一股腹有诗书气自华的感觉油然而生，觉得自己都可以出口成章了。

考试前就放那么两天，没多少时间复习，也不能复习得很全面。第二天赵远阳去看了考场，他和班上的第一名谭梦佳在一个考场。全市的人都在这里考试，考室和考号虽然都是随机分配的，但还是很容易碰到认识的人。

后座的同学是其他中学的，看见赵远阳跟谭梦佳打招呼，知道他们是一个班的。他病急乱投医，赵远阳看完考场，他就追出去，走到赵远阳旁边："同学，你是不是一中（一）班的？考试的时候你能不能挪一下手臂，字写大一些？"

谭梦佳不仅是一中的年级第一名，在全市也是常居前三名，随便一问就知道她很厉害了。

和她说话的似乎是同班的，应该也是尖子生吧？

赵远阳说："你认错了，我不是（一）班的学生，我是年级'吊车尾'，没准儿我的成绩比你的还差。"

那同学脸上露出失望的神色，尴尬地说了声"谢谢"，就没继续跟着赵远阳了。

出了考场，赵远阳把准考证还给老余，走了一段路，才找到司机停车的地方。

因为高考，这一整段路都非常堵，而且第二天早上交警队还会实施封路，不允许任何车辆进入。

考点离赵远阳家远，听说好多同学的家长都在附近订了酒店，提前一天入住，第二天考试会方便些，中午也方便休息。赵远阳总担心会迟到，不是他不相信司机的开车速度，是不相信自己。他知道自己有赖床的毛病，而且还有拖延症，容易丢三落四，把事情搞砸。

因此，赵远阳也让霍戎去找个酒店住。

他说什么就是什么，霍戎全部听他的。

吃完饭，赵远阳看了会儿语文的字词辨析，检查了一遍文具，给自己准备了五支黑色 0.5 毫米的中性笔、三支自动 2B 铅笔，还有两块橡皮擦和一把直尺。

他逐个检查一遍后，晚上八点就躺床上睡觉了。霍戎为了不打扰他，就在客厅做自己的事。

床单和被套都是家里用的，专门带到酒店来换上的，但赵远阳睡不安稳，躺了十分钟就坐起来，下床，轻轻地扭动门把手，把门开了一条窄小的缝隙。

透过缝隙，他看见霍戎在办公。

霍戎注意到赵远阳，抬头看他。

赵远阳穿着睡衣，抓着门把手："哥……你想不想睡觉啊？你肯定困了吧。"才八点过一些，谁这个点就困了。

霍戎顺着他的话点头，眼含笑意："嗯，困了。"

赵远阳把门打开："那你快去睡觉吧！"

第二天要考试，赵远阳起得特别早，洗漱完毕后，在酒店房间吃完早餐，就去了考场。

但离进考场时间还有半个小时，他来得太早了，就留在车上复习，看语文必考的古诗小册子。

这种时候，多看几句，万一碰巧记下来了，还考到了，那就是走狗屎运了。

他也不知道为什么，特别紧张，翻资料的时候手都在抖，霍戎问他是不是很紧张，他摇头道："怎么可能？！"

霍戎伸手抽过他手里的小册子："阳阳，别看了。这样，我说上句，你来背下句。"

赵远阳满脸恍惚地点头："好。"

"锦瑟无端五十弦。"霍戎说。

赵远阳接："一弦一柱思华年。"

"乱石穿空，下句？"

赵远阳一一回答了，但后面他有一句死活想不起来了，就开始抓狂："怎么办？我昨天还背过这个的！啊，我怎么记不起来了！"

霍戎让他放松，拍拍他的肩，声音落在他耳边："阳阳，不然哥现在把答案给你吧？"

赵远阳一下子坐起来，眼睛瞪大，声音哑了："你有答案？！"

霍戎平静地"嗯"了一声，假装有，试探他道："你要不要？"

"不要，不要！有答案我也不要，我要自己考，谁要你的答案，走开！"赵远阳严词拒绝道。

霍戎笑了："不用紧张，也不用有太大的包袱。"他看了一眼时间，"差不多可以进考场了，走吧，我陪你去考场外面。"

学校外面这段路已经封锁了，车子开不进去，霍戎和赵远阳就步行进去。

考场还没开，赵远阳去老余那里领了准考证。老余火急火燎：“你怎么来得这么迟？还有魏海！魏海昨天看完考场就没把准考证给我，你知不知道他人在哪里？！”

赵远阳说不知道，就帮着老余联系魏海。他一打电话，立刻联系上了。

魏海不慌不忙地问赵远阳：“迟到多久取消考试资格来着？”

“好像是半个小时？”赵远阳回答。

“那没事，我可以准时到，你考试加油。”

考场开了，赵远阳跟班上的同学站在一起，学生都在往考场里面挤。他没动，回头看霍戎。

赵远阳走到霍戎旁边，霍戎俯首，手心在他后背轻轻地拍了一下，声音沉而缓：“阳阳，随便考考，不要有压力。”

赵远阳闻言心里安稳了许多。

他也不知道自己考得怎么样，总之稀里糊涂地就考完了。他生平第一次把语文试卷写那么满，答题卷的空位都被他写满了，而且写到了考试结束，他才停笔。

出去的时候，很多人都在对答案，赵远阳没有早上那么紧张了，也懒得跟人对答案，省得打击自己。

他中午回酒店睡了一觉，霍戎也没问他考得怎么样，就这么陪在他身边，下午再送他去考试。

坐在赵远阳身后的考生，下午又焦急地跟赵远阳说了一遍：“你就是一中（一）班的吧？！我看见你去你们班主任那里拿准考证了。这样，数学我就看看你的选择题和填空题，帮帮忙行不行？你要多少钱？”

赵远阳非常冷淡，直截了当地说：“不帮。”

“同学，大家都有难处，我只看选择题和填空题而已，和你没有竞争关系的！”

赵远阳说：“你再这样，我直接给监考老师说了。”

那考生没想到他会这样，顿了顿，在他身后呸了一口，低声警告道：“我记住你了，赵远阳是吧？别让我逮着你！”

赵远阳不拿他当回事。别说他自己成绩不怎么样，就算他真是优等生，听见那句“你要多少钱”，他也不会帮忙的。

六月八日，上午考的是赵远阳不太喜欢的理综，他发挥正常。但是后面那个考生不知道倒了什么大霉，有两个人进来把他带了出去，然后那人再也没回来了。下午，最后一科是他最拿手的英语，毫无压力，他写完检查了一遍，就提前交卷走了。

他从考室出来，拿着准考证和笔袋往外走，心里有种解脱的感觉。在此之前，他还每天望着学校张贴的年级红榜，希望有朝一日可以上那个榜。

三模的时候，他如愿以偿了。这次考试，他一开始特别紧张，结果进了考场，拿到试卷内心就平静了。

他觉得自己发挥得比三模好，按照以往的学习经验，他的高考成绩在学校的名次肯定要比三模好，所以报考一所一本类外国语院校，应该是没有太大问题的。

因为他提前交卷出来，老余还说他了：“你怎么不多检查两遍？！万一检查出了漏网之鱼，那至少是两分！两分，你知不知道这两分在高考竞争路上可以干掉多少人？！”

赵远阳平静地说：“我检查了一遍，没问题了。”

说完他就要走，老余拦住他：“你上哪儿去？等下还要回学校开班会！”

“我先回家一趟，等下我会直接去学校开班会，不会迟到的。”

老余点头，又叮嘱了句：“准考证收好，别乱丢，填志愿的时候用得上。”

提前交卷的人不多，或者说几乎没有几个。霍戎看赵远阳之前那么紧张，还以为他这次会奋战到底，看见他提前出来，拉开车门上车，有些意外。

赵远阳靠在后座椅背上，整个人长长地舒出一口气。

他闭着眼睛说：“我想吃炸鸡，很多油的、炸得皮酥脆的鸡翅和鸡腿。”

他老早就想吃了，结果不知道是班里谁说的，说这东西转基因，吃多了影响智商，呼吁大家再也别吃了。

赵远阳嗤之以鼻，结果还是不敢吃，他的智商本来就不怎么高，要是让转基因食品给毒害了，最后连大学都考不上怎么办。

于是当时赵远阳发誓，高考前绝对不吃转基因食物！

霍戎应了声“好”。

赵远阳去了市区里一家快餐店，店员说：“高考的学生可以凭借准考证打八八折。”

赵远阳便出示自己的准考证，点了一大堆炸鸡，获得了折扣。他和霍戎并排坐在靠里的卡座，埋头疯狂地啃鸡腿，吃得满嘴满手都是油和辣椒。等他吃撑了，却见霍戎一口也没动。

赵远阳知道霍戎从不吃这个，好像吃一口能要他命一样。

赵远阳递了一只鸡腿给他，眼睛直勾勾地看着他：“吃不吃？”

霍戎盯着他油油的手，也不知在想什么，就接过去了。

赵远阳没想到他真的要吃，眼睛瞪圆：“你真吃啊，有转基因！”

霍戎表示没关系。

赵远阳拿纸擦擦手，低头捧着可乐喝。他一边咬吸管，一边微微歪头注视着霍戎。

霍戎的手上也是油。

炸鸡点太多了，吃不完，也吃腻了。赵远阳站起来去洗手，顺便把脸上的油也洗了。

从快餐店出去，霍戎就把赵远阳送到学校去了。

班会顶多开两个小时，霍戎便在外面等他。

赵远阳吃个炸鸡的工夫，班上同学都到齐了，教室里正在对答案，而外面天上是“试卷雨”。

前两年的时候，赵远阳看见每到毕业季学生们就丢书、丢试卷，特别羡慕。他赶紧从抽屉里把自己的书抱出来，拉着魏海：“你的书都是新书，走，我们上四楼去扔书！”

魏海看着赵远阳带回来的炸鸡，一脸可惜：“不吃鸡了？先吃鸡再丢书吧？”

“吃什么鸡？！先把这些书丢了再说！”

赵远阳腿长，一步能迈三级阶梯，几十秒就抱着一大摞书到了顶楼。

他冲到栏杆旁，找了个好位置。低头一看，漫天飞舞的是白花花的试卷和课本，地上也是堆积如山的白色试卷。

赵远阳抽出自己的试卷，把订书钉抠开，接着把这一大堆散乱的试卷丢出去，看着它们在空中分崩离析，从一摞变成一张一张的，被风吹得飘摇。

赵远阳心里爽快，把抱上来的书全丢了。

不知道旁边班级的谁，把垃圾桶都从上面丢下去了。

几个主任出现在楼下，大喊着“停”，罗主任更是直接冲上楼，要来捉那个丢垃圾桶的学生。

收废品的在楼下清理着废试卷，罗主任冲上四楼，气喘吁吁地叉腰，大喊道：“垃圾桶是谁丢的？哪个班？是不是（十八）班的？！”

霎时间无人敢动。

魏海当着他的面，把自己那一摞书丢了下去。

因为没人继续丢了，空中只有他的书在孤单地飞。

罗主任正想骂，嘴都张开了，一看居然是魏海，便委婉道：“你们两个一楼的，跑四楼来干吗？”

赵远阳双手空空如也，摊手道：“丢书。”

“垃圾桶是谁丢的？”

赵远阳摇头，指了一下：“那边丢的，是谁我就不知道了。”

罗主任嘴角一抽：“你们班已经开始在开班会了，快下去，别跟着掺和。”

闻言，赵远阳和魏海便下楼了。

魏海吃着炸鸡，老余在讲台上说些陈词滥调，然后开始说填志愿的要点。

“吃东西的都停下了！认真听我说填志愿的事情！大家回去后，可以在网上填报，也可以来学校，最好还是来学校，稳妥一些，老师可以帮你分析分数。”

六月二十三日，分数公布，接着就可以开始填报志愿了，截止日期是六月二十九日，这期间毕业班的班主任都会留在学校办公。

“大家尽量在六月二十七和二十八日这两天到校填志愿，自己在家可以先研究一下有意向的院校，往年的分数线高，并不能说明问题，往年爆冷门的院校，或许今年分数就水涨船高了，不要掉以轻心。”

虽然(一)班除开赵远阳和魏海，全是尖子生，但是说到填报志愿这件事，同学们依旧是一片茫然，不知道该怎么操作，或者担心自己弄错。

赵远阳觉得自己可能是炸鸡吃多了，老余说了什么他都没听进去，完了再一脸茫然地问别的同学：“是什么时候出成绩来着？什么时候填志愿？”

老余给大家留了一些互相讨论、留联系方式的时间，班上有看对眼的男生女生，这时候要是想告白了，他也管不着了。

有女同学来问赵远阳要联系方式，他一时间收到了许多好友申请。

过了会儿，外班也来了女生，还有其他年级的，因为赵远阳要毕业了，这个时候不过来问他要手机号码那岂不是就错过了？

赵远阳行情好，魏海行情也好，看得旁边的男同学心里都酸酸的。

班上在讨论聚会的事，说还剩下一些班费，问赵远阳去不去。

赵远阳平时跟班上同学的关系都一般，他有自己的生活方式，班上的优等生也有他们自己的生活方式，八竿子打不着，于是平时就缺乏交流。

到了毕业季，散伙饭还是要去吃的。

下课铃声响起，老余又站起来说了几句掏心窝子的话，祝福大家都能有一个好前程，便宣布放学。

班上有同学红了眼眶，老余的眼眶也红了。

魏海从抽屉里摸出一盒茶叶，给赵远阳：“里头还有十包，等一下拿去给他。”

赵远阳抬眼看他：“你怎么不自己给他？”

魏海说：“我成绩不好，还爱逃课，你去给。”他看着赵远阳，英俊的眉皱起来，“你不给我就拿回家自己喝了啊。”

等那些多愁善感的同学们把老余放开了，老余走出去，赵远阳就从后门追了出去，把礼物给他。

估计是第一次碰见在学校送礼的学生，老余没接。

“是魏海给的，反正毕业了，也没人管你收不收礼……嗯，他说谢谢你的照顾。”

比起照顾魏海，老余平日里照顾赵远阳的时候要多一些，他是看着赵远阳从“吊车尾”慢慢爬上来的。虽然在这个班里，赵远阳依旧算不上什么成绩顶尖，或者顶聪明的，也不是那种特别乖、特别听老师话的，但进步是最大的。

他拍了拍赵远阳的肩，伤感而欣慰地笑道：“茶叶老师就不收了啊，以后不教你了，还是得好好努力。”

赵远阳说：“这茶叶很难买呢，你不收魏海会伤心的。”

老余噎住。

赵远阳回到教室发现自己没什么要收拾的，该丢的都丢了，书桌上有他刻的霍戎名字的首字母缩写。

魏海去上厕所了，让赵远阳在教室等他。

教室里渐渐没人了。

赵远阳瞥见魏海的书桌上也刻了一大堆东西。魏海上课从来不听讲，上课听着歌就爱在书桌上刻他心爱的粤语歌。

他低头认真地看，看到了一句歪歪扭扭的字：刻的是英文——我希望我知道如何离开你。

刀痕比较新，像是这一年才刻在桌上的，不知道是哪首歌的歌词。赵远阳看笑了，觉得魏海比自己还“中二”。

赵远阳和魏海一起出了学校，霍戎站在不远处等着，魏海家的车也在外面停着。

校门口还停着几辆摩托车，摩托上都坐着人，有一辆开始踩油门，油门声很大，像是威胁。其中一个取下头盔，吊儿郎当地朝赵远阳勾了一下手指。

赵远阳的眉心一拧，认出来那好像就是坐他后面考理综的时候被带走的考生。

他怎么可能理这种人？估计对方是考试作弊被抓了，结果找麻烦找到了他身上。

魏海吹了一声口哨，侧头说："找你麻烦的啊？什么仇什么怨，我帮你解决了？"他慢慢地活动着筋骨。

"不用，别管他。"赵远阳说。

魏海摊手，停下脚步，目光深远道："那好吧，反正你哥也在，我就不插手了。"

赵远阳冲他挥手，走向霍戎，结果那几辆摩托车，直接朝着赵远阳这边冲过来。他们当然不可能在校门口撞人，也不打人，只是为了围堵赵远阳，用油门吓唬吓唬他，给他一些颜色看看。

赵远阳走到霍戎旁边。

这几辆车，也直接不长眼地围上了赵远阳和霍戎，围在他们身边绕了一圈，然后停下，没什么动作，只是不断地"轰"着油门。

要是在校门口打架是会被拘留的。

看见赵远阳居然还有个帮手，专门来找赵远阳麻烦的人更是吹了声比魏海刚才还响亮的口哨。

霍戎没什么反应，司机拉开车门后，他护着赵远阳先上车，自己再上车。

车门关上，汽车发动，像往常那样，朝家里的方向开。

赵远阳给霍戎解释了一下："那个人考试时坐我后面，好像叫……忘了。"

课桌右上角贴着准考证号、头像和名字，赵远阳看了一眼，但是现在忘了。

"然后他让我给他抄，我不同意，后来他好像作弊被抓了。"赵远阳想了想，觉得挺冤，他又没举报那个考生。

后面那几辆摩托车穷追不舍，也不知道想做什么。等快到葵园时，路上没什么车了，其中两辆车更是直接从侧面包抄过来。

赵远阳发现他们的人更多了，似乎是中途又加入了几辆车。

反观霍戎，半点而反应都没有，但开车的司机倏地变道，赵远阳猝不及防就往霍戎身上倒。

霍戎背抵着车门，手牢牢地把赵远阳扶住。他听见机械在地上磨动的声响，睁眼一看，只见一辆嚣张的摩托车直接被汽车挤到旁边人行道的树上了。

摩托车倒在地上，甩出去老远。

赵远阳的第一反应就是心疼，车肯定被刮掉了一层漆！

好好的车，因为这样废了就不划算了。但赵远阳根本来不及出声阻止，司机显然是经常应付这种情况，车再次往左边摆，把左边那辆摩托给挤出局——车道左边正好是花台，连人带摩托车一起翻了过去。

这似乎激起了这群年轻人的怒气，更加穷追不舍地跟着汽车跑。但是他们不太敢追到汽车侧面去了，方才那汽车的摆尾和漂移叫人瞠目结舌，居然一下子就挤翻了他们两个人！

眼看着离家门越来越近了，可后面的摩托车还在追。赵远阳抬头看看霍戎，又看看后面。

这时，提前布好的铁钉突然从地上冒起，那一排摩托车的车轮胎立刻被尖锐的铁钉扎破了，肉眼可见地瘪了下去。

赵远阳摇下车窗往外看。

方才那群骑着摩托的、以为在上演电影追击战的小青年，在钉子的威力下，只能被迫下车。

隔了十来米的距离，赵远阳听见他们猖狂的骂声，还有人追过来，大声地辱骂他。

赵远阳也愤怒地骂回去。

霍戎拍拍他的肩，让他坐下来。

到了家门口，车子缓缓进了大门。与此同时，赵远阳看见二十来只黑色的藏獒被放了出去。

其实藏獒并不适合做警卫犬，因为它们性子暴戾、太过凶猛，有时候还会反咬主人。但霍戎还是养了，养了一大群不说，还收拾得服服帖帖，关键时刻特别顶用。

刚进家门，赵远阳就想下车去看看摩托青年的下场，心里还有些担心藏獒咬死人。

霍戎就说：“只吓人，不咬人的。”

赵远阳兴致勃勃地下了车，去门外张望。他只能远远地看到一大群黑压压的狗追着狂奔的年轻人，一边穷追不舍一边凶悍地汪汪叫。人怎么跑得过经过特训的警卫犬！可这些警卫犬脖子上都戴了电子项圈，每次将要追上把人扑倒时，项圈就会闪着红光，命令狗停下来。

停下后，等那几人跑远了一些，狗再继续追。

赵远阳没经历过被几十只大黑犬追逐，不知道那是什么感觉，但是想想都觉得很酸爽。

考试后，他的那些压力因为一顿炸鸡而清空了，现在，他是彻底舒服了。

回到家，赵远阳第一件事就是把放在家里的那些复习资料翻出来，全部丢了出去。

他几乎丢掉了全部的书，除了霍戎以前专门写给他的笔记，别的东西他是再也不想见到了。

他原本想睡个三天三夜再说，结果压力没了，人也精神了。他亢奋得不行，完全没有睡意。

在家休息了几天，霍戎就带他去国外做视力矫正手术。主刀的医生是国际闻名的眼科专家，赵远阳只有一百多不到两百度的近视，让这种专家来操刀给他做个矫正视力手术，太浪费了。

这点儿度数，都是高三那段时间看书熬出来的。

虽说也不是很影响正常生活，但是摘下眼镜后，眼前有些模糊的画面让赵远阳很不适，他也不喜欢戴隐形眼镜，所以这个手术是很有必要的。

手术结束当天，赵远阳蒙着纱布死活不愿意睁眼。在飞机上睡了一觉，回家已经是第二天了。摘下纱布，他能明显感觉到眼前所展现的世界和之前的有所不同。

这种手术的恢复周期很长，一般完全恢复是三个月。所以暑假这三个月，赵远阳都不能长时间接触电脑、手机，或报纸、杂志，等等；除此，他也不能吃辛辣食物，不能喝酒，至少在一个月内，这些都不能碰。

也不能剧烈运动，还暂时不能洗头，免得水进眼睛，而且要多休息，没事就闭目养神。

别的也就算了，但是不让赵远阳洗头洗澡，那还不如杀了他。

他一回家就闹着要洗头，要冲澡。

同时，赵远阳想起，要开始了解大学院校了。

他没提前了解过，只搜索过一个本市的，然后他还知道一个全国最牛的外国语学校，别的他就不知道了。

因为赵远阳不能过度用眼，霍戎就抱着电脑帮他研究，问他想读什么专业，他说不知道，问他想去哪里读，他说离家近的。

霍戎看着他，说道："离家近不近这个没关系，你去读书，我是要跟着你去的。到时候在附近找个房子，很快就能装修好。"

赵远阳也看着他："我听人说，国内大学都是必须要住校的。"

赵远阳不了解这个，霍戎也不了解这个。

但霍戎不认为这是个很大的问题，他想说不准住，结果他低头看着赵远阳，嘴里的话就变成了："你想住吗？"

"我不知道，"赵远阳非常茫然，"我没住过。"

赵远阳内心是想的，可他是个很挑剔的人，毛病很多，没人照顾他的起居根本不行，再说了，他也感觉自己离不开霍戎。

不过现在分数还没出来，看大学也只能先看着，还不能填志愿，只是看看，让心里有点儿底。

目前赵远阳有几个选择，一个是普通理工科大学的英语专业，另一个是外国语大学的英语专业，第二外语选小语种，或者直接填报小语种专业。还有一些看起来不错的，譬如外交学、高级翻译等专业。除了外语，赵远阳还可以去读文物修复、艺术品收藏与鉴赏等，总之选择还是挺多的。

赵远阳一开始还兴致勃勃，但他不能长时间用眼，到了后来，就是霍戎把专业念给他听。

"哪个专业最轻松？"赵远阳此时还沉浸在班主任的谎言里，以为上了大学就真的轻松了。他梦里在国外读的那个很差的私立大学，就是特别轻松，一周没几节课，教授上课时没个重点，同学几乎全是华人。以他为首，每天的话题就是去哪儿玩，去哪儿喝酒。

而且一年放三次假，圣诞节前放了后，学校考虑到国内的传统节日，所以要放到春节后，到了三月份再继续授课。

总之一年间最多只有半年的课程，而半年的课程加起来，也不会超过一百个课时。

这种安逸的大学生活直接导致赵远阳的想法天真，以为在国内也是差不多的情况。

他问霍戎哪个专业最轻松，霍戎也不知道。

两个人什么都不知道，就开始研究。赵远阳想了半天："如果必须选个第二外语，那我就读俄语，如果不用选最好了，外交学这个……听起来就很累的样子，我不读这个。"

"艺术品收藏与鉴赏……听起来没意思啊。"赵远阳没有系统地学过这方面，但他摸多了古董和真品，渐渐地就会了。他不需要对着图片来学习如何鉴赏，真的和假的摆在他面前，他一眼就能认出来。

要问他怎么分辨的，他也没个理由，假的就是假的，和真的不一样，和他见过的、摸过的不一样，那就是假的。

学这个好像意义不大。

他想得眼睛都疼了。

霍戎道："等分数出来，我找专家帮你分析，填志愿。"

像赵远阳这样对未来一片茫然，什么都不清楚的人，让别人来替他做决定是最好的。

而且赵远阳读大学也不需要像别的同学那样考虑就业和毕业问题，只需要考虑读这个会不会开心，要是真的特别累，别说他自己，霍戎也不会让他去读。

他刚做完手术不久，每天都需要休息，哪怕不到休息时间也必须得闭眼睛。

霍戎总担心他睁眼，就让他戴眼罩，帮助他闭目养神。

六月二十三日出成绩，成绩一出，霍戎就收到了消息。

赵远阳考完没有对答案，觉得听天由命就好，而且考都考完了，对答案毫无意义，他对自己的分数是没底的，只觉得应该还不错，可能比他最好的成绩要好。

霍戎收到的短信只有一个总分——五百七十四分。

去年他们禹海理科的一本线是五百二十分，前年是五百一十分，每年都是五百出头一些，甚至有时候要落到五百以下。

霍戎看着短信，再看一眼旁边戴着耳机和眼罩，没睡着但是在休息的赵远阳。

过了一分钟，又一条短信过来了，这次除了总分还有各科分数。

“阳阳。”霍戎叫了一声，赵远阳没听见。

霍戎伸手把他的耳机摘下来，赵远阳戴着黑色眼罩，脑袋轻轻一歪，朝着霍戎的方向，鼻音有些重：“干吗？”

“你的分数出来了。”

赵远阳“哦”了一声，过了两秒才猛地坐起身，一把摘下眼罩，刚睁开的眼睛在发光：“多少？！”

霍戎念给他听：“总分五百七十四分，语文九十分，英语一百五十分，数学一百二十二分，理综二百一十二分。”

赵远阳眨了一下眼睛，似乎有些不相信，他的分数居然达到了（一）班的平均线！说出去可能没人信——他们（一）班往常的平均分就是五百七十分左右，也就是说百分之百的一本上线率，一半的学生都能上双一流大学。

“五百七十四分……怎么可能是真的！”

赵远阳不相信，道：“我们班主任说了，这些都是骗术，要点他发的链接查成绩。你快把那些号码拦截下来，不然过两天还得给你发这种短信，还给你推荐三无大学什么的。”

赵远阳考得最好的一次也不过五百四十分，别的不说，语文考九十分？这一听就是骗子。

他压根儿就不相信，后来看了新闻报道，说别的地区的状元是谁谁谁，考了多少多少，该地区的分数线是多少多少。听着那些六百七八十分，甚至有些七百分的，他什么感觉也没有，毕竟离他太遥远了。

查分数的服务器非常挤，他怎么也挤不进去。

赵远阳急死了，霍戎看着他在那里狂点鼠标和刷新，一点儿要帮忙的意思都没有。

他给赵远阳说了分数，结果赵远阳不相信，还说是骗子。

他就等着赵远阳查到后高兴得跳起来。

服务器拥挤，赵远阳就急躁地把查分数的号码丢给霍戎，让霍戎去打电话。

网络服务器挤爆，电话线当然也是挤爆。

班主任那里，已经查到了全班同学的分数，正在逐个通知。

通知的顺序当然是从高到低，要到赵远阳，不知还得多久。因为服务器实在卡，卡崩溃了，赵远阳就没继续刷新了，准备再等会儿，等大家都查完了他再查。

过了会儿，赵远阳接到了老余的电话。

班主任是挨个儿通知成绩，给赵远阳迅速地报了分数后，他说了句“恭喜”，叮嘱了一句让他记得来学校填志愿，就准备挂了。

赵远阳因为他嘴里那个数字而呆住，手机差点儿掉地上去。他叫住老余：“等等——”

“五百七十四分？”他忍不住看向霍戎，声音不稳，“真的假的？”

“真的。”老余已经见了太多的六百分，对赵远阳这个分数还是很淡定的，“没想到吧？我也没想到，你还挺争气的，这个分数不错。不过我还有别的同学要通知，具体的你自己去查。”

赵远阳双眼无神，电话听筒里很快传来“嘟嘟嘟”的声音，老余把电话挂了。

他看向霍戎，霍戎伸出双臂。

果不其然，赵远阳“啊”地大叫一声，跳起来就往他身上扑。他抱住激动的赵远阳，眉眼带笑：“早就跟你说了，你却坚定地认为是骗术。”

赵远阳实在不知道要怎么表达激动，好半天一句话也说不出来，过了半晌，才道："我做到了是不是？"

赵远阳的声音变得冷静许多，眉飞色舞的，脸上有灿烂的笑容，映在霍戎的眼睛里。

霍戎笑着说："是，做到了，阳阳很棒。"

"那我考这么高的分，是不是想读什么就读什么？"赵远阳眉眼弯弯。

也不是。

虽说五百七十四分是超出期望值的分数，但也并非想读什么就能读什么。赵远阳是知道的。

霍戎却点了一下头，告诉他家欣喜若狂的小朋友："对，想读什么就读什么。"

赵远阳的眼睛有点儿累，于是闭上，还喘着粗气，声音很轻地说："我好高兴，我不知道努力得到回报是这么值得高兴的事。我好高兴啊，哥，我好高兴。"

赵远阳浑然不知自己突然说了什么，内心欣喜而满足，感觉自己得到了全世界。

一瞬间，霍戎心头波动，也被他激动的情绪感染了。

第五章

樱笋年光

“阳阳，想要什么奖励？”

每次霍戎这么问，赵远阳都想不出来要什么。他偏了下脑袋，说道：“不要奖励了。”

霍戎沉声道：“什么都不要？”

赵远阳望进他的眼睛，转移话题：“戎哥，把招生简章的书给我，我要研究学校了。”

之前看学校的时候，赵远阳根本没想到自己的分数有这么高，所以他看的都是分数线刚好划在一本线上一些的院校。现在考的分数比预估的高多了，选择自然就多了。

他从网上查到了分数线，今年他们省理科一本线是五百分整，文科一本线是五百三十分。所以他发现自己这个分数确实还挺不错的。

超了重本线七八十分，超一流的大学读不了，但双一流院校还是可以想一想的。

赵远阳趴在床上，一边翻着往年的招生简章，一边用红笔画线，顺便在书页折个角，做个记号，然后还把看着不错的学校名字记在小本本上，将往年的分数线都写上。

还有一些是和他的高考成绩差不多的分，他也全部记下来了，万一今年这所大学爆冷门，分数线下降了呢？

他翻着招生简章，突然就想起了魏海。

赵远阳也不知道该不该打电话问他，毕竟不用想也知道，他肯定考得不怎么样。可转念一想，他是个豁达的人，不会把这些事放在心上的。

赵远阳的电话刚打过去，魏海就接了。

他还没说话呢，魏海便抢先一步说："远阳，恭喜你啊，我听老余说了，他说你考得很好，你的努力有回报了。"

在赵远阳努力的时候，魏海每天都在玩，仿佛没有烦恼。

赵远阳捏着手机，趴在床上，双腿跷起来，交叠在一起晃："那你呢，你要怎么办？"

"我爸给我找好了学校。"他给赵远阳说了学校的名字，就在本市，是一所很厉害的金融财经类重本院校，哪怕在全国也是常居前三，就赵远阳这个分，想要进去都有点儿难。

魏海说："我就读这个了吧……还是本科，就是要读五年。"

赵远阳不懂这个，不懂这些学校设立的各种各样的专业，不过他听了也放下心来。

魏海问他："那你读哪里？我现在也还没定呢，说不定……"

"我也没定呢，我研究了几个，嗯……"赵远阳翻着自己的小本本，"比较好的有 S 市的外国语大学，还有 H 大的英语专业、外交学什么的……特别多，我都不知道怎么选了。"

魏海说："我有叔叔在省教育局，我可以帮你问问。你要读外语？"

赵远阳很迷茫："我也不知道……"

高中努力的时候，他什么也没想，就想着以后总不能靠着霍戎过活吧，虽然他自己也是有钱人，但他才不想混吃等死。

"那你想做什么工作？"

赵远阳靠在床上，把手机放在耳边："不知道做什么，想做赚钱的、体面的，还不累的工作，最好能比读高中轻松。"

唯一符合赵远阳要求的职业，恐怕就只有"富家子弟"了。

魏海一阵无言："读金融吧，我准备读的那个大学，金融是它们的王牌专业，在全国也是排名前三。你读完正好回去继承家业，当老板。赚钱、体面，还不累，你说好不好？”

赵远阳拒绝：“我没那个头脑。”

他很有自知之明，知道自己不是那块料。

“管理者不需要头脑，只要会赚钱，有眼光就行了。你去年说你想玩个农场游戏，然而找不到，但是上个月的时候，我看大家都在玩的一个农场游戏，就跟你说的那种模式一模一样。你看，你是有头脑的，笨蛋怎么可能想得出这种游戏？”

赵远阳那时候特别想玩个什么打发时间的游戏。他就跟魏海发牢骚，说自己想玩那种可以偷菜的农场游戏。

魏海不理解：“这有什么好玩的？有网游好玩？”

“你不懂……就是个小游戏，模拟经营游戏，打发时间挺好的。”赵远阳记得自己在那个梦里，农场游戏曾风靡全国，他也沉迷了好一段时间。每天隔一会儿工夫就要去看自己的菜成熟没有，再看看好友的菜成熟没有。他通常偷了菜，顺便再捉两条虫走。

魏海没玩过他说的那种游戏，赵远阳就说：“我乱想的。”

很快，赵远阳想玩的农场游戏就发行了。

经过一个月，这款游戏便已经风靡全国，上到六十岁，下到六岁，都被收菜、偷菜给洗脑了。

魏海说：“我看见我妈、我奶奶都在玩，还让我玩，说要偷我菜……你说你，有这么好的想法，干吗不去投资个游戏公司？把想法说给策划，出钱让人帮你开发。”

“我能想到的，别人当然也能想到，我等着玩就好了嘛，干吗要自己开发？”

明明收购个游戏公司就是一句话的事，把想法说给策划，也是几句话的事，开发一款游戏又要不了多少资金。结果赵远阳有钱不赚不说，反倒满心想着等别人开发出来，自己再玩。

就是等啊等，等得好难受。

所以赵远阳是真没什么赚钱的头脑。

魏海说："那这样，我正好想创业。我去做游戏，你把你想玩的都告诉我，我尽快开发，然后你就可以玩了。你要是嫌麻烦，可以给我投资，每年拿分红。"

"好啊。"赵远阳的双腿晃啊晃，觉得这个主意不错。

他的目光是有前瞻性的，所以不说游戏做出来怎么样，至少肯定不会亏本。只要质量不是太差，肯定会大受欢迎。

他自己嫌麻烦，既然魏海要创业，那做游戏开发不失为一条好路子，而且这个行业很广，国内市场是一块很大的蛋糕。

赵远阳虽说对这方面没兴趣，但是讲起来一套一套的，想法一个接一个，听得魏海一愣一愣的。魏海和赵远阳半斤八两，都不太懂，但不妨碍魏海听明白赵远阳话里的商机。

赵远阳一直跟魏海聊着，中途霍戎叫了他几次，让他吃饭，他摆手道："不吃，不吃，等下吃，我在赚大钱。"

他说着说着眼睛累了，就躺着，闭着眼睛说，说得口干舌燥，直到手机电量不足，肚子也饿了。

说了这么半天，结果两人连第一步——收购科技公司都还没开始做。

赵远阳终于说不动了，舔舔嘴唇，对着手机道："总之你看着办吧，你要点子，我有的是。"

"可以啊，远阳，果然读了书就是不一样，这脑袋瓜子怎么这么聪明！"

赵远阳非常心虚，受之有愧："我一点儿也不聪明，也就只会吹牛了……"

以他的智商和性格，真要去经商，那说不定会血本无归，还会得罪完所有的客户，再有点子也没用。

"说完啦？"霍戎站在床边，低头看着赵远阳，"肚子饿了没有？"

"说完了，饿了。"他把手抬起来，让霍戎拉自己起来。

吃完饭已经是晚上九点半了，赵远阳也没心思看学校了，反而上网搜起一些游戏和门户网站来。

霍戎就在旁边，不时地看他一眼，让他休息。

赵远阳理都不理他。

他看了太久的电脑，眼睛极其不舒服，也不能揉，只能滴点儿眼药水缓解。

终于等到他停下的霍戎，把他的笔记本电脑关掉，放到一旁去。

他伸手拿过眼药水，让他仰头，给他滴，问道："忙完了？"

赵远阳仰着脑袋，乖乖点头。

霍戎又说："终于肯理我了？小财迷，钻钱眼里了？怎么叫你都不理我，眼睛累坏了吧？"

赵远阳闭着眼睛，点头说累："我才不是财迷，我对钱没兴趣，反正赚了钱，就全给你，你要是嫌多，那就拿去做慈善。"

如果说他想赚钱，那他三年前就会辍学开始做投资，现在保管赚得盆满钵满。但他没什么兴趣，那时候，他只想着怎么补偿霍戎以及怎么报复周淳。

补偿和复仇这两件事在他的脑海里打架，怎么有空做生意。

现在把这件事提上日程了，正是因为魏海说自己要创业，如果不是因为他们在电话里说起这个，赵远阳也不可能会突然对赚钱提起了兴趣。

霍戎是资本家，资本家当然不会嫌钱多，但他当然不会要赵远阳的钱。

他的目光渐深，低声说："傻阳阳，哥不要你的钱，也不用你养。赚钱是好事，但不能累坏自己……不过你平时看着不声不响的，脑子还是很好使的嘛，有天赋。"

"我没天赋。"赵远阳闭着眼睛，像一只眷恋温暖巢穴的归鸟蜷缩着，"这是你给我的。"

"阳阳——"霍戎道，"你还没给哥说，你要什么奖励。"

赵远阳顿了顿，回答："没有，我不需要。"

高考成绩出来的次日，班级里有聚餐，换成以前，赵远阳是一点儿也不想参加这种聚会，一群尖子生去吃饭，饭桌上还有老师，能有什么意思？

可赵远阳变了许多，他现在既不觉得无趣，也不觉得丢脸，加上之前口头上就应了下来，这会儿群里通知的时候，问他去不去，他就说去。

虽然距离高考已经过去快二十天了，但家在外地的同学还没回家，而是继续住在学校里，等着把志愿填了再打包东西回家。

考得好的，当然春风得意，考试失利的，想着至少不能和老同学断了联系。别的不说，一大堆社会未来的栋梁，当然要去打好人际关系了。

所以班长一说要聚餐，全班同学都来了。

聚餐的不只他们（一）班，还有（二）班和（三）班一起，就在本市一家新开张的自助烤肉餐厅，凭高考准考证还打六八折，聚餐花的是之前没用完的班费。

三个班加上老师，一共快两百人，提前订了座位，几乎把这家自助烤肉店给包场了。

霍戎把赵远阳送到目的地，下车的时候，告诫他："不许喝酒，结束了哥来接你，有事就给我打电话，上厕所的时候手机不许放在座位上，有小姑娘给你告白……"

"我知道了！"赵远阳听着他的絮絮叨叨，不等他说完，就打断他。

赵远阳来得晚，此时，自助烤肉店里面已经坐满了他们毕业班的同学。他一进去，认识的和不认识的，都在跟他打招呼。

赵远阳有种万众瞩目的感觉，像是明星待遇。

他一时间有些蒙，平时也没见这些同学这么热情啊，好在他适应力强，又不是没经历过，只不过班上的同学平日里都还挺清高的，他一时不太适应。

班上的同学给他留了座位，都知道他跟魏海关系好，专门给他们留了两个挨着的座位。

两张桌子拼在一起，坐着十四五个人，面前都摆着一份酱料和一杯饮料，桌上堆满了各种各样的肉类，小盘子里还有小点心、小蛋糕。

旁边有人跟赵远阳说："那边有吃的，你喜欢吃什么就去拿。要喝酒的话，那边冰箱里也有啤酒。"

赵远阳说"谢谢"，但是没动。他来之前，就在家里吃了栗子蛋糕垫了肚子，他也知道自己肯定吃不了什么，霍戎还担心他吃坏肚子，说肉必须看着熟了才能吃。

桌上全是交流高考分数和意向学校的声音，什么六百七十分、六百八十分的学霸，饭桌上几乎全是这样的人，差一些的也有六百分，最差的也就和赵远阳一个分了。

赵远阳听得不敢说话，低头喝可乐。

当然，赵远阳肯定不是班上最差的，也有考场失利，连一本线都没上的同学，但终究是少数。

有些同学虽然考得很好，但是没达到自己和父母的期望，就苦闷地说起要准备复读的事。

毕业就是这样，有人欢喜有人愁，赵远阳的心态很好，他付出了多少努力就收获多少。别人考六百七十分的，那是别人比他付出了数倍努力的缘故。努力是一方面，天赋也是一方面，他的确不是学习的料。

这时，有个（三）班的女同学走到赵远阳这一桌，偷偷问她认识的人：“你们那里还有个空位，我能不能坐过去？”

“那里好像是有人的，但现在还没来。晓雯，你是不是想坐在赵远阳旁边？”

在吃饭前，来问赵远阳坐哪儿的女生，已经超过十个了。

看他旁边有空位，当即有女生坐不住了。

听见他旁边的空位是有人的，（三）班那个叫徐晓雯的女生敛起笑容：“那你能不能帮我打听一下，他要报哪所大学？哪个城市？”

“不如等会儿吃完了，你自己去问，自己去告白，万一就成了呢？”

对此，赵远阳完全不知情。他坐下后不久，老师同学都来齐了，魏海也来了。他原本不打算来，问了赵远阳，赵远阳说要来，他也就报了名。

他眼下有淡淡的青色，看着是熬了夜的，但精神饱满。

他兴致勃勃地给赵远阳说创业的事，主动把股份大头让给赵远阳：“我准备让你拿百分之六十，但是我大哥不让，我给他说了你的创意，他很看好我，就是太抠了。但我不能占你便宜啊！”

魏海分析道："所以我们这样，远阳，你表面拿百分之三十，但私下再拿百分之三十的暗股，表面你百分之三十而我百分之七十，实际你百分之六十而我百分之四十。"

赵远阳觉得麻烦："什么暗股？不要不要，就三十点好了，要多少钱回头你再给我说。"

"可是……"

"没什么可是的。"赵远阳看着他，"昨晚没睡觉？就搞这个了？"

"是啊，你给我说完后，我就睡不着了，总感觉明天就要赚钱了……不过我没接触过这个，不会管，只能找我大哥。我跟他谈了，他特别不要脸，要我自己单干。"

不仅不要脸，还在魏海面前各种贬低赵远阳："你自己说你交的什么朋友？你拿百分之六十股份给他？！我看你是脑子进水了！"

赵远阳夹了片烤干了的五花肉，在辣酱里拌了拌："其实你大哥说得不错，自己单干吧，我拿百分之三十我都觉得多了，创意不值钱。"

"谁说不值钱？我给我大哥一说，他满脸难以置信，现在电商这么多，你这个一看就是有商机的啊，凭着一个点子去融资，也可以融个几千万……"

他们交谈的声音很小，而且饭桌上大家都在互相说话，不容易被听见，但旁边还是有同学听见了他们的对话。

两人说话的时候，突然有个人插嘴："赵远阳，你们要去创业了？不读大学就去创业啊？大学都不读了？！"

说话的人是班上前十名的蔡浩淼，赵远阳平时没怎么接触过这人，记不住脸也记不住名字。

但蔡浩淼的高考成绩似乎不如平时成绩好，发挥失常了，比赵远阳的分数还低。

他平时说话声音就大，饭桌上这会儿虽然吵闹，但还是不少人听见了他说的话，都扭头看向赵远阳。有人理所当然地想，没考上好大学当然是去创业了，说是创业，还不是拿着家里的钱去浪费。

赵远阳听了也不恼，让魏海给他拿一片生菜，漫不经心地说："为什么读大学不能创业？两不耽误不行？"

蔡浩淼酸溜溜地说："也是啊，有些大学也不用怎么上课，时间很多。"

赵远阳笑了一下："是啊，你准备读什么专业？等你大学毕业了，没准我还可以给你介绍一份工作。现在名牌大学毕业生也不好找工作了。"

蔡浩淼还没说话，立刻有人扭头跟赵远阳套近乎，参加毕业聚会是为了什么？一是为了联络感情，二就是为了人际关系资源。什么叫资源？像赵远阳和魏海这样的同学，只要未来都能保持着联系，等毕业了，这就是资源啊！

还有人说："浩淼，你刚才不是说没考好，想复读吗？"

"是啊……没考好。"一提起成绩，他就恨不得钻进地缝里，"就算没考好吧，那也比……强吧。"他中间几个字说得含混不清，但仍被魏海听见了。

魏海挑了半天，挑了一片最漂亮也最干净的生菜给赵远阳，嘴里说着："远阳，你来不来我们学校读？我们学校虽然只是个普通重本，但我们学校的金融系也是全国名列前三的，以你的分数完全可以上了。我大哥和他们校长还有系主任和教授都特别熟，我可以提前把你的档案给他们。"

"我还不知道呢，我打算报 S 大。"赵远阳伸手接过。

蔡浩淼听得一愣一愣的，这两个学校都是名校啊！别说赵远阳那个 S 大，就魏海嘴里那个，全国前三的？该不会是……Z 财？！这正好是他想读的，而且他就想读金融系！

蔡浩淼忍不住问魏海："你都拿到通知书了？这怎么可能！是哪个学校？"

他心里酸死了，不仅酸，还觉得魏海在说假话、在装！

魏海有些发愣，但还是报出校名。

其实也还没定，只是事先说好了，如果他愿意读，到时可以直接去读。

蔡浩淼闻言，难以置信地睁大眼睛道："怎么可能？！没有六百二十分怎么可能读这个学校！"

他从高一进校，就定下了目标。魏海说的那个学校，金融系在全国的确是数一数二的，他表哥就是读的Z财，他也去参观过。校区虽然比较旧，但是很大，教学资源也好，不比某些顶尖院校差。

而且魏海说的校长，上次校庆他也见过。

魏海心里烦躁，也不知被怎么点着了，不耐烦地说："不信就别问，有完没完？滚！"

全场静了一秒，接着很快恢复原样，蔡浩淼也讪讪地闭嘴，不敢再说话。

赵远阳站了起来，准备去打碗蛋炒饭。魏海也跟着站起来，赵远阳看他："你也要吃蛋炒饭？"

魏海木讷地点点头："远阳……"

赵远阳问他："好像还有银耳，你要不要？"

魏海摇摇头，不说话了。

赵远阳端着两碗蛋炒饭回来，魏海却和方才不一样了，变得沉默起来，手上拿了一罐啤酒在喝，不断地往喉咙里灌。

老余中途过来，手上端了一杯橙汁，敬全体同学，祝福大家前程似锦。

氛围变得伤感，大家眼睛红彤彤的，说着舍不得。

赵远阳不知为什么，心里也是伤感的。

吃完饭，接近八点钟。班费还剩了点儿，老师都提前走了，班长谭梦佳提议去唱歌。

现在的学生聚餐，差不多都是这模式，吃完饭再去唱歌，唱完解散，各回各家。

隔壁（三）班的班长说："怎么不去旁边那家？那个刚开，设备好！"

"但是那家贵，按时计价吧，我们班费还差点儿……"

就他们班这么多人，哪怕一大半人都不唱歌，但去新开的那家唱歌，也是笔不小的开销。至少一千块钱是扛不住的，如果还要喝酒，加上酒的钱，怎么都得一两千了。

班长谭梦佳不乐意，（三）班班长仰着下巴说："哎，其实我们班班费也不太够，就算我补贴八百块钱，也只能开个小点儿的包间，少唱一个小时，让大家早些回家。”

谭梦佳听得心里很不是滋味，脸也垮下来：“唱歌罢了，哪里不是唱？”

班上同学还在商讨去哪里唱，听见（三）班班长的话，都愣了愣。

“班上都有谁要去？”

“魏海、赵远阳，你们去不去？”

“不然我们凑点儿钱，一人几十块钱就够了……”

这时，之前过来打听赵远阳的徐晓雯走到他们（三）班班长旁边，低声说了句什么。

（三）班班长抬头惊异地看她，再扭头看（一）班那两个特立独行的男生，最后憋着说：“你真这么做？”

徐晓雯点点头，眼睛忍不住瞥向赵远阳。

（三）班班长说：“这样啊，我们班徐晓雯说，她认识那家的老板，她还……”

“多大点儿事，不就是班费不够吗？我请了。”魏海本来就烦躁，还喝了酒，听见后火气很大地说，“去哪家？去‘飘金王朝’。”

谭梦佳感激地望着他，但是就算魏海家里有钱，她也不可能让魏海这样破费啊，就说：“算了，算了，一人凑几十，去家便宜些的吧。”

“班长，既然有人想请客，那就满足他吧。”说话的人是蔡浩淼。他巴不得魏海当冤大头，到时候点贵的酒，专点贵的，看他皱不皱眉头！

魏海看也不看他，豪气道：“就去‘飘金’，这是我哥开的，不用给钱。”

蔡浩淼的脸色当场凝固，僵硬而尴尬。谁能想到这就是魏海家里人开的呢。

赵远阳低头给霍戎发着短信。他原本是打算吃完饭就回家的，既然大家说去唱歌，那他还是去一下好了。

他把地点发给了霍戎，说十一点前结束。

霍戎回得很快，不许赵远阳喝酒，让他每隔十分钟就要报个平安。

赵远阳觉得他管得太严了，可再严，也总比他让人跟着自己强吧？

众人打车去了目的地，打车的钱，正好从班费里支出，（二）班和（三）

班的也跟着来了。魏海不知道是不是因为心情好，慷慨地全包了。

所有人都在嘀咕他有钱、大方。

虽然是三个班，但很多同学都不去，所以加起来一共也就四十来个人。

魏海提前打了电话，订了个豪华包厢，完全塞得下四十来个学生。

还没进去，旁边的酒店正好进了一行人，是省招生办和教育厅的领导们，还有Z财的校长，其他的几个也都是大人物，在视察工作。

四十多个同学浩浩荡荡地走过去时，招生办领导忍不住指指点点："现在的学生啊……"

Z财的校长突然看见了谁，定睛一看，簇拥在一大堆学生里的，高高帅帅的，走路不太稳，还让旁边同学扶着的那人……他脸上露出笑来，招手道："这不是魏海吗？魏同学，好久不见，高考成绩出来了？"

魏海抬头，一眼望过去，一堆中年男人女人。

"这是谁？"魏海没认出来，走近了才发现，"咦，黄校长啊！"

黄校长笑眯眯的："是啊，小魏同学，考试成绩如何？"

"唉，特别差，就……我都不好意思读你们学校了，我觉得丢人。"

"成绩不能说明问题。你年纪轻轻的，多跟你兄长学习，以后也能为我校争光，成为我校的优秀毕业生。"他一边说，一边跟旁边的领导解释些什么，介绍魏海是魏家的老四，刚刚高中毕业。

几位领导都露出了恍然大悟的神情。

听完黄校长的话，魏海说："这倒是哦……我最近正好在创业，做电子商务，开发游戏什么的……这……这位——"他拉着赵远阳的手腕，"是我的合作伙伴，我的好哥们儿，他很厉害的，不过他不想读金融。哎，对了，黄校长，你们学校的外语系怎么样？"

黄校长看了一眼赵远阳，想了想道："我校有一个外语学院，不敢说在全国特别好，但也不差。而且外语学院的学生和留学生是混住的，是全校最好的宿舍。"

"远阳，听见没有？很厉害的，不然就报Z财吧！"

"是啊，这位同学，我校有百年历史了……"黄校长介绍的时候，一群跟着魏海过来唱歌，顺便见世面的同学都忍不住吃惊。

尤其是蔡浩淼，更是当场僵住，脸上火辣辣地疼，想找条地缝钻进去！

高考失利，他比上不足，原以为自己比下还是有余的，于是柿子挑软的捏，然而平日里最不学无术的两个人，居然在说创业的事，张口就来“你这点子去融资，分分钟几千万啊”这种话，这让他心里更不是滋味，酸透了。

一边酸，一边觉得不可能，他们肯定是在吹牛。

结果这个看着最不学无术的魏海，哪怕考得不好，前途也一片光明！不像他，现在还在考虑复读的问题。

蔡浩淼心里苦涩，也没心情宰魏海了。

他借口不舒服，还没进去见识一下，就跟众人打招呼离开了。

在门口寒暄几句，魏海就说自己同学聚会，要吃散伙饭，便进去了。

赵远阳听霍戎的话，坚决不喝酒，只倒了一杯水，慢慢地喝着。

班上的同学在合唱着《朋友》。

最大的包间，屏幕很大，麦克风有四支，传来传去地唱。

一些同学唱得如痴如醉，泪流满面。

也不乏唱功不错的，但大部分听起来都有些鬼哭狼嚎。

麦克风传到赵远阳这边，他摆手道：“我嗓子不舒服，不唱了，你们唱。”

他唱歌不好听，但也并非不爱唱，偶尔在家里时，他会戴着耳机陶醉地干嚎。正是戴耳机的缘故，他也不知道自己唱得怎么样，所以自我感觉良好，结果摘下耳机一听，就受不了了，这调跑哪儿去了！

为了保持他的“男神”形象，他是坚决不在外面献丑唱歌的。

还是回家荼毒一下霍戎的耳朵就好了。

后来走了好几个男生，女生开始唱歌。

女生唱歌就比男生好多了，悦耳动听。

话筒在女生那边，魏海低声跟着唱：“我无力抗拒，特别是夜里，想你到无法呼吸……”

那副苦闷的模样，就像失恋了似的。

赵远阳说：“你少吃点儿，等会儿肠胃不舒服。”

魏海笑笑，眉头一扬，眼睛幽深似蓄旋涡：“远阳，你真听话啊。”

赵远阳皱眉：“才不是，我刚做完近视眼手术不久。”

魏海笑了笑，嘴里轻轻地哼歌：“你知不知道？这首歌是给你唱的。”

赵远阳皱眉看着魏海，魏海继续说：“你看那边，这是(三)班那个女生点的。她唱歌的时候，一直看着你……恨不得立即朝你狂奔去，大声告诉你……”

赵远阳看过去，那女生满脸通红，也不知是不是灯光的原因，正迷恋地注视着自己。

“看见了吧？”

魏海一边说话一边哼歌，耳钉反射着光，赵远阳心想他是真的喝多了。

他把魏海的手机摸出来，给魏海家的司机打电话，让司机来把魏海接走。打电话时，一个女生向他告白了，他拒绝了。

然后他给霍戎发短信，说想回家了。

赵远阳转身回包间的时候，包间门被推开了。

是刚刚唱歌的女生。

徐晓雯脸上满是忐忑和憧憬，大大的眼睛望着赵远阳，手不安地绞在一起：“赵远阳同学，我想问你，你想读什么大学？Z财吗？还是别的学校？”

女生只到赵远阳的胸口高，仰着头看他。

她鼓起勇气说：“我喜欢你三年了，我们可以上同一所大学，或者去同一个城市，如果你想……”

“同学——”赵远阳低头看着她说，“对不起，我有喜欢的人了，我不会再接受其他人了。你很好，有很好的前途，值得更好的人。”

拒绝人的话，赵远阳说过无数遍。他总是舍不得伤害人，尤其是女孩子。这种年纪的女孩子，感情单纯，他觉得冷漠地拒绝太没人情味了，所以每次都给对方发“好人卡”。

他发“好人卡”发得很娴熟，也从未尝试过被人发“好人卡”的滋味，不知道那拒绝听着再好听，也是伤害人的。徐晓雯忍着眼泪，直到忍不住了才朝外面狂奔出去。

赵远阳进了包间，发现魏海正在跟一个女生聊天，是（二）班的一个女生，被魏海逗得发笑。

赵远阳拉了拉他的胳膊，把他手里的酒拿开了些："我给你家司机打了电话，他到了。"

魏海耍脾气道："不。"

赵远阳叹口气："四海。"

魏海的嘴角一撇，赵远阳看他的眼泪都要流出来了，结果他又露出一个笑，脑袋歪着："远阳，我听你的，我们走吧。"

他醉得厉害，赵远阳只好半扛着他。他还在唱歌，从刚刚的《我愿意》，变成了《矜持》，也是包间里的女生点的。他听了，就跟着唱。赵远阳几乎是半扛着他出了包间，走了几步后，就看见魏家的司机进来了。

两人顺利把人塞进车厢，赵远阳看着车开走，才上霍戎的车。

他一晚上憋坏了，尿急，而且还特别想唱歌。

他瞥了一眼前面开车的大块头，说："哥，我好想唱歌啊。"

"晚上没唱够？"他看着赵远阳。

"没，我没唱。人太多，我唱歌难听，怕毁了我的形象。"他感觉有些闷，打开车窗通风。

霍戎笑："那你唱给哥听吧，哥不嫌弃你。"

窗外往内灌着风，赵远阳道："我还是回家唱吧，你听中文歌吗？"

"听，但听得不多。"他声音低柔地说，"唱吧，一晚上想唱没得唱，岂不是憋坏了？"

赵远阳清清嗓，直接来了一句："我愿意为你，愿意……不行了，难听死了。"

这歌要用假声唱，赵远阳不行。他咳了几声："不唱了，不唱了。"

刚刚听见这歌的时候，赵远阳就想唱了，结果才唱一句副歌，他就把自己难受死了。

霍戎笑道："那回家唱吧，怎么唱也没人听见。阳阳，哥哥喜欢听你唱这首歌。唱一百遍给哥听吧？”

“一百遍？你想得也太美了吧！顶多唱一句！”

霍戎心想赵远阳唱歌是真不好听，刚才还一副觉得丢脸，要他赏脸听，求他不嫌弃的样子，现在一听他喜欢，还要求一百遍，立刻就变了，变成一副自己是歌王，一首歌要天价，不肯赏光唱了的模样。

“那就一遍吧，回去唱给我听，嗯？”他的声音低哑。

赵远阳看他一眼，接着别过头去看窗外，嘴角带笑：“一遍？啊，便宜你了……算了，算了，就便宜你好了。”

他的虚荣心让霍戎的态度捧得上了天，一瞬间真以为自己唱的歌是天籁。一回神，才发现是自己的想象力过于丰富了。能忍受听他唱歌，还要求听一百遍的，这世界上恐怕就只有霍戎一个人了。

而霍戎则觉得和赵远阳相处是件很有意思的事，比方说琢磨他的情绪和脾气。

赵远阳支着下巴看窗外，这时，他注意到前面路边大排档似乎有人在闹事。

有地痞闹事，这当然不关他的事，是一群光着上身的流氓在欺负一个姑娘，而围观群众没一个人上去帮忙的，都在互相打量，看谁去管。

那姑娘似乎威胁了句什么，拿着手机看着像是要报警，但她的手机立刻就被人打在地上了，其中一人扬起手要打她，有人看不下去了，上前捉住流氓的手腕：“欺负女人算什么本事！”

“哟，还有人英雄救美啊？哪儿来的滚哪儿去，放你一马，别不长眼！”

这时，赵远阳认真一看，发现那姑娘不是别人，就是刚刚那个跟自己告白的女生。

“停车！”赵远阳的正义感发作，想也不想就喊了停车。

司机靠边停下，赵远阳推开车门，一看那边四五个光膀子的汉子，便扭头望向他家的司机。

这司机身强力壮、虎背熊腰，山一样的大块头，坐在前座开车时，赵远阳总觉得他的背宽阔得有些挡视线了。

司机光是站在那儿，就给人一种强烈的压迫感。

但是他和霍戎给人的压抑感是不同的，司机的块头过大，完全是体型造成的压迫，让人不容小觑，从心底产生惧意。

赵远阳仰头看着他，问道：“你一个人打得过那五个流氓吗？”

之所以问这个，不是因为赵远阳怕自己一个人力不能及，而是他认为，他要是真出手英雄救美，那女生会不会因为他的英勇而继续爱慕他？

司机不说话，反而无声地看向霍戎。

赵远阳硬着头皮对霍戎解释：“这是我同学。”

霍戎看着赵远阳，赵远阳坦荡地回望他：“你看，她都被人欺负哭了，太可怜了。”

霍戎点了一下头，和赵远阳站在原地。总是沉默寡言、不动如山的大块头司机下了车，缓缓走向围观人群。

起先出声帮忙的男人已经被吓退，大排档里此时已经没有客人吃饭，都趁乱跑了，免得引火烧身。地上除了食物和垃圾，还有徐晓雯碎裂的手机，正躺在黄色的盲道上，被人一脚一脚地踩踏着。

徐晓雯被赵远阳发了“好人卡”后，就冲出去了，一路狂奔，一边擦眼泪一边跑，也不知道跑到了哪里。

她跑得太快，开始岔气，于是一边抽噎，一边在路人诧异的目光里向前快步走着。

路人都忍不住心想：这么个漂亮女孩子，怎么哭成这样呢？

她哭得梨花带雨，眼泪渐渐止住了，眼眶却是红通通的。走到大排档这边时，不巧撞到了一个男人。

接下来的事可想而知，一个漂亮女孩子撞到了喝了点儿小酒的地痞流氓，小流氓本来要找她麻烦，一看脸，就起了色心，说了下作的话，还叫她“小妹妹”。

徐晓雯不是那种会息事宁人的人，一开口就骂人不长眼，而且还要报警。

她也不会防身术，等着路人来帮助她，可是没人帮她。唯一一个帮她的，都被威胁着服了软，不再管她。

徐晓雯心里一阵绝望，往后退着，却无路可退，几个男人色眯眯地团团围住她，手上有占便宜的意思。就在这时，一双手伸过来，一把抓过小流氓的后颈，和抓小鸡似的，抓着然后丢开，一只手一个，动作一气呵成，干净利落。

五个男人，半分钟不到就被那人全给丢开了，而且丝毫没有还手之力，还疼得龇牙咧嘴。很快，他们就毫无招架之力地被人用领带给绑了起来。

徐晓雯被这迅速扭转的局势吓得呆住了，胆战心惊地睁着眼，感激地望着那剽悍的高大男人。他一张脸长得普普通通，却异常高大，肌肉健硕，加上刚刚救了自己，她的感激难以言表："谢谢您，您是好人！"

结果那做了好事的大叔一句话不说，头也不点一个，转身就走。

徐晓雯追上去，拉着他的手臂："真的很谢谢您！您有联系方式吗？我一定要报答您！"

那大叔一下子撇开她的手，快步走到车旁，拉开车门上了车。

赵远阳方才见情况稳定，已经上了车，从外面是看不见车窗内部的。

司机飞快地拉好安全带，接着快速发动汽车。

赵远阳扭头看着窗外，发现徐晓雯一脸落寞，站在街道旁，目视着车子开走。

她望着那开走的黑色汽车，默默地记下车牌号，却猛地觉得这辆车非常眼熟。

像是在什么地方见过，而且不止一次。这车非常少见，若是见过，她一定会记住。

想了许久，她终于想起来，这车不就是赵远阳家的吗？

班上、年级上都在盛传，说赵远阳有司机每天接送，给他开车门，而且还是一辆极其少见的豪车。

徐晓雯平时住校，但是周末离校的时候偶尔会看见赵远阳上车，看见他的家长给他背书包。

见过几次，车牌号也就觉得眼熟了，她这一想起来，眼泪又止不住地流，忍不住地想，难道方才是赵远阳让他家司机来救自己的？她心里不禁又涌起希望。

过了两天，赵远阳要去学校填志愿了。

这两天，他一直在家里研究学校的问题，学校和专业都是他的研究范围。

比如外交学，他有一丝感兴趣，便去查询了外交学学什么，结果这一查，他的脑子就要炸了。

外交学要学的课程又多又杂，什么国际关系理论、国际关系史……外国政治制度、宗教与国际政治、谈判学，等等。

再来是学外语。

如果读英语专业，似乎也不如想象的轻松，最主要的是，赵远阳查资料的时候，发现这个专业不好找工作。

还有艺术品收藏与鉴赏，这个专业很冷门，国内没有多少大学开设。赵远阳抓破脑袋，也想不出要怎么办。

他忍不住询问霍戎的意见，但霍戎是很开明的家长，一切都以他的意愿为准。

赵远阳便问他："你打电话的时候，经常说的那种语言是什么？"

他经常能听到霍戎打电话，但是通话内容是什么，他却一句都听不懂。

日子久了，难免觉得有些好奇。

霍戎说："斯瓦希里语，有时候是齐切瓦语，或者阿拉伯语，不是通用的。"

"怎么这么多种？听着都差不多啊。难不难？哪个最简单？"

"不难。"他想了想说，"都挺简单，但阿拉伯语的用途会广一些。"

赵远阳让霍戎教自己说两句，但霍戎一张嘴，他头又大了。他不是很有语言天赋的人，英语之所以比别的同学说得好、学得好，完全得益于他梦里的经验。结果一听霍戎说的这种语言，他心态完全崩了，一时间什么都不想学了。

"阳阳，学语言不是一朝一夕的事。慢慢来，哥先教你说几句，你觉得哪个有意思，就可以学哪个。"

赵远阳点头："好啊，我听听看。"

霍戎教他说了两句阿拉伯语，又教他说了几句别的语言。他听得云里雾里，只听懂了一句。

他一下子坐直："这个我知道！我在歌词里听过。"

赵远阳觉得这个语言有意思，最重要的是他听懂了一个单词，太不容易了！斯瓦希里语听着很简单，但学起来难。

赵远阳是个三分钟热度的人，热情常常几分钟就消磨光了，学了六七句，他就没兴趣了。

他挫败地叹气："算了，我不学这个了，麻烦死了。"

霍戎不为难他，包容道："没关系。"

完全不知道该选哪个学校、哪个专业的赵远阳，决定听天由命。去了学校后，他在志愿表的第一位填上了 S 市外国语大学，勾选了服从分配的选项。

原本以他的分数，想进这个大学是很困难的事，但如果勾选了服从分配就不一样了。哪怕分到了一个他不愿意就读的专业，进校后，只要符合要求，也是可以申请转系的。S 市外国语大学门槛高，但只要过了这个门槛，转系是很轻松的事。

而且他有很大概率会被录取。去年，S 市外国语大学在他们省的招生分数线是六百一十七分，去年的重本分数线比今年的高出不少。

赵远阳这个志愿是咨询了专家后才填上的，他的第二志愿，就是之前魏海给他说的 Z 财的外语学院。

后面几个志愿，都是一开始看好的学校，他随意地填满了，就交了。

老余觉得他的志愿填得有点儿冒险："你的前三个志愿，去年的分数线都很高，有些冒险了。"

赵远阳不在意，也懒得更改。他指着黑板上方贴着的班规道："爱拼才会赢嘛。"

老余无语凝噎："到时候，除了部分在外地的同学，录取通知书都统一寄到学校来，通知书来了我会打电话通知，出去旅游的时候注意安全。"

赵远阳走后，好几个女生进了办公室，找了个借口偷偷地看了赵远阳的志愿表。

志愿填报在本月二十九号截止，七月五号的时候开始录取，先是提前批，接着从十号开始，一周内基本会出录取通知，等通知书寄达，那大约是月底的事了。

没录取上的，还有一次补录的机会，像魏海，他就只能钻补录的空子。

填志愿的事敲定了，接下来就是安静地等待结果。

霍戎知道他的每一个志愿，他的志愿都是他们在家里商讨许久，再加上专家的意见，最后填上的。他的前三个志愿看似冒险，但都是经过霍戎深思熟虑的。因为他想去 Z 财，而那所大学是魏海要读的，霍戎就帮他把第一志愿改成表面看起来难度更高的 S 市外国语大学。

这样一来，赵远阳就会有侥幸心理，第一志愿比第二志愿分数线高那么多，第一志愿多半是录不了了，第二志愿要比第一志愿稳妥些。

如果最后意外被第一志愿录取了，赵远阳没读到自己原本想读的 Z 财，也不会觉得不高兴了。

在等待结果的这段时间里，赵远阳去考了驾照，每天风雨无阻地去学车。他学起来很快，学到课时够了就去考试，很快就拿了驾驶证。这些日子里，他频繁和魏海用短信、电话以及 QQ 联系。魏海在他家里人的指导下，成功地收购了一家有五十多人的电子商务公司。

赵远阳口头上给魏海说的项目，估值是三千万元，他占百分之三十股份。他要给魏海投资九百万元，但他自己没这么多钱，他现在每年有分红拿，也有不动产，还有外公留下的价值连城的遗产，但是他没有大量的现金。

这九百万元，他只拿得出三分之二，剩下的三分之一，他只好管霍戎借：“有借有还，等我赚钱了，就双倍还给你。”

霍戎饶有兴趣道：“阳阳，就这么有自信会赚钱？”

“当然会赚了！”他虽然不懂经商，但也不认为这九百万元会打水漂。

当然，他也不在乎会不会赚钱，只是现在魏海奋进的模样，对比以前整日逃课，和三教九流交朋友、称兄道弟，一起耍闹的模样，差距不要太大。

这让赵远阳对他有些刮目相看了，所以想帮他。

七月十五日那天，赵远阳的录取结果出来了。

弹出来的界面依次是姓名、准考证号、身份证号、高考分数以及录取院校——S 市外国语大学：公共关系学专业。

因为赵远阳勾选了服从分配，所以他也不知道录取自己的会是什么专业，一下子跳出来个公共关系学，他一时有些蒙。

他别过头，看向霍戎："这是什么专业？这专业是干吗的？学什么的？"

霍戎也不了解，用鼠标点开搜索引擎："查一下吧。"

根据网上资料，公共关系学是一门关于如何维护公众形象，和一个组织或个人如何交流沟通的学科，也就是"公关"。

赵远阳看见"公关"二字，突然就明白过来。这真是一个最不适合他的专业了，要他学会如何去给别人处理、维护正面公众形象，那真是太难了。

赵远阳记得自己以前看见明星出了丑闻，明星背后的公关团队立刻会出谋划策，挽救和维护艺人的公众形象。

听起来是个很有意思的专业，但太不适合赵远阳了。他有时候连维护自己的形象都做不到，遑论去给别人做公关了。

赵远阳皱着苦瓜脸，望着霍戎："哥，我不读这个，我转专业吧。"

霍戎一切都依着赵远阳："好。"

录取通知出来了，赵远阳心里的大石落地，虽然专业不太适合他，但是可以在开学前申请转系。

赵远阳思来想去，最后还是决定去读外语，他选了 S 市外国语大学最热门的专业之一——商务英语。

转系的事很快办妥，紧跟着月底，七月二十六日当天，录取通知书也寄到了。

赵远阳去学校领取通知书时碰到了许多同学，挤在收发室窗口外，收发室里是堆积如山的通知书快件。天气炎热，一群人挤着，赵远阳看着难受死了，一点儿也不想跟着挤。

有个热心肠的女同学满头大汗地挤在前面，踮着脚回头，汗湿的刘海贴在额头，一张青春逼人的秀气面孔。她热心道："赵远阳，你是哪个学校？我帮你找通知书！"

"S 市外国语大学。"赵远阳冲她笑，"谢谢你。"

赵远阳都不知道这女同学是谁，完全没有任何印象，看别人挤得火热，他就去买了两瓶水回来。

过了会儿，女同学找到了快件，把快递单拿给赵远阳签。

赵远阳顺手递给她一瓶水，低头签收："谢谢。"

女同学呆呆地望着那瓶矿泉水，听见他的声音，脸红了，忙摆手："不谢，不谢，你是 S 市外国语大学吗？哪个系啊？我也是读这个学校。"

"商务英语。"赵远阳签完名，好奇地看她一眼，"你是不是(三)班的？"

"不是，我是(五)班的，我读文科。对了，我……我叫高心如，我被国际政治录取了，我们以后就是同学了！"高心如脸红红的，热气从头顶冒出。

"对，(五)班的，我记起来了。"看女同学热成这副模样，赵远阳愧疚地再次道谢。他现在的一言一行都很像霍戎，礼貌疏离，给人好感，却始终保持着距离。

等他拿着通知书离开后，高心如才拉着友人的手小声地尖叫："他好有风度！和传言的根本不一样嘛！"

当时有不少同学去办公室偷看了赵远阳的志愿表。S 市外国语是个好大学，就外语专业来说，是全国最好的大学之一。一些考了六百多分的女生都跟着他填报了该校。

就算最后没能读一个学校，但被 S 市外国语录取了，也不亏。要是赵远阳考得太差，还真没人敢跟着他报相同的志愿，虽然许多人心里还是存疑的，担忧他的第一志愿录取不上。

七八月的阳光毒辣，赵远阳拿着通知书出去时碰到了不少认识的人，还有班上的同学。看见他手里拿的快件印着 S 市外国语的校名，都忍不住惊诧——居然真这么厉害？！

有人忍不住上前去问："赵远阳，你帮谁拿的通知书啊？"

赵远阳回答说："这是我自己的通知书。"

同学便高高兴兴地祝福他："恭喜啊。"

"谢谢你。"

赵远阳虽然有一颗骄傲的、忍不住炫耀的心，但是他也知道，在班上这些同学面前，他根本就不够看。人家拿的都是顶尖学府的通知书，他的学校差远了。

他上了车，一摸头顶，连头发都是烫的，可见气温有多高。

他拆开通知书，拿在手里翻来覆去地看了几遍，然后再给霍戎看。

学校通知书做得简约精美，整体是深蓝色的，折页封面是校名，背面是校训，内页有大学简介，以及校园风光的图片。而最关键的一页，上面印着赵远阳的名字，恭喜他被录取，下方有印刷的校长照片。

早在之前，赵远阳因为被录取而激动的心情已经平复下来，但现在拿到了通知书，又是不一样的感觉。他有种说不出的高兴，嘴角止不住地向上扬。他往车窗外看去，觉得夏日阳光明媚得叫他忍不住想要高歌一曲，再转头一看霍戎，这天的戎哥也特别帅呢！

霍戎看了会儿他的通知书，帮他折好，放在文件夹里，最后再放入快件袋里。

他把通知书放到一旁，声音沉而缓，带着感慨："阳阳，这是一份很好的生日礼物。"

他的声音就落在赵远阳耳边："我家小朋友怎么这么棒，是哥哥的骄傲。"

赵远阳的脸一红。他最听不得"你是我的骄傲"这种话了，一听就觉得羞赧，觉得肉麻，还觉得不好意思，受之有愧。

他低着头，声音维持着冷静镇定，然而嘴角扬得那么高，眼睛那么亮："这不算什么。对了，我还有别的礼物给你。"

回到家，赵远阳给霍戎送了个铂金的领带夹。霍戎不常穿西装，或者说在赵远阳面前不常穿，但赵远阳很喜欢他穿西装的模样，便送了领带夹给他。

晚上，他更是亲自下厨，给霍戎煮了一碗长寿面。

他没下过厨，不过会泡泡面，所以哪怕没做过，对他而言，煮面也不是很难的事情。他怕面煮得太软烂，一会儿工夫就捞起来咬一口，隔一分钟就咬一口，直到感觉面条软了，才关火。

对霍戎来说，他什么也不缺。但长寿、健康、幸福和平安，这些普通人奢求的东西，他同样缺乏，尤其是平安。做着那样的职业，每次他出差，赵远阳都忍不住担心他，他却说习惯了，不会有危险的。

这一天，赵远阳拿到了录取通知书，而霍戎过了一个平淡却有意义的生日，有赵远阳陪伴他，也有赵远阳送给他的礼物。

他们出国玩了一圈，回来的时候已经是八月中旬了。

赵远阳要提前半个月左右去学校所在的S市，有些学校需要提前军训，但他们学校九月份才会开始军训。军训半个月，月底正式开始上课，上两三天就放国庆假期。

之所以提前半个月过去，是因为房子已经装修好了。在得知赵远阳被录取的时候，霍戎就开始找离学校近的房子了，现在已经装修好一个月了，还需要散味。赵远阳提前过去，霍戎就让他先看看房子，有什么不满的、不喜欢的，再调整。

装修不怎么费时，主要是墙体需要加固，还需要布置一些安全装置，这些才是最费时费力的工序。

霍戎一开始问他要什么样的，他就说不要太大的，要离学校近的，最好外面有小吃街。

他来读个大学，总不能带上厨师吧？

高中三年，他常常光顾学校的食堂，食堂的菜色非常一般，所以晚上吃夜宵的时候，他都会大快朵颐。

虽然赵远阳嘴挑，但也没到那种只吃大厨做的菜的地步。

他来装修好的房子看了一圈，这是学校附近的高档小区，离学校算比较近，步行需要二十分钟左右，跑步的话十分钟可能都不用。如果开车，在不堵车的情况下，两三分钟就能到了。

步行十分钟左右，就是离学校最近的商业区，也满足了赵远阳“小吃街”的需求。

距离这么近，霍戎早上可以步行陪他到学校，不需要开车。

赵远阳拿到驾驶证后还一次都没上过路。霍戎送了他一辆名车，他开了一次后，觉得手感和体验感都特别棒，就提出要把车开到 S 市来，想开车去上学。

霍戎尊重了他的决定，但是要让他一个人开车，霍戎是不允许的。

学校不在市中心，但有地铁，交通很方便。

小区内也很安静，是罕见的低层电梯公寓，里面还有平层小院。

霍戎买的房子是一座普通的平层小院，不大，带院子、地下室和两个车位，很符合赵远阳的需求。

小院外是茂密的灌木丛，推开小木门，里面有高大的葡萄架、葱绿的盆栽和柔美的花。这些繁密的植物，挡住了从外面路过的人往里看的视线，还有遮光效果。

房间内部构造被大幅度改过，除去必要的承重墙，剩余的墙几乎都被拆了，只保留卧室和书房的墙，以保证房间的私密性。

房间整体是工业风的，中灰色的墙，黑胡桃木地板，墙上有着冷硬的金属感装饰品，还有温馨的相框，而且家具软装都和家里的一样，看着就柔软的皮质沙发，又宽又大，适合睡觉。

除去床上，赵远阳最喜欢待的地方就是沙发了。沙发正对着大电视，有张比沙发高一些、适合他把腿放上去的木制八仙桌，木头是难得的好料。

电视也是最大的一款，霍戎为了方便赵远阳玩电玩、看电影，才买了大电视。

赵远阳四处看看，发现有些东西已经从家里搬过来了，衣帽间也提前整理好了，都是崭新的衣服，款式有中规中矩的经典款，也有新潮款，还有他钟爱的破洞喷漆牛仔裤。

他意识到赵远阳要读大学了，和以前不一样，再也不用穿校服了。

霍戎不想让赵远阳在学校里出风头，更不想让他开超跑去上课，过于引人注目。可是就他那个性格，根本没办法安分下来。

因为房子还需要散味，以及加固一些安全装置，暂时还不能住人。正好赵远阳也没有回家的意思，想先熟悉一下这座城市，于是他们就直接去住酒店了。

放假期间的校园，人很少，像赵远阳这样提前过来闲逛的大一新生不多见。

学校出入管得很严，赵远阳便拿着录取信息，登记后进入。

根据官方资料，学校称不上很大，但也不小，校区是近些年新修的，教学楼、宿舍以及设备都十分崭新，图书馆也非常气派。

校内有个天然湖泊，湖泊里甚至有天鹅。湖泊边有宿舍区，据说这是校内环境最好的宿舍了，可惜是女生宿舍。

学校里还有一条河，学校便是围着这条河建造的，河道旁边还有立牌说明河的历史。

他和霍戎在炎夏的校园漫步，冷清的校园，却很干净。两旁有着高大的凤凰木、香樟树、银杏和法国梧桐，学校的主要树种就这四种，各有各的不同，各有各的美。

他们从这个校门慢慢踱到那个校门，赵远阳非常认真地打量这个他未来四年都会在此度过的学校。

两人去看了宿舍区，看了教学楼、图书馆和食堂，还看见学校里有公交站，是校内巴士站。从校门开始是第一站，刷校园卡上车，站牌提示说每五至七分钟会有一辆车经过。

他们从南门进校，走到西门，再次绕到北门，最后从东门出去。

东门有个很高的哥特式时钟。

从东门出去，就是一条美食街，因为此时是暑假，比较冷清。

除去大一新生，大二、大三和大四的都是八月底开学报到。现在距离八月底只剩一周的时间，到时学校就会变得热闹起来。

赵远阳对学校的环境和设施都还挺满意的。他上网查了一下，学校似乎女生很多，经常和别的学校联谊。

开学前这段时间，赵远阳都在搜索学校的信息，看一些如何和室友相处的帖子，以及室友在饮水机里投毒这样的社会新闻。他也不是不知道自己性格有些讨厌，俗称“纨绔”，经常在不知道的时候就得罪了人。

这种新闻看多了，他不由得有些抵触住校。而且他爱干净，没办法忍受男生宿舍袜子、内裤乱丢，满地泡面、零食包装袋这种环境。

他爱干净也就罢了，偏偏还不喜欢打扫，也不喜欢整理自己的东西，就是单纯爱干净……必须要别人帮他整理好才行。

平日夜里，赵远阳会开车外出，游览一下城市。

白天太阳太大了，哪怕戴着墨镜，室内开着空调，赵远阳也不想出门。但霍戎管他很严，或者说对他的安全很在乎，不允许他自己一个人开车上路。不知道霍戎在车上装了什么东西，只要他打开车门，发动汽车，霍戎那边就会收到消息。

而且更坑的时候，赵远阳发现这车没办法开太快，也不知道霍戎给这辆跑车做了什么改造，最多只能加速到六十迈。还要加速的话，会出现一个提示框，要求他输入指令，这些指令他一个都不知道。

赵远阳非常郁闷。

之前魏海打电话给他，问他要不要一起毕业旅行。他已经和霍戎约好，就拒绝了，开学前，两人的通话次数肉眼可见地变少。

魏海埋头创业，现在已经弄得有模有样了。他告诉赵远阳即将上市一款基础手游，正在组团队开发大型电竞游戏。

他本打算卸载掉 QQ，后来看到“S 外”校园网上有人提醒说大学要加很多群，班群、系群、专业群，还有社团的群。在大学，学东西好像变得次要了，更多的、更重要的似乎是社交和人际关系。

赵远阳从来没有为“人际关系”发过愁，此刻却有些迷茫了，不知道该如何去交朋友。

他看到不少陌生人的消息，还有许多好友申请，大部分是女同学，也有那种在 S 市上大学的男同学。

赵远阳统统置之不理，也不管这些好友里面是不是有跟他上同一个大学的。

九月，除去大一新生，别的年级都开学了，学校周围变得非常热闹。

九月十一日，是通知书上的报到时间。

这次赵远阳特别积极，一大早就起来了。无论做什么事，一开始，他总是很有积极性的。

吃饱饭，赵远阳拿着通知书和行李去学校报到。他还在为住校的事发着愁，一边发愁，一边期待。

通知书的快件袋里还有一本小册子，是入学报到指南，还有一张银行卡，是提供给学生缴费用的。赵远阳已经提前把学费存在卡里了，开学前，学费就直接被学校代扣了，所以他这天报到省去了最烦琐的缴费环节。

他一进校，就看见举着专业和院系牌的学长、学姐在迎接新生。

他们一行三人，司机在前座，他和霍戎在后座，后备厢是行李。

赵远阳想自己开车去，霍戎却不允许，不想让他第一天开学就出风头，扬名全校。

车子开进去，但是赵远阳找不到报到的地点，哪怕入学指南上写得清清楚楚在哪栋楼，还有一份地图，但完全路痴、不分东西南北的他根本找不到。

看地图识方位是霍戎的强项，而且前一周来过一次，逛过一次校园，所以哪怕他不看地图，也知道报到地点在哪里。

四个大门都有商务英语专业的学长、学姐在迎接新生，校园里人很多，许多都是刚来报到的新生，拉着行李箱，万向轮在地面上滚动着。

报到手续不多，先是找到自己所在的分院，找到专业，最后登记。登记的时候就是排列学号，以及选班和选宿舍了。赵远阳来得不早不晚，学号是（二）班的 17 号。

他交钱拿了一张饭卡，就要去看宿舍了。他们专业有个学姐，主动对他道：“你在 34 号公寓，我带你过去吧。”

学姐化了妆，长得漂亮，很有气质。

赵远阳看了霍戎一眼，没推辞。

学姐自我介绍：“我是大二的，08 级的，给你介绍一下宿舍情况。男生宿舍和女生宿舍情况不同，男生宿舍没有独立卫生间……”

赵远阳的嘴角一抽，霍戎捏捏他，眼神似乎在表达些什么。

学姐走在前头，不时回头看赵远阳，两人的小动作，她看不见，她的目光都集中在赵远阳的脸上了。她看看赵远阳，再看看他的家长，她不由心神荡漾，“S 外”女生特别多，男女人数相差很大，外校的都来这里找女朋友。

同理，粥多僧少，女生想找男朋友，都得抢。要是不抢，这大一一开学，好的都被挑走了。

“洗澡要去公共澡堂刷卡，还有，学校宿舍没有空调，这点男女都一样。不过除了这两个缺点，别的都很好，宿舍很新，上床下桌，也很安全，出入都要刷卡。对了，同学，你的行李呢？”

“在车上。”赵远阳回答。

“那你可以先去看宿舍，然后再搬行李，现在是饭点，趁着人少把事情都做了。你有没有什么问题想问的？”

赵远阳摇头，又点头：“学校查寝管得严吗？我要是出去住，能行吗？”

“这个……”学姐看了他一眼，发现他的家长控制欲非常强，她感觉有些奇怪，但还是回答，“管得比较严格，尤其是大一，等到大二就会好一些，而且我们学校，大一和大二都是要晨跑的……晨跑，每天打卡，算学分的。”

赵远阳的脚步顿住。

学姐继续说：“不过你们男生应该没什么问题的吧？哎呀，我跟你说的都是学校的缺点，其实还是有很多优点的，比如说不断电、不断网，有些大功率电器也不禁止。再比如食堂的饭菜很好吃，不比外面的馆子差，尤其是早餐的葱油饼……食堂还有个面食窗口，很火。很多南方同学来这边一开始都吃不惯，只能每天吃面。学校的环境也很好，而且你去图书馆的话，会发现美女很多，都在那里练习专业语言。我们隔壁就是音乐学院，那边还有师范大学，美食也多……”

走到宿舍区门口就需要刷卡进入，不过由于新生入学，自动门直接大敞着，方便汽车开进去。

“我们宿舍区还有停车场，不过车位紧张。那边是停车棚，可以去买一辆自行车……学校虽然不大，但是走路上课也挺远的，有辆自行车会方便许多。”学姐事无巨细地跟赵远阳交代着。

学姐指着那边的棚子，说道：“你可以先去领一张校园卡，校园卡很便宜，赠送校园流量和校园无线网。”

赵远阳看人不多，就去领了一张。

学姐最后说：“留个联系方式吧，万一你有事，你还可以问我。”

她望着赵远阳，满心期待。她等了一年啊！单身一年，就是为了等这个学弟吧！

她眼里流露的情绪已经很明显了，含情脉脉道：“你可以备注一下，我叫温婷，温暖的‘温’，‘女’字旁的‘婷’。”

赵远阳爽快地点头，把手机号码给她了。毕竟这学姐带他走了这么远的路，还浪费口舌给他说了这么多重要的东西。但是他又怕霍戎不高兴，觉得自己刚上大学就和学姐交好。

好在霍戎没说什么。

学姐把他们送到宿舍楼下，就没进去了：“找宿管拿钥匙，然后登记。你们行李多吗？车停得远吗？要是行李多，我可以叫两个学长帮忙……”

霍戎抢先一步说：“不多，麻烦你了。”他已经打电话让司机开车进来。

学姐只好离开，离开前还给赵远阳交代了其他的：“等会儿你可以去领军训用品，在操场那边。”

赵远阳说了声“谢谢”，霍戎冷冷地瞥了她一眼。

学姐说：“有事可以给我发短信，我帮不上忙的，可以找你们学长。”

她顶着压力说完，也不敢再待下去，觉得那赵远阳帅是很帅，家长也长得帅，又高又帅，就是……有些奇怪。

赵远阳去领了钥匙，宿管是个中年大叔，看着挺好说话，很和气。他在楼下一边等着车开进来，一边看宿舍的住宿规定。

不断电，但是有门禁；有些电器可以用，但容易引发火灾的就是违禁品，比如锅，比如“热得快”。而且，学校还不准在寝室里喝酒，要是查寝抓到寝室里藏着酒，会有惩罚。

听说惩罚就是晨跑。

原本一周五次晨跑，如果犯错，那系里的处置方案就是周末罚学生晨跑。

赵远阳感到有些糟心，原本的热情也被学姐这三言两语消磨掉了。

晨跑！

他一个喜欢睡懒觉的人，怎么可能每天坚持起来晨跑……更别说寝室没空调了，这个简直不能忍。

等了一会儿，车子开进来了，准确无误地停在34栋楼下，但是这里不允许停车，只能短暂地停靠。

赵远阳和霍戎把行李搬下来，他的行李挺多，三个箱子还有杂七杂八的包。

他的寝室分在了四楼416室，也就是顶楼。

宿舍很矮，不过外观看着挺漂亮，是洋红色的，绿化也做得不错。

他和霍戎搬着大大小小的行李上楼，霍戎从头到尾都没有说过一句让他别住了之类的话。

霍戎认为自己不用说，赵远阳就会后悔，肯定会闹着回家住。

赵远阳用钥匙开门，寝室里已经来了两个人，正好是他学号前面的两个同学，叫……叫什么来着，他看过一眼，又给忘了。

霍戎低声提醒他：“你左边的叫牟涛，右边那个叫黄家辉。”

赵远阳主动跟人打招呼，笑着说：“牟涛，你好！黄家辉，你好！我是你们的新室友，我叫赵远阳。”

他从没为人际交往这个问题发过愁，因为通常都是别人主动来和他搭话，哪怕他任性，给人脸色看，还是会有人愿意跟他交好。

牟涛是典型的北方人，个子很高，一口东北音：“你好，你是怎么知道我名字的？”

“在报到点那里看到的。”赵远阳说话的时候，霍戎帮他打开箱子，把床单和被套都拿了出来。

黄家辉在上面铺床，好奇地看了一眼他的家长。他比较内向，跟赵远阳说了几句话，还尊称霍戎“叔叔”。

霍戎面不改色道：“你好。”

能被“S 外”录取，成绩一般都很好，而且大多是名校落选后不愿意复读的学生。

赵远阳听他们说到高考成绩，就不说话了，不过地区不一样，牟涛考了六百四十分，黄家辉考了六百分，两人都是外地的。赵远阳听着，不想让他们问自己这个问题，就去走廊看看。

他从外面打量着寝室，果然没有卫生间。每层楼都有厕所和盥洗室，但浴室是在一楼，是公共澡堂。

赵远阳越看越想回家住。他站在走廊，看见一个男生往这边走，一边走一边跟父母抬杠：“说了别送我来，都上大学生了还送什么送？别！我自己拿行李，别给我拎！”

男生走到 416 室停下，抬头看了一眼，又看看赵远阳：“同学，你好啊，你是这个寝室的吗？那我们以后就是室友了！”

“你好！”赵远阳给他让出一个位置，“对，如果你是 416 室的，那我们就是室友。”

男生推着行李进去，自我介绍：“我叫赵琨。”

“我也姓赵，赵远阳。”

“本家啊！缘分！”赵琨是看着挺时髦的一大男孩儿，本地人，浑身是名牌。赵远阳对他的第一印象还不错。

寝室里，霍戎正在帮赵远阳擦桌子、擦床，赵远阳看不过去，觉得不好意思，也跟着去擦。

寝室还挺大，赵琨的父母都进来了，总共七个人，地上还有行李箱，却不拥挤。

这时，赵远阳家的司机兼保镖，扛着一张床垫进来了。

那床垫是定制的，宽一米，长两米，又厚又软。

赵琨还在跟他父母说：“你们别惯着我，哎，哎，哎，我自己铺床！

你看别人，别人都自己……”他说着说着，声音戛然而止。

突然进来的壮汉，扛着一张床垫，让整个空间都变得拥挤起来。赵远阳尴尬死了，正想说自己来，霍戎就说：“给他放床上。”

于是司机大叔目不斜视地把床垫扛到床边，直接铺在床板上。床本身没多高，他站在地上就能直接帮赵远阳铺床。

床垫很厚，都快有护栏高了，只余下三指厚度的护栏。所以赵远阳到时候躺在床上，等于侧面是完全没有防护措施的，像他这样爱翻身的，说不定睡着睡着就摔下去了。

床垫放好后，霍戎给他铺上床单，一边铺一边说：“阳阳，床有些短，你睡着可能会比较憋屈。”

赵远阳注意到室友们的眼神，感觉自己没脸见人了：“哥……我……自己来吧。”

“你铺不好。”霍戎说。

在家里都是霍戎收拾的，赵远阳有时候有心收拾，岂料越收拾越乱，他就是有那个本事越帮越忙。

床单铺好，别的就简单了。赵远阳脱了鞋，穿着袜子爬上床去整理被子，寝室没空调，就一个摇头风扇。

阳台倒是挺大的，相比其他学校的寝室，“S 外”没有厕所，所以空间要大一些。阳台有个洗手池，下面可以放脸盆。

赵远阳在床上装模作样地整理，看着寝室的环境，他一点儿也不想住了，想回家。

霍戎帮他把衣柜清理干净，将衣服一件一件地挂进去。

室友们开始互相留 QQ 号，赵远阳开始找自己刚刚领取的那张校园卡，结果怎么也找不到，不知跑哪儿去了。

赵琨的父母走了，霍戎还在，刚刚组建的 416 室友群里，牟涛发消息：“我们晚上去聚个餐吧？有本地人吗，这里什么好吃的？”

大概是赵远阳的家长还在的原因，他们都在群里发消息，没说话。

赵远阳后知后觉地意识到了，就拉着霍戎出去。再看看赵远阳的床位，床上有遮光窗帘，床边架了个看起来很高档的机械臂空调扇，衣柜里漫出一股怪好闻的香水味。

还有自带的懒人秋千，两头挂在床头，和网上劣质的不太一样，那秋千的链是金属的，看着很能承重，坐垫很软的样子。

就差贴个墙纸了。

霍戎环顾一圈，微微皱眉，问他回不回家。

“我……我先住一晚？”赵远阳委屈巴巴道，“可是我想洗澡……算了，晚上还是回家吧。”

刚开学，管得不是很严，赵远阳打定主意，就算要罚他，他也要回家住。让他去公共澡堂洗澡，他是接受不了的。

霍戎没说什么：“好。”

“你先走吧，晚上我们寝室要聚餐，我等一下去领取军训用品，晚上和他们吃顿饭，你再来接我。”两人站在走廊的尽头，旁边就有个寝室，寝室门开着，里面还有人。

赵远阳望着他：“你先回家吧。”

霍戎看着他的眼睛说：“如果不想军训，也是可以的。”

赵远阳抿着唇：“我还是不搞特殊了。”

霍戎走后，赵远阳回到寝室，刚回来他就找不到自己的钥匙放哪儿了，到处找不到，只好打电话给霍戎：“哥，你看到我的钥匙了吗？寝室的钥匙……我找不到了……”

霍戎说：“在右手边第一个抽屉。”

赵远阳拉开抽屉：“哦……找到了。那你知道我的校园卡在哪儿吗？”

霍戎坐在车上道：“不知道，你找找你的裤兜？我记得你揣兜里了。”

赵远阳摸摸裤兜：“没有。”

“没关系，反正还没有激活，你可以再去领取一张。”霍戎宽慰他。

挂了电话，赵远阳一下子变得有些惆怅起来。

他根本就离不开霍戎，一离开整个生活就都乱套了。

他领取了军训用品，回到寝室，大家开始按年龄排大小。赵远阳留过级，在这个寝室里是最大的，所以他是老大。

牟涛是老二，赵琨是老三，最小的是黄家辉。不过他们年纪其实都差不多，赵远阳只不过比他们大几个月罢了。

下午，他们去东门的美食街逛。附近几所大学的开学时间不同，但现在已经九月中旬了，基本都已经开学了，所以一到饭点就特别热闹。

他们在一家麻辣香锅排了号，赵远阳陪室友去超市买了些生活必需品，买了大量的零食。

牟涛看着他的身板："这么爱吃零食？怎么不发胖？"

赵远阳提着一大袋零食："我在家的时候，都不吃这么高热量的食物的。"

他好想回家，想回家吃栗子蛋糕。

吃晚餐的时候，赵远阳还在店里碰到了熟人，是当时拿通知书快递的时候，那个帮他挤进去收发室拿快递的女同学。他对她的脸有些印象，但是已经不记得她的名字了。

高心如原本没打算吃这家店的，结果一瞥，那不是赵远阳吗？于是她立刻拉着室友进来了。

赵远阳对她不熟悉，但还是露出了一副"好久不见，好巧"的模样："你也在大学城读书吗？"

"嗯……是啊，我跟你一个学校的，我上次给你说过。你在商务英语，我在国际政治……"

赵远阳恍然大悟："哦，对，我想起来了。"

其实他什么都忘了。

高心如的室友还挺激动的，坐下吃饭的时候一直看他，低声说："没想到有男生这么白，还不显得"奶油"，而且那么高，看着还有肌肉，简直是优质股啊！"

赵远阳的室友们也挺激动的，尤其是牟涛："跟你说话的那大妹子，挺乖的。还有，我看上她室友了，穿白裙子那个……回头你帮我做个媒呗，问问看她有没有男朋友？"

"行啊。"赵远阳点头。

赵琨说：“我以前在S外的附中读书，所以我们学校的女生我好多都认识，下回介绍给你们，又漂亮又有气质，还有那种练了十年芭蕾的美女！”

“对了，你们有女朋友吗？我最近刚分手，单身。”赵琨说。

牟涛笑道：“我也是单身。”

最内向的黄家辉默默地点头。

赵远阳没说话。

快吃完的时候，赵远阳给霍戎发了消息，说自己在哪条街哪家店吃麻辣香锅。

结账的时候，是四个人平摊的，赵远阳也没主动要求请客。

报名时间为期两天，所以第二天也不用上课，从后天开始正式军训。

赵琨问他们有没有什么娱乐活动：“你们平时晚上都玩什么？”

牟涛说：“打游戏。”

黄家辉回道：“听英语磁带，学习。”

赵远阳一时语塞。他晚上都没事干，也不出去玩，就打游戏，看会儿电影、电视剧，然后就到床上去了。

“我……晚上睡得比较早，一般就学习吧，我很爱学习的。”赵远阳说这话一点儿也不脸红。

三人：“……”

赵琨说：“明天晚上我看看能不能约几个女生出来联谊吧，或者等军训后，争取全体脱单！”

在“S外”这种男女比例失调的学校，男生想要脱单还是很容易的。

他们要走的时候，高心如追过来，跟赵远阳说了两句话：“我之前加你好友了，你没同意，以后我们就是校友啦。”

赵远阳不好意思地笑了笑：“我没怎么上QQ，没注意到。”

高心如看着他。

赵远阳说：“我有个室友觉得你们寝室那个穿白裙子的同学好看，你问问她有没有意思吧。”

高心如傻愣愣地点头，赵远阳跟她指了一下牟涛：“就那个，你给你同学说说，要是她有男朋友就算了。”

赵远阳说完就走了，她还傻站着。但也不是说特别心酸，赵远阳这样的男生，很多女生喜欢他，都是喜欢他的长相，眼看有机会，就会上去试试，但明知机会不大的情况下，是不会受到特别大的打击的。

高心如谈不上失恋，但还是会有些难受。

从香锅店出去，赵远阳就收到了霍戎的短信：“车不能进去，我去接你，还是在街口等你？”

赵远阳回复道：“在街口等我吧，我马上出来。我身上好大一股麻辣香锅味，我要回家洗澡！”

短信发过去，赵远阳看见有卖鸡蛋仔冰激凌的，就忍不住买了一个。

赵琨说他：“你怎么这么喜欢吃这些东西？这不都是女生喜欢的吗？”

赵远阳一本正经地说：“我喜欢吃甜的，而且别看我这么吃，我也是有腹肌的，四块，以前有六块，后来长胖了。”

赵琨：“……”

走到街口，赵远阳一眼就看到了霍戎。霍戎依旧是引人注目的存在，而且从不开车的霍戎这次把赵远阳那辆超跑开出来了，就停在他身后不远，特别扎眼。

赵远阳的室友们都是先看到那辆车：“哇，酷！”

几人都没看到那边的人就是赵远阳的哥哥。

赵远阳和才认识的室友们说再见：“我哥来接我了，今天先回家住。”

牟涛还在看车，夸车帅。三人听到赵远阳说话，愣了一秒，才道：“好，注意安全啊。”

赵远阳点头，手里拿着刚买的鸡蛋仔冰激凌，朝着霍戎走过去。

霍戎给他拉开车门，他坐上车，霍戎也跟着上车。

赵远阳把冰激凌送到霍戎嘴边：“你吃一口吗？”

他知道霍戎不吃这些，但还是得象征性问问，不吃是一回事，问不问是另一回事。

霍戎问他：“什么味的？”

“里面有三个口味的球，抹茶味、香草味，还有一个是夏威夷果味的。这个是香草味的。”赵远阳一本正经地解释道，“我觉得夏威夷果味的最好吃。”

霍戎侧头尝了一口，手握着方向盘，不紧不慢地开着车，漫不经心地问赵远阳：“室友怎么样？性格好不好？”

“还成吧……不讨厌，挺好的。”赵远阳慢慢地舔着冰激凌球，“就是不知道要怎么相处。”

在大学肯定是要交朋友的，赵远阳这个性格，交朋友不难，不过交个真心朋友就挺困难的。

“交朋友不难的，顺其自然。”霍戎说着，车从小区外面绕走，再从酒店外经过，出了城。

赵远阳问他去哪里。

“快把冰激凌吃完。”霍戎说，“带你去兜风。”

在城市内兜风是不可能的，除了堵车还是堵车，谈何兜风。

但是出了城，就有无人公路了。赵远阳一听，双目一亮，立刻坐直了。

他迅速地吃完冰激凌，一边快速地在嘴里含化了，一边张着嘴巴哈气：“啊……好冰，好冰，怎么这么冰？”

赵远阳开车的时候，有一个最高六十迈的限制速度，这是车内安装的高科技系统。他之前开这辆车时，每次想要加速超车，都会被限制在这个范围内，要想加速，就必须输入什么破指令。

六十迈，也就比市区限速高不了多少。

但霍戎没有这个限制，想开多快开多快，打开敞篷，猛踩油门。

赵远阳抓着安全带，背紧贴椅背，脸被风吹得生疼，眼睛也睁不开，肾上腺素飙升。

因为速度的刺激而心跳加快，赵远阳一边深呼吸着，一边觉得通体舒畅——虽然开车的人不是他。

霍戎很快结束了这次兜风，车速变缓，慢慢返程。

回家后，赵远阳第一件事就是洗澡，学校里的环境什么的……也不是不能忍，唯独洗澡这项，他忍不了和一群人在公共澡堂里“赤诚相见”。

这还是赵远阳第一次睡这张床，之前他都是住酒店，直到这天，这房子才真正可以住人。他有些认床，但不是特别严重，他更认被窝的气味，没有熟悉的味道他很难睡着。

次日下午六点，有系上的会议。整个外语系总共有两百人，其中除了人数最多的英语和商务英语，还有各类小语种专业的学生。

像希伯来语、乌克兰语专业，人更少。

会议约莫持续一个小时三十分钟，系上的主任在讲外语学院在本校的地位，在整个S市的地位，以及外语学院学生的就业前景……赵远阳听不下去，便趴着睡觉。

会议结束后，还有分专业、分班的会议。

学商务英语的人多，是一个专业一个辅导员，而其他小语种专业是几个专业同一个辅导员。

选班干部的事下午就在群里通知过了，让同学们做准备，赵远阳不是那种很有积极性的人，对竞选班干部丝毫没兴趣。

反正他会包揽系草和校草的宝座，还竞选什么班干部啊！

但是同寝室的人都跃跃欲试。不仅是他们，赵远阳一看，嚯，他们整个专业至少有三分之二的同学要去竞选班干部。

赵远阳随便听了听参与者的演讲，最后投了室友的票。

赵琨有些演讲天赋，很热情，说当了班长就请全班吃饭——最后他选上了班长。

赵远阳还想回家住，但是辅导员强调第二天军训，会查寝，而且早上要很早起来，所以让同学都待在寝室里，不要外出。

他只好给霍戎打了个电话，说明情况。

霍戎什么也没说：“缺什么了就给哥打电话，想哥哥了也打电话，明天军训，可以回家洗澡。”

赵远阳靠在阳台窗户边吹夏夜的风，一脸落寞地拿着手机点头。以前霍戎出差，他也是一个人，但这次不一样。

宿舍有二十四小时热水供应，但仅仅是洗手池，只能洗漱。

他洗漱完就躺上床了，开了风扇，还是觉得热。

他没盖被子，无论如何也睡不着，拿着手机想给霍戎发短信，但他感觉自己太依赖霍戎了，这样不好。

赵远阳点开QQ，看见高心如的消息："我室友单身，没有男朋友，她说可以跟你那个室友聊聊。我把她的联系方式给你，你给你室友吧。你室友叫什么？人怎么样？她人很好的，我怕她吃亏。"

赵远阳也不了解牟涛，没办法回答她这个问题。

他把联系方式转发给了牟涛，牟涛给他发了两个"微笑"的表情，说："兄弟，谢了！"

灯关了，几个室友在说话，天南地北地聊。黄家辉在听英语磁带，没参与聊天。赵远阳虽然困乏，但也不时参与聊天。

牟涛突然问他："老大，你哥是做什么的？他开的车好厉害。"

赵远阳一时还没反应过来他是在叫自己，顿了顿才说："做生意的，车不是他的，是别人的。"

"哦……那你开过那车吗？是不是很爽？"

"开过几次，但也不是很爽。"车速提不上去，超车都没法儿超，爽个鬼。

牟涛和赵琨自动理解为：不是他的车，所以开着不爽。

赵远阳提着精神跟他们聊天，聊到了晚上十二点，一时间大家都互相了解了不少。

第二天军训，赵远阳没军训过，是第一次军训。他高中军训的时候直接请了假——所以这是第一次。

闹铃调的六点，赵远阳很早就起来了。他下意识想找霍戎，才反应过来自己在寝室里。

赵远阳忍不住回想从前自己一个人都是怎么过来的。

他昨晚没怎么睡着，一直翻身，可能是四五点钟才睡着，结果感觉眼睛刚闭上，就睁开了。

他早上一直有冲澡的习惯，可住校没那条件了。

军训时，他们系是男女混排，遇上了“秋老虎”，热得翻天。白天站军姿、跑步、走正步，一天下来汗流浃背。

下午下训后，赵远阳想回家，但听说晚上还有什么节目表演。

他不想看什么表演，直接回家洗了个澡，又跑回学校睡觉。军训期间，每天晚上都要查寝，偶尔还搞突袭，晚上七八点让他们起来集合训练。

他就这样忍着过了好几天，男生宿舍楼都弥漫着一股汗臭味，有一次他回寝室，还看见牟涛光着上身在阳台用水盆和漱口杯给自己冲澡。

牟涛说无语道：“楼下澡堂全是人，太热了！我看你挺怕热的，你洗不洗？这样挺方便的，比去挤澡堂方便。”

赵远阳又想回家了。他发现自己根本不适合什么群居生活，太艰苦了。

因为他几乎每天都回家洗澡，每次都换了干净的衣服再来学校，但他一天要换两三双袜子，所以有时候寝室里还是有他没带回家的、塞在鞋子里的袜子。

赵远阳买了个小的鞋柜，里头塞了快二十双限量版的鞋。

寝室里的人和他不同，黄家辉和牟涛都是自己洗，而赵琨是把自己脱下来的衣服、裤子、袜子全部塞进行李箱里。每次他打开行李箱往里头塞脏衣服时，赵远阳都能闻到味。

赵琨却拍着手掌说：“每周回家一次，全带回去洗干净，再带一批干净的来学校。完美！”

牟涛受不了地说：“能自己洗还是自己洗吧，不是多大事，你每次带这么大一箱子回家，臭袜子、内裤、汗衫塞在一起，一周都能发霉了。”

赵琨没听进去，赵远阳听进去了。

在这种环境下，他有史以来第一次自己洗了袜子。

或许听起来有些不可思议，但他从小到大是真没自己洗过衣服，一次也没有。

小学的时候，老师布置过帮忙打扫、洗衣服以及帮母亲洗脚等家庭作业，赵远阳就干过一样——扫地。把自己的房间随便打扫一下，家长签了字，就交了作业。

他站在阳台洗手台洗袜子的时候，牟涛也在旁边洗。

赵远阳非常茫然，但常识他还是有的，他倒了点儿洗衣粉，开始在盆里搓洗。

他的动作非常生疏，一看就不常干这种事。

洗衣服这点，女孩子还好，男孩子在上大学前或者说住校前，很多都不会自己洗衣服，但牟涛比较独立。

赵远阳问他："要洗多久？搓多久？"

牟涛看一眼他的袜子："你一天换两三双，泡会儿就好了，泡完了冲了再闻一下，没味就晾干吧。"

"还要闻一下？"赵远阳面露难色，眉头嫌弃地拧在一起。

"是啊，我的袜子臭，不闻就不知道洗干净没有，你这个……"他沉吟道，"你这个应该不用，你怎么换这么勤快啊？你是不是有点儿洁癖啊？"

"嗯……有一点儿吧。"赵远阳没有洁癖，就是比较爱干净，但他没办法跟别人解释自己这种对自身的要求不是洁癖。

牟涛看着他的洗衣盆，又交代："对了，你泡的时候，白色袜子和白色袜子放一起，别和其他颜色一起泡，不然很容易掉色、染色。"

袜子泡好了，赵远阳随意搓了几下就开始冲洗，直到没有白泡泡了，才捏着鼻子闻了一下。

牟涛看不下去："我平时都是不换袜子的，换之前就拿着闻一下，臭就脱下来洗，不臭就继续穿。不过你知道，放了一晚上，第二天可能就没昨天那么臭了，还可以继续穿。还有内裤也是正面穿完穿反面，就可以少洗一次了。"

赵远阳再也听不下去了，觉得男生寝室简直是灾难，是污染！

他也对闻袜子没兴趣，或者说，他当着别人的面做不出来这种事。他把袜子的水拧干，直接把袜子用夹子夹起来，挂在晾衣架上，外面的太阳还很大，估计等会儿就干了。

牟涛也洗完了，问道："你晚上还回家洗澡吗？"

赵远阳点头。

牟涛说："那你打扫完卫生再回去吧，这周轮到你扫了，晚上要检查。"

"好。"

赵远阳虽然自理能力差，但不至于不会扫地，顶多扫得不够干净罢了。

他们寝室是轮流扫地，一人扫一周。

赵远阳扫不了几天就得放国庆了。

军训马上就要结束了，赵远阳还在这段时间里报了个社团。

社团叫"饮食文化社"，顾名思义就是吃喝玩乐，社员交了社费，然后大家组织着一起去吃东西。赵远阳交了钱，去开了一次会，加了一个社团群。

社长说："有活动的时候会在群里通知，想参加的就找管理员——副社长报名。"

但因为军训，大一刚入社的学生暂时都无法参加社团活动。

军训结束的当天有晚会表演，即学校准备的迎新晚会。学校有个超大的、可以容纳四千人的体育场。

外语学院的学生多才多艺，晚会也排得很有意思。赵远阳坐在体育场看台，用校园网络登录学校论坛。

报名那天，他第一次领取了一张校园卡，还把手机号码给了一个学姐，结果转眼那张校园电话卡就不见了，他只好重新领取了一张。结果又遇到了那个叫温婷的学姐，学姐又问他要了一次联系方式。

赵远阳为难地说："我不方便。"

学姐便不再自讨没趣，自动远离了赵远阳。

注册论坛账号需要学号和密码，以及校园卡的登录密码。

论坛里有全校最新的资讯、八卦，版主经营得不错，论坛很火热。而且刚开学，正是校论坛最热闹的时候，置顶帖里热火朝天地讨论校花和校草的评选。

学校女多男少，女生这么多，所以校草的讨论更具有热度，但校花的争夺战也很激烈。全校这么多漂亮女生，有才有貌的不少，帖子里无数人在为之争吵。

赵远阳对校花评选没什么兴趣，但出于爱美之心，而且在旁边室友好奇的目光下，他还是装模作样地点进去看了。

发帖的楼主是大三的学长，去年的大一新生“级花”评选帖就是他开的。评完了还不算完，要拿出来跟上一届的校花一起比拼，看看能不能选出新校花。比拼除了外貌，还要比综合素质，等等。

每年大一新生入学，这种帖子都热闹非凡。

坐在赵远阳旁边的赵琨把脑袋凑过来。

“哟，你也看这个啊？你看这个，楼主发的四号选手，法语专业的，那女生是我们以前附中的，以前就是我们附中的校花，我觉得她最漂亮。”他兴致勃勃地问，“你觉得呢？”

赵远阳慢慢往下翻着，四号妹子果然很漂亮。他有一颗爱美之心，但也顶多是觉得人长得好看，别的心思他是不会有的。

赵琨点评说：“不过这个十七号妹子也不错，短发这个，不过气质差了些……”

他评头论足着，旁边一个男生加入他们的讨论：“这个，是我们商务英语专业的。”

“她还单身，但是好像已经有目标了，我去打听了，她喜欢……”那男生看向赵远阳。

赵远阳接触对方的眼神，一下理解了什么意思。但在旁边有人的情况下，他是不会主动点开那帖子的。哪怕他心里很好奇，哪怕他知道多半就是自己了，他也会保持矜持，不会点开。

赵琨理的理解能力不俗，一挑眉：“喜欢我们老大啊？”

“真可惜，我们老大是最清心寡欲的，对恋爱没兴趣。”

“太可惜了，今年呼声最高的准校草，居然是个和尚性格！”那男生表面叹息，心里实则松了口气。

赵远阳听见自己当了准校草，表面丝毫没有反应，似乎是司空见惯，其实心里爽翻了。他就知道！

他看似不怎么在乎这种问题，其实就喜欢受人追捧的感觉。

迎新晚会过后，第二天上午是军训汇报表演。

下午开会，说再上一天课就放假了。

因为要放假，再加上是第一次上课，老师都没怎么讲课，而是和同学们互相认识了一下。

有些教授严肃，有些教授幽默，还有英俊的外教，而有些教授爱调侃学生："我听说我们专业有一位校草，还有个院花？"

那天评选准校草之后，赵远阳又以碾压之势，打败了上一届校草，成为"S外"新任校草。

听说外校都有女生盯上他了。

谈到这样的问题，学生们总是很积极。尤其专业里女生多，教授便很上道地让同学们用英语开始做自我介绍："不如就从我们校草开始吧？"

虽说是商务英语系，但本专业都是笔试考进来的，说口语的时候，什么奇奇怪怪的口音都有。

当然也不乏说得好的，赵远阳就属于说得顶好的那种。

上了一天课后，就直接放假了。学校在假期这方面，赵远阳觉得还挺宽松的。课表也不是很满，星期一满课，星期二和星期三上午都没有课，星期五上午两节课后，就直接放周末了。

等国庆放假回来，他就要开始晨跑打卡了。

赵远阳收拾行李打包回家，还整理了一下自己的桌子，用系上发的英语报纸把整个桌面铺满了，免得放了一个国庆回来，满桌子的灰。

短短十几天的时间，他就变得不一样了。

他自己或许没有意识到，但霍戎的感受非常明显，他家阳阳是真的变化不小。

在S市的家和以前的家不同，这边没有宽阔到可以跑马的院子，也没有小厨房，更没有厨师做好饭再送过来。

霍戎发现赵远阳回家后，居然没有丢开行李箱，脱了的衣服也没乱丢，而是很规矩地把换下来的衣服放好，袜子则是放进了盥洗室的洗手池里，用香皂搓的泡泡水浸泡着。

不仅如此，赵远阳还非常懂事地问霍戎："哥哥，你有没有穿过的袜子要洗？我会洗袜子了！"

霍戎的心都要化了。

难得国庆放假，军训了两周，赵远阳回家第一件事居然是想着帮自己洗袜子。一时间，霍戎什么话都说不出了，说不出是因为赵远阳的变化而欣慰，还是惆怅。

"什么时候学会的？"霍戎问他，"在学校自己洗的？怎么不拿回家？"

赵远阳就知道他要这么问，天知道他到现在都没学会独立，就是让霍戎给惯的！

"就那样会洗了呗，又不是多大的事，放行李箱里拿回来，那不都发霉了？"赵远阳的语气相当淡然。这种话当然不是他能说出来的，这是牟涛跟赵琨说的原话，赵远阳觉得很有道理。

他原以为霍戎一定会很高兴，却发现并不是。

赵远阳在家里居然找不到洗衣粉或洗衣液，家里只有香皂和香波，以及洗手液。

但这些东西大同小异，成分是差不多的。

开始做这件事之后，赵远阳才发现也不是多难的事，搓两下、泡会儿、清洗干净就完了，前后不会超过十分钟。

他洗干净手，打算泡一会儿再说。

赵远阳回到房间，才有工夫整理别的东西。他把行李箱打开，里头的东西乱糟糟的，但是他一件一件地拿出来，分门别类地分着哪些要洗，哪些不用洗。

衣服这种大件和袜子就不同了，他觉得自己洗不干净，所以拿回家了。

还有几双鞋子，表面有点儿脏，或者穿了好几天的，赵远阳就不穿了，要拿去专门的店里清洗了再穿。有一双是他最喜欢穿的，一定要拿专门的洗涤剂洗，否则皮容易坏。

霍戎看见这一幕，心情无端又好了起来。

虽然赵远阳会洗袜子了，但有些还是没变的。他要是突然不挑三拣四，特别懂事了，霍戎大概会非常不习惯。

霍戎想把他纳入自己的保护范围内，希望他永远也不要长大。

其实这种心态很矛盾，他溺爱赵远阳，永远宠着赵远阳，结果赵远阳一夜之间懂事许多，他觉得欣慰、感慨，还有种说不出的滋味，觉得落寞。

赵远阳整理着行李箱，需要洗的就丢出去，不需要洗的就丢背后的床上。

霍戎站在他背后说："阳阳，回来住好不好？"

赵远阳说："下周我们就要开始晨跑了，晨跑要打卡。"

"打卡多简单，让同学代打卡，或者我去给你打卡，反正你那会儿在睡觉，而我已经起床了。"

赵远阳听了非常心动。

霍戎继续说："你周二和周三上午不是都没课吗？回来可以睡个懒觉。"

赵远阳看过学校晨跑的规定，一周至少打卡三次，七点十五前必须打卡，迟到不算。

一周里他有两天早上是没课的，这两天正好可以睡懒觉。

赵远阳把洗干净的内裤和袜子都拿到后面的阳台晾晒，可家里一般是不晒衣服的，他四处找着晾衣竿。

但他怎么也找不到，晾衣服的长杆是买房子时就自带的，房子虽说是平层，但层高三米多。哪怕以他的身高，也得跳起来才能把衣服挂上去。

后面伸过来一只手臂，霍戎比赵远阳高，手臂也比他长一些，一抬手就够到了。

霍戎帮他把袜子和内裤都挂上去，夸他能干："洗得很干净。"

赵远阳的脸一红。

霍戎继续说："你们国庆放七天，想跟哥回家吗？"

赵远阳对霍戎称不上非常了解。他不知道霍戎的从前，只是在心底认定霍戎是非常好的人，不管传闻有多坏，霍戎至少是个好男人，也是位好家长。而戎哥说要带他回家，那是不是……要带他去看秘密基地的意思？

赵远阳一开始是真这么想的，电影里不都是这么演的吗？那种神秘兮兮的基地，什么开着车冲到湖底，然后湖心底部有座非常秘密的地下基地。

结果到了，他才发现自己完全“脑补过度”了。

除了比别人家大一些、豪华一些，比别人家更冷清，霍戎家里和普通人的家似乎没什么不同。

霍戎家里有个脊椎瘫痪、常年躺在床上不能动弹、需要人照料起居的父亲，有个二十八岁正要谈婚论嫁的妹妹，还有几个安分守己的兄弟。

其中最小的那个弟弟，只有十岁。剩下的兄弟，如今都在家族墓地里长眠了。

但霍戎和这些家人的关系，只能说是表面上还过得去，实际上没什么感情。

霍戎这次带他回家，正是因为妹妹要结婚了，回来参加婚礼的。

这次他本来是要自己一个人回家的，可是赵远阳已经跟他很亲了，于情于理，他都该带赵远阳回一次家，哪怕他的家其实并不像一个“家”。

飞机快落地的时候，霍戎便给赵远阳介绍了自己家里的情况：“我父亲几年前遭遇车祸，瘫痪了，他能说话，也能听见你说话。我家里除了我父亲，还有两个兄长，一个年仅十岁的弟弟。他们的脾气有些怪，有些爱捉弄人，有些……总之……”

霍戎柔声道：“阳阳，如果不想说话，就装作听不懂英文吧，不用跟人交流。”

赵远阳似懂非懂地点头：“你家里这么多人啊？”

他“脑补”了好多，以为霍戎全家都没了，比如什么全家都让霍戎给收拾了，然后霍戎才能趁机上位掌权的那种电影里的戏码，结果好像完全不是这么回事。

“人这么多，那秘密基地在哪里？不在你家里？”

霍戎哭笑不得：“阳阳，这里没有秘密基地。”

“哦……”赵远阳稍显失望。

他对霍戎的家人完全不感兴趣，只想看一下秘密基地长什么样。

但显然，那不是他能去参观的地方。

飞机直接停在霍戎家院子里的停机坪上，两人从舷梯下来。

不远处是一座年代久远的城堡，但相比起这个城市许许多多的中世纪建筑，霍戎的家并不那么引人注目。

房子是霍戎的爷爷，令人尊敬的飞行员老维克多在年轻时和房子主人打赌赢来的。

老维克多参与过几次战争救援，后来就回家开始做航天材料的生意。

这个超过百分之三百利润的暴利生意，足以让大多数资本家失去理智。

赵远阳下了飞机，先是看到房子，再是看到一个穿背带裤的小男孩儿，穿着一双看着非常笨重的铅鞋在放风筝。

这是霍戎的弟弟。

赵远阳望过去，霍戎低声跟他说："艾伦不会说话，也听不见。"

正是这个原因，霍戎在听见赵远阳叫自己"哥哥"的时候，才会第一次对这个称呼有了不一样的感情。

他当初当赵远阳的监护人，应该说是心血来潮。他见过赵远阳几次，最后一次是在赵远阳外公的葬礼上，得知这个刚刚失去双亲的孩子可能有他需要的东西时，他鬼使神差地想起赵远阳的模样来，居然决定亲自出面。

而且霍戎一开始的计划，也并非收养赵远阳，他准备在拿到他需要的东西后就立刻离开，结果发生了意料之外的事。

霍戎拉着赵远阳走过去，风很大，天上堆着乌云，看着要下雨的模样。

艾伦和霍戎不是一个母亲生的，艾伦的母亲是难得一见的美人。棕发灰眼的艾伦看见霍戎拉着一个陌生人走过来，也不跑。他吹着泡泡，风筝在风里飘荡着。

等到他们真的走近了，艾伦睁着灰色的大眼睛看了赵远阳一眼，转身就跑。

赵远阳觉得他长得很漂亮，像小女孩儿，漂亮得不像话，便由衷地感叹："你弟弟真可爱。"

穿了一双负重的鞋，那十岁的孩子却跑得并不缓慢，一会儿就拉着风筝不见人影了。

专门用来停机的草坪被风吹得像一块上好的葱绿色地毯。

“他是这个家里最不可爱的人了。”霍戎顿了顿，还是提醒道，“阳阳，虽然我带你来，但你不是非得跟他们打交道，我们参加完婚礼就回去。”

在霍戎的认知里，赵远阳不会喜欢和他家人这样的人接触。

但他回来，一是参加婚礼，二是有要事，他得处理突发状况。

这突发状况，可能会引起连锁反应，他不可能把赵远阳单独留下。为了赵远阳的安全着想，这座被牢牢监控起来的房子是最安全的地方。

在这个安全的地方，只有他能出入，别人没办法进来，也无法离开。

婚礼在三天后，在此前，霍戎先带赵远阳去开他的玩具坦克，里头果然很闷热，密不透风。

赵远阳不会操控，霍戎就教他。接着，坦克在他的操控下启动，履带缓缓动了起来，他在里面没有太大的感觉，钻出去才发现是真的在动。

他高兴坏了，觉得小时候的梦想实现了，握着操控杆对霍戎说：“我还在外公那里看过战斗机模型！我想开那个！”

男孩子是抵抗不住机械的魅力的，哪怕是赵远阳这样的，也难免会有英雄梦。以前想着开坦克、开战斗机，后来就想要个钢铁侠的机甲，能带着他上天。

但他就是想想，做白日梦的时候想一下，根本不好意思跟别人说。不仅不好意思，要是有哪个人到他面前来说自己想要个艾德曼合金的盔甲，他还会狠狠地嘲笑对方一番。

赵远阳一觉醒来时，霍戎不见踪影，给他留下一部手机和一张便笺，便笺上写着：“饿了就告诉门外的人，有事给我打电话，如果可以，尽量就在这三间房间内活动。”

“搞什么嘛……”赵远阳把便笺丢掉，接着又捡起来，放回原位。

他摆弄了会儿手机，里面存着一个电话号码，没有游戏。随后，他打开门，要了晚饭。

他没有指定说一定要吃什么，结果晚饭端上来，都是他喜欢吃的东西，有几道湘菜和川菜，居然还有鸭血粉丝汤！

赵远阳大为感动，但分量太多，他吃不完，就剩下了。

赵远阳以为霍戎过不了多久就要回来了，以为他可能就是去参加个宴会什么的……

在那个梦里，他在九月的时候刚刚过来读书，他的学校在 G 市这里，刚开学的时候，一周三节课，他每天都在玩。

结果十月的时候，教堂附近的一栋民居突然爆炸了。

赵远阳之所以能记住，是因为有个同学那晚在那边玩，就在附近，听到爆炸声立刻冲出来，还拿手机摄影。

回来后，他大肆跟赵远阳以及别的同学说起这件事，语气夸张："真的，我是亲眼看到它爆炸的！轰的一声！

但那对赵远阳来说是很遥远的事，而且爆炸案什么的，他并不感兴趣，看过就忘。

赵远阳不知怎么就想起了这件事。具体是何时发生的，他记不清楚，只知道是他刚刚出国读书不久的事情，他和霍戎那时已经失去了联系。

深夜了，赵远阳没有睡意，时差一下子倒不过来，满脑子都是霍戎怎么还不回来，为什么这么晚了还不回来……

他打了会儿游戏，握着手机不知该不该打电话。过了许久，他躺在床上，试探地给霍戎发了条短信。

手机挺古董的，上面没有中文输入法，赵远阳随手打了个"hello"，加了个微笑的颜文字表情。

过了会儿，霍戎给他回复短信，说自己被急事绊住了，短时间回不来。

赵远阳皱眉，手指飞快打了一句脏话出来，又删掉，接着不客气地问他："短时间是多久？"

他发完消息，把手机丢开，躺进被窝里，把脸深深地埋在被子里。

"短信又来了，他问你短时间是多久。"戴着口罩的金发男人看了一眼手机，接着放下，重新戴上手套，拿起手术钳和镊子，给躺着的霍戎做手术。

霍戎没打麻药，因为打麻药对他没好处，所以他一向拒绝麻药。他的额头上冒着冷汗，因为疼痛而说不出话。

手术刀划开霍戎伤口四周的皮肉，他咬牙忍着，面上有一些痛苦之色，嘴里叫着赵远阳的名字，汗水从额间落下。金发男人很快把他胸口处的凶器取出来，用镊子夹着，眯着眼凑近了看。

他把凶器装进旁边的取证袋里，看着霍戎，蓝色眼睛里露出一些冷淡的同情："你的命很大啊。"

霍戎重重地喘着粗气，嘴唇发白，笑了一下，冷静道："帮我回复一下短信。"

他的声音听着比平时虚弱，要是赵远阳听了，肯定会意识到问题，虽然赵远阳是个不怎么敏锐的人。

赵远阳躺在被窝里，辗转反侧。他没什么睡意，手机又亮了一次，他连忙打开一看，还是短信，没有电话。

霍戎给他发消息道："阳阳，哥短时间没办法回去了，可能在你的假期期间都回不去。如果你不想参加婚礼，也不要从房子里离开，至少等到七天假期过后，再回国。"

这几条简略而饱含深意的话，让赵远阳突然有些不安起来。

他立刻回复："你在哪儿？怎么了？"

他忍不住咬手指。这是他紧张时的小动作，但并不常在他身上出现，只有在非常不安的时候，他才会做出这种小动作。

他的眉头紧皱，看着屏幕顶端显示的时间，以及屏幕上那唯一的电话号码发呆。屏幕很快暗下去，他也不知怎么想的，打开电脑，用搜索引擎搜索"G 市教堂爆炸案"。

搜索引擎上什么都没有，没有近期的爆炸案件，只有好几年前的。

赵远阳呼出一口气。

他关了电脑，觉得自己是太敏感了。八竿子打不着的事，怎么可能有这么巧合的事情嘛！那么严重的爆炸案，要是戎哥在里头，那多半抢救不回来了。

现在还能跟他发短信，所以肯定跟霍戎没关系。

赵远阳猜他是有事，在一个没办法通话的环境，可能在谈什么大生意，所以没有贸然给自己打电话。

他咬着手指，躺下后，低头继续给霍戎发短信：“我睡不着，我能给你打电话吗？我想听你的声音。”

第六章

月升之诗

完成伤口缝合后，金发医生里昂给他念短信内容："我睡不着，我能给你打电话吗？我想听你的声音。"

他抬头看一眼霍戎，手摁在拨号键上。

霍戎从他手里拿过手机，声音疲累而干涩："帮我倒杯水吧，谢谢。"

此前的他，就像一匹永远在奔跑的马，感受不到身体的承受能力已经到了极限，也根本不知道累了就该慢下来。现在突然受伤了，才露出疲态来。

霍戎低头看着短信，里昂把水给他。他喝了一口润嗓，问道："我的声音听起来跟平时有什么不同吗？"

"有不同。不过讲话的时候手机拿远一些，制造一些噪音，说信号不好，就能掩盖这个问题。"

霍戎不想让赵远阳担心，又怕赵远阳听出异样来，但是这个电话要是不打过去，就赵远阳那停歇不下来的性格，肯定会出问题。

他把水全灌下去，喉结滚动，汗水往下滴，他摁下拨号键。赵远阳终于等到他的电话了，在电话铃声还没响完整的时候，就立刻按下了接听。

但霍戎那边像是信号不好，声音听起来忽近忽远，对赵远阳说："阳阳，能听见吗？这附近有信号屏蔽的装置，信号不稳。"

赵远阳对他的话丝毫没有怀疑，心里的不安也被驱散了："能听见。哥，你……没事吧？"

他听见霍戎在笑，语气稀松平常：“怎么会有事？但的确有要紧事要办，我等一下要上飞机，去C市，大约走半个月吧。”

“哦。”赵远阳沉默了。

霍戎的语气像平时那样，混杂着噪音：“我不在的时候，你别出去乱跑，外面很危险，最好不要离开房子。这次和以前不一样，你要听话，再无聊也不能乱跑。”

听着他的语气突然变得和平常不同，赵远阳也不得不重视起来：“那……好，好，我听你话，不乱跑。”

他顿了顿：“那我什么时候可以回家？还有，婚礼你不来，我一个人去参加吗？我不认识你家人……”

“那就不用去，如果有人来敲门，邀请你去，就装病。”

“哦，哦，这个我拿手！”赵远阳的耳朵贴着手机，侧躺在枕头上，脸上露出笑来。

霍戎继续交代：“最快后天就能回家了，你别乱跑，乖乖等我回来。”

赵远阳听着电话那头的杂音，乖乖应了声“好”，但他感觉有一些不对劲，霍戎的声音怎么听着……有点儿虚弱？

人生病的时候，声音和平常确实不同，有时候对着熟悉的人，是没办法伪装的。霍戎那头的杂音更重了，接着电话一下子就断了，应该是信号断了。

因为这通电话，赵远阳不像之前那么焦躁不安了。他下午已经睡了好一会儿了，打完电话心情好了，就起来打游戏，打了个通宵。

天亮的时候，他才抱着被子睡去。

赵远阳是特别耐不住寂寞的，但是又时刻记得霍戎的话。因为戎哥说这次不一样，他就“脑补”了一出寻仇大戏，要是他出去乱跑，被当成人质抓了就完蛋了！

一开始，无人打扰他，只不过楼上有人跳舞，用力地跺着地板。他一开始还能忍，后来想到了恐怖的事，忍不住开门，问门外守着的保镖：“楼上是谁在跳舞？有人住吗？”

保镖点了点头。

赵远阳拍拍心脏，呼出一口气：“有人住就好，就怕不是人在跳。”

婚礼举行的时候，赵远阳也待在房间没出去。他拉开窗帘，站在上面看。

有人来敲门，邀请他下去的时候，他便装病，虚弱地声称身体不适，肚子疼，便没下去。

新郎似乎是入赘的，带了许多亲朋好友。赵远阳低头看着下面，发现新娘走路的姿势有些奇怪，接着他发现，新娘有一条腿是假肢。

并非他观察入微，而是新郎把新娘抱起来的时候，赵远阳看见了她的机械假肢。

他靠着窗户自言自语：“真是奇怪，弟弟又聋又哑，妹妹用假肢……”

他发现自己来霍戎家里住，非但没有更了解霍戎，反倒出现了许多让他不理解的事，让霍戎整个人再次变得陌生起来。

赵远阳站着看完了整场婚礼，靠着窗户给新人鼓掌，神情带着淡淡的笑意，在暖光灯下却露出落寞。

直到这个时候，还没人打扰赵远阳的安宁。但似乎是看霍戎一直不在的原因，第二天便有人过来敲门了。

是赵远阳没见过的，霍戎的其中一位兄长。

赵远阳不知道他的名字。

他长得和霍戎有些像，但是没霍戎帅，而且还戴着一副茶褐色的单边眼镜。赵远阳只能看见他的一只眼睛，可能是因为脸上常常带着假笑，男人眼角的纹路和法令纹都很明显。

他礼貌地询问赵远阳的病好了没有，赵远阳捂着肚子说：“还没好。”

赵远阳好奇地看了一眼他的眼镜，心想莫非这只眼睛没有眼珠子？所以才遮起来了，否则哪个正常人会在家里戴这种眼镜？

“家里有医生，我让他来帮你开药吧？”

赵远阳一副“我听不懂英文”的模样：“我英语不太好。”

男人假笑道：“本来想问你要不要出去玩，既然你不舒服，那就不打扰你。”

赵远阳点头：“外面那么危险，你也别出去了。”

男人忽略了赵远阳露出的“我英语不好”的破绽，点头道：“是啊，前天市区就发生了一场爆炸案。”

赵远阳愣了两秒：“爆炸案？”

他说话的腔调让人听着不太舒服，赵远阳抓着门框：“市区，前天晚上？”

男人眯眼，法令纹更深了：“就在修道院附近，前天晚上。”

前天晚上，是霍戎离开的第二天。按道理说，远在C市的霍戎，跟这件事铁定是没有关系的，更不会有什么危险，但赵远阳的心还是一下子就提了起来。

他的忧心忡忡写在脸上，男人离开后，他关上门，上网搜索这起爆炸事件。

但是新闻没有过多报道这起引起关注的爆炸案。

他继续上网搜索，搜索到今日C市的天气，一如往常炎热。

他低头给霍戎发短信：“哥哥，C市今天下雨了，你出门要带伞和外套，注意保暖。”

霍戎躺在床上，气色已经好了许多。

窗外是G市美丽的河岸景色，收到赵远阳的短信，他没有立刻回复，而是查了天气后才回复赵远阳：“今天天气很好，没有下雨。”并且告诉赵远阳，说晚上就可以给他安排飞机，睡一觉便能到家。

赵远阳看到短信，关闭了爆炸案的信息页面，发消息让霍戎注意安全。

他也不知道自己刚才那种试探行为是怎么一回事。

赵远阳有时候对危险是有强烈直觉的，譬如大前天晚上，霍戎留了张字条说有事离开，他不知怎么就突然想到这起他原本不应该记得的爆炸案。

以他的记忆力，那么久远，又没有什么意义的一个新闻，他理应忘了才是。结果突然想了起来，还清楚地想起了时间点。

时间点一对上，赵远阳就忍不住开始胡思乱想。现在得知没关系后，心里的大石也落地了。

他收拾好东西，看见窗外那架白色飞机已经就位了。

他这几天无聊透了，虽然空气好、风景好，但还是祖国好，他要回去吃路边的烧烤，才能心情舒畅。

他打包好自己不多的行李，其实根本没什么行李，而且他也懒得拿了，就丢在这里算了。他打开门的时候，并没看见门边上被风吹走的一张字条。

他回到家，倒了两天时差，就开学了。

霍戎不在，赵远阳喜滋滋地开车去上学，还没打开敞篷就收获了无数的艳羡眼神。只是每次出入都要登记，出示学生证，学校保安才放行。

出校门比出进校门还难，每次都要确定他是车主，才放他走。

国庆一开学，早上就要晨跑了。赵远阳六点就起床了，六点四十五分开始跑步。学校晨跑的规定非常奇葩，操场一圈四百米，有两个打卡点，一共要打卡十次，并且要使用本人的校园一卡通，在这边的入口处刷一次，然后在对面的操场中段刷一次卡。

要间隔着刷才作数。

男女生要求不同，男生一共得跑两千米，五圈，女生跑三圈。

据说他们学校这个规定，是全国最严苛的晨跑打卡规定，大一学生一周要跑三次，一个月就是十二次，一学期要求至少四十五次打卡记录，不过关不仅没有体育学分，还得在期末补跑。

赵远阳好歹也当过火炬护跑手，两千米而已，又不是跟人竞赛，所以挺轻松的。

就是他有个毛病，出了汗必洗澡，不洗澡就浑身不舒坦。

他不到二十分钟就跑完了两千米，跑完的时候才七点钟，而上课时间是八点十五。

这个时间，学生可以去吃早饭，可以回寝室洗澡。有的男生无所谓，不爱洗澡，但每天晨跑结束的这个时间，男生宿舍一楼的澡堂还是挤满了人。

赵远阳在校门口停了车，下车买了葱油饼当早餐，刚咬着早餐上车，就有一辆自行车摇摇晃晃地骑过来。他还没发动汽车呢，那自行车和车主就双双在他面前倒下。

赵远阳：“……”

他咬下一口热乎乎的葱油饼，有些没回神，这是……遇上“碰瓷”的了？

前面倒了一个人，还在呼天喊地的。赵远阳这车是没办法开走了。

这个时间点有很多出来买早餐的人，虽然学校食堂有早餐供应，但食堂早餐和路边摊的味道不同。

赵远阳的车本身就已经很扎眼了，前头还倒了个人，看着像是发生了车祸。人流量大，有人看清楚了事态发展，有人只看见有人倒在豪车前面。赵远阳更是有理也说不清。

他也不着急，打开车窗，慢悠悠地把葱油饼解决后才下车。接着，在众目睽睽下，去对面的垃圾桶丢了个垃圾，排队买了杯豆浆，再慢悠悠地喝着豆浆回来。

刚才看人多，赵远阳就没买，现在看着事情似乎得耽误会儿了，他心想等会儿哪怕迟到也可以跟老师解释，就一点儿也不着急了。

“碰瓷”的是个年轻小伙，还挺壮实，比一般人看着凶神恶煞许多。而且戏很足，先前赵远阳在车内吃饼的时候，他就在地上爬着，拿头去撞车头，结果车主一直没下车。他就急了，脑袋靠在车轮胎前，蜷缩在地上，一只腿屈着，一只腿伸直，痛苦地大喊大叫：“哎哟！我的腿断了！动不了了！”

车主迟迟不下车，他一直叫喊着，等看到赵远阳下车，他就大喊一声：“你怎么开的车啊？！把我撞成这样！你要负责！不准跑！”

这个年代，“碰瓷”已经花样百出了。赵远阳下车后，先是拍照，表示自己是停在校门外的停车位内的，车轮子都没动过，并未发动汽车。

拍了全景，他再拍摄车头，表示车完好无损。虽然自行车轮胎和“碰瓷者”的头正好在他的车轮下，但细节处没有任何剐蹭的痕迹，根本不是撞了人的模样。

赵远阳二话不说，一边咬着吸管吸豆浆，一边拿着手机按了 110，但没拨出去。

他不慌不忙地问道："我们报警处理？"

虽说他的车是上了全险的，出现交通事故保险公司埋单，不怕赔偿，但这么拙劣的"碰瓷"，他才不乐意给这人送钱。

演戏好歹也演全套啊！等他把车发动了再碰不好吗？

碰瓷者看见赵远阳下车，没想到他这么高，看着一点儿也不好欺负。听到他说要报警，慌了一瞬，接着指着他颤抖道："我哪有时间陪你去公安局闹？有钱就可以欺负人啊！我赶着去工作的！你是'S外'的学生？我告诉你，我要告到你们学校！我要去医院做检查，你必须赔偿我医药费和误工费！"

周围已经聚集起人群了，碰瓷者倒在地上，演得真像那么一回事。

围观的人指指点点的。

发现车主是大一的新生，还是大一那位在论坛很火爆的校草，周围有人开始拍照、摄像，拍喝豆浆的赵远阳，顺便拍他的车。

赵远阳原本是赶着回去洗澡的，他虽然赶时间，没空陪碰瓷者周旋，没空去公安局立案，但也不想就这么认栽。

他靠在车头，双手抱胸挑着眉毛，一副"我有的是时间，我看你演"的模样。

他倚着自己的车，看那人继续呼天喊地，接着他指着不远处的学校大门，有条不紊地说："你碰瓷选错了地方。第一，那边有监控，我撞没撞你，监控有说法。第二，我也已经拍照留证了，我的车在停车位上，试问我怎么撞的你？是你自己撞上来的吧？"

他缓缓道："第三，你死心吧，我不会赔偿一分钱的。"

那人被他有条理的话驳得有些哑口无言，脸色相当难看，暗道今天出师不利。

"第四，如果你还不走，我就真报警了，我有的是时间陪你耗。"赵远阳已经留了证，直接走了都成。

气氛一时僵持不下，碰瓷者就是不肯报警，闹着要上医院。旁边有学生看明白了，有学法律的人站出来，出口成章，几句话就把人唬得一愣一愣的。

赵远阳看他还不死心的模样，也不耐烦了，真按了拨号键，开了免提。

110 热线和别的电话铃声不一样，地下躺着的那名年轻男子看他真报警了，吓得脸色一白，立刻道："哎，哎，哎，这位同学，我们有事好商量。算了，算了，私了吧，我……我也不要你赔偿了！"

"现在不要赔偿了？那怎么能行呢！"赵远阳似笑非笑地俯视着他，就是不挂电话，"等警察来了再说吧。"

男子被他较真的做法吓到了："你这人怎么这样？！我都说我没事，我不要赔偿了！"

"谁说不赔偿你了？我们上公安局去……"

男子咒骂一声："怕了你了。"

说完灰溜溜地站起来，骑着自行车赶紧走了。

旁边还有人给赵远阳鼓掌："没错！就是应该这么干！"

有人录了赵远阳和"碰瓷"男子死磕的画面，传到论坛上去。赵远阳早上喝了很多水，憋着尿难受得不行，他一看时间，都快八点了，马上就上课了。他便快速上了车，赶着回家上厕所、洗澡。

蓝色车子一骑绝尘。赵远阳正想要个帅，加个速，超个车，结果车载系统就提醒他输入指令，解锁加速。

赵远阳哪里知道指令密码是什么，霎时间，他什么耍帅的心情都没了。

他现在才发现，原来读书真的有用，他根本不清楚校门口有没有监控，但他知道该怎么让人知难而退。

要是以前遇到这种事，他只会有两种处理方式。第一种，如果碰瓷者没有狮子大开口，要个四五千块钱的，他就认栽，赔钱私了算了。第二种，要是对方狮子大开口，看他开豪车就讹诈他，他真的会把人给打一顿。

打一顿坐实故意伤人罪，再把人送到医院，该赔偿赔偿，粗暴又蛮不讲理，只有他干得出来。

但现在，作为有文化的人，他的处理方式是冷静而有条理的。

赵远阳回家洗完澡重回教室，早上点名的时候，已经有人帮他叫了到。

他从后门进入教室，讲课中的老师似乎没注意到。他正大光明地进来，就在后门处的座位坐下了。

有很多人回头看他，但他早已司空见惯。

现在的课程让他觉得很轻松，有种超然的，哪怕自己翘课，期末考试也不会挂科的自信。

但无奈的是，教授喜欢点名，而且用考勤记录成绩，成绩再好，考勤不过关，一样挂科。有些课是一个专业的人一起上，人一多，老师也不会发现有同学在帮人喊到。但有些课是小课，一个班只有三十个人，谁来了谁没来，一目了然。

别人迟到了，进教室都是偷偷摸摸的。赵远阳不是，他非常正大光明，一副“我就是出去上了个厕所”的模样。

他早上在校门口的事迹已经在短时间内传开了。

赵远阳还不知道自己除了在论坛火了，也迅速席卷了QQ空间，变成“空间男神”了。

一段收拾“碰瓷者”的视频在空间里疯转。

他一点儿都不想通过这种方式出名，这就像当初学校印了有他证件照的火炬一样，让人尴尬到窒息。

但这件事，无疑让他的名气变大了，全校师生似乎都认识他的脸了。

赵远阳真正意识到这件事的影响时，是在事情发生的第二周。学校的新闻传播学院逮着此事出了校报，而班上的思修老师也专门挑了一节课，讲了“碰瓷”这个新兴的社会现象，讲如何正确处理“碰瓷”事件时，还播放了赵远阳在“S外”校门口的视频。

思修老师还指出这个“碰瓷者”的不专业：“一看就是新手，挑名牌车下手，还是学校门口，真当我们学校的学生好欺负啊？他要是去碰辆差一些的车，车身本身就有碰撞痕迹的，车主又比较弱的，没准儿这次‘碰瓷’就成功了。后面这位法学系学生的处理方式也非常值得效仿，有时候法律是保护我们自己最好的武器……”

下课后，赵远阳再次遇到了“碰瓷”事件，和上次不同，这次是在学校内部。

因为霍戎昨晚跟赵远阳说他这天上午就会回来，所以他一晚上都没睡着，想着快点儿天亮。

他上完上午的课，就急着回家，开车速度便有些快了。

“碰瓷”的是学生，恰巧是他们外语学院某专业的女同学。

赵远阳一开始还真不确定是不是“碰瓷”。

因为那女同学是真撞上来了，在赵远阳开车的时候撞上来的，像是惊吓过度，跌坐在地。完了很快就拍拍灰爬起来了，嘴里连连说着自己没事，不用他赔医药费。

赵远阳不禁怀疑，难道不是“碰瓷”，他真把人给撞了？

“你有事没？需不需要去医院？”

“没什么事……应该不用去医院了，谢谢你。”

该女同学旁边的同学不乐意了：“好歹留个电话，万一检查出什么问题呢？到时候人都找不着！”

该同学顺利地要到了赵远阳的手机号码。

赵远阳不知道霍戎回来没，便给他打电话。

结果电话没人接，赵远阳心里急，路上一直想超车，可车上的什么破辅助系统限制了他，想超车都没办法。

到家后，赵远阳从地下车库进去平层小院自带的地下室，地下室有几样健身器材，跑步机的跑带比一般跑步机要长，赵远阳常常和霍戎一起使用。还有练仰卧起坐的、带坡度的器材，以及练胸肌的坐姿推胸机，这是霍戎喜欢的。除了这些，还有一个堪称巨无霸的史密斯机。

都是专业的健身房器材，之前赵远阳还会用一用。但开始晨跑后，他就再也没用过了。

他慢慢地上楼，喊了声霍戎的名字。

室内一片静默。

赵远阳不满地嘟哝：“不是说好上午回来的吗……这都十二点了。该不会是骗我的吧？”

就在这时，赵远阳听到了身后的动静，地下室的密码门被打开了。他眼睛一亮，立刻跑下楼。

门轻轻地被关上，男人就站在那里。

“我回来了。”霍戎不像是在非洲晒过的模样，肤色相比赵远阳上次看见的没有变得更黑。

霍戎张开双臂，眼里是浓得化不开的温柔：“阳阳，长高了是不是？”

赵远阳一瞬间雀跃起来，想也不想，就立刻朝他扑过去。

霍戎准确无误地接住他。

赵远阳仰起头，眼睛闭着：“你怎么才回来？你明明说半个月就回来，这都月底了……”

刚回国那几天，赵远阳还心平气和地等待着，并且没人管他了，他觉得挺爽，还可以随便开车，结果那车有个见鬼的限速系统。等逍遥的那几天过了，他就开始盼着霍戎回来。

他的语气很不满，还带着一丝颤抖：“居然迟到了半个月，半个月！”

霍戎道歉：“处理了一些事情，下次不会了。”

至于处理什么事，他从不会告诉赵远阳，赵远阳也很少问。

不是不好奇，是因为赵远阳觉得知道了也没好处，可能会拖累霍戎……既然戎哥不说，那他就把自己的那丁点儿好奇心掐死腹中。

霍戎离开的这一个月内，赵远阳睡得不如以往那么好，常常睁着眼睛等天亮，再去课堂上补觉，也只有老师催眠的讲课声才能让他舒服地休息一会儿。

他并没有多热爱自己就读的这个专业，或者说他其实没什么特别热爱的东西，也没什么割舍不掉的爱好。大学的课程比起高中的确是轻松了许多，就算是学校有惨无人道的晨跑制度，也比高中生活要幸福、要轻松。

他的专业难度不大，上课时总是三天打鱼两天晒网，还偶尔会翘课去参加饮食文化社的社团活动。

他参加的这个社团，是全校除去汉服社，活动最多、最费钱的社团。社长是个矮矮小小的漂亮妹子，却非常能吃。

赵远阳不爱看消息，却常常会点开社团群消息，看社团成员发布的美食攻略。

霍戎走了，赵远阳才忽然意识到，有人陪伴的生活是多么弥足珍贵。

赵远阳下午没上课，霍戎回来了，他就心安了，脑袋一沾床便睡着了。

手机响了好几次他都没理会，直到电量耗尽，自动关机了。

霍戎趁着他睡觉，才把衣服脱下来。他的胸口有一道新添的伤，硬币大小，脱了衣服就能一眼看到，这伤口分明和别的伤口不同，颜色很新。

伤口已经没有感觉了，但伤疤不是那么容易消的。他一拖再拖，实在没办法等到伤口彻底痊愈，就忍不住回家了。

霍戎把房间都收拾了一遍，而后去了地下室，把脱下来的衣服丢进垃圾桶，接着从赵远阳的裤兜里摸出没电的手机。

霍戎拿着手机回到房间，帮他充上电。

手机重新开机，霍戎看见了他手机里的未读短信："赵同学，你好，那个……我是白天差点儿被你撞的那个女生的室友，她身体不太舒服，我们去医院做检查了。"

这是第一条，时间是中午一点。

接着第二条是在一小时后："阿珍住院了。"

阿珍是谁？！

第三条短信是医院地址。

霍戎看不下去了，他想删，又忍住了。他记下手机号码，接着直接打了过去。

时间说早也不早，但不是正常大学生睡觉的时间。

电话刚拨出去，那边一秒就接了。

接电话的是个女同学，她还以为是赵远阳，一开口就说："你终于看到消息了。"

霍戎走到外面去，沉声道："你好。"

电话那头一听声音不对，一下子紧张起来，磕磕巴巴道："你……你好？不好意思，我……我好像发错短信了……抱歉，抱歉！"

她说完后，赶紧挂了电话。接着对照白天赵远阳给自己的手机号码，又核对了几遍——没打错啊。

难道是赵远阳故意给她错的手机号码？还是她记错了？

她百思不得其解，准备第二天去问问。这边，霍戎记下了手机号码，记下医院名字，短信倒是没删掉，然后让人去查短信中的“阿珍”。

霍戎尊重赵远阳的隐私，除了那几条不小心看见的短信，没有继续翻他的手机。

赵远阳睡眠浅，夜里起来吃夜宵，看见霍戎坐在窗台，手边是药盒。

“怎么了？”赵远阳问道。

霍戎有不太明显的神情变化，眉头轻轻一拧，像是不舒服。

赵远阳不是个敏锐的人，但还是意识到了问题。他略微起身，盯着霍戎的眼睛：“你怎么了？”

“没怎么。”他合上药盒，“乖阳阳，睡觉吧。”

赵远阳哪里还有困意，硬要坐起来，伸手就去撩霍戎的衣服。

霍戎抓住赵远阳的手腕，赵远阳盯着他，表情有些严肃，声音也掺着冰似的：“你不给我看是不是？”

“阳阳……”霍戎黑沉沉的眼睛看着他。

“手松开！”赵远阳以一种固执的、命令的语气对霍戎说话。

霍戎顿了一下，接着松了手，有些无奈道：“你啊……”

他一松手，赵远阳立刻把他的上衣掀起来。不出所料，他身上有一些伤口，有旧伤有新伤，最显眼的就是胸口的伤，一个颜色还很深的疤痕。

赵远阳想碰又不敢碰，手颤抖着：“什么时候受伤的？疼不疼？”

霍戎摇头。

赵远阳继续追问，声音有些不稳：“那是什么时候受伤的？是不是那天晚上打电话，你说信号不好的那天？还是……不对，就是那天！”

他盯着霍戎，飞快地说：“你当时就不对劲，说话也不对劲，是我太笨了……我太笨了才没听出来，你是因为受伤了……才不是因为突然有事，而是因为，你是去养伤了……”

他的声音越来越低，越最后抿紧唇，眼神变得忧郁。

霍戎叹气："阳阳……"

赵远阳自己推理出了全过程，包括在霍戎受伤的次日，G 市教堂附近发生的爆炸案，那必然是一种报复行为，一切都串联了起来。

"你要养伤，这么严重的伤势，一个人肯定不行……"赵远阳不是学医的，但是在胸口附近的伤说明了什么，电影他也看过不少……这可是致命伤！要是运气不好，可能他这辈子都不会再见到霍戎了。想到这里，他的心倏地一抽，像是被人用手掌攥紧了似的，绞痛着。

他红着眼眶望向霍戎。

他的思路变得清晰，误会全解开了。

梦里是因为这个误会，赵远阳心肠冷硬地拒绝去找霍戎，结果相同的事发生了。

赵远阳看着伤口，只觉得触目惊心。他想碰又不敢碰，眼睛红起来的模样让霍戎也觉得揪心起来。

他对赵远阳柔声道："别这样，你看我，不是好好的吗？"

"怎么会好……你又不是铜墙铁壁！就算是铜墙铁壁，也会被子弹打穿吧！"

赵远阳很想发火，哽咽着大声说话，声音有些嘶哑："你受了这么严重的伤为什么要瞒着？你知不知道这个是瞒不住的……这么明显的伤口，你当我小孩子还是瞎的呢？！"

"对……"

"对什么对？！"

霍戎正想跟他道歉，赵远阳就凶巴巴地打断了他，脾气见长，就是眼眶红通通的，看着着实可怜。他的眼角已经湿润了，根本不敢想象，要是霍戎……要是霍戎真的死了，他该怎么办？

是不是梦醒了，他就该回到冰冷广袤的海里去了？

"心脏病？"他奇怪的逻辑让霍戎没脾气了，嘴角无奈地扯出一抹笑，"这个伤和心脏病没有关系，也没有后遗症……阳阳，我的伤已经好了，不会引发后续问题的。”

赵远阳死死地捏着他的手腕，浑身都在颤抖。

霍戎简短地回答：“已经好了，不用担心。”

他的伤已经好了大半，但是没全好。要痊愈至少也是一年半载的事了，至少在一年内，每每触碰都会隐隐作痛。

这个伤无比逼近心脏，让霍戎庆幸的是，他足够命大，活下来了。受伤的那一瞬间，他真以为自己活不了了，那时候他唯一的恐惧就是对赵远阳的愧疚，自己要是死了……赵远阳怎么办？

不过以赵远阳那个性格，或许没有自己也能过得很好吧。可是没人给他收拾烂摊子了，就他那猖狂的性子，很容易得罪了人还不自知……到时候该有多少人报复他啊。

霍戎一瞬间想到了很多，失血过多让他感到眩晕。他非常想联系赵远阳，跟赵远阳说话，但最终也只是看了看照片，他怕自己的死给对方带来阴影。

后来有人救走了他，他的命保住了。

而且在这个过程中，他坚持没让自己昏迷，也不知是什么让他坚持下来的，或许是知道自己闭眼后，可能会在路上，或者手术过程中死亡。他甚至不肯打麻药，就是因为不想处于昏沉的状态。

或许正是因为这次受伤，他变得有些多愁善感。他怕赵远阳听出来自己的声音有异样，所以不敢给赵远阳打电话，可当赵远阳发短信过来的时候，他还是按捺不住地回复对方。

跟赵远阳通话后，霍戎再也坚持不住了。他不是钢铁做的，意志力再坚定也抵抗不住身体上的疲惫，昏睡了过去。

养伤的日子非常无聊，他给赵远阳打电话、发信息，但是不敢通视频。

万一赵远阳让他把摄像头对准窗外，那就麻烦了。

赵远阳发过来的那条让他注意 C 市的天气和保暖的短信，很蹊跷。

但霍戎会忽略这些不对劲的地方，哪怕他在赵远阳电脑浏览器的搜索记录里发现了不该发现的东西，他也没有怀疑赵远阳。

他甚至还在那间赵远阳住过几天的房间里，发现了一张字条，然而字条被风吹到了地毯旁边。

他克制不住自己，所以仅过了一个月的时间，就回来了。

果不其然，赵远阳很快就发现了，而且他笨笨的脑子居然还敏锐地思考出了自己从一开始就在骗他。

赵远阳没有追究的意思，就是感到后怕和心疼。

霍戎也没有追究他那些不对劲的地方，没有追究为什么在爆炸发生前，他就在搜索引擎上搜索了那几个关键字……

霍戎只是庆幸自己活下来了……不然像赵远阳这样的性格，无论以后跟谁，都没办法像自己这样什么都愿意包容他吧。

赵远阳发现他受伤的事后，就再也睡不着了。

眼看着外面天亮了，该去学校晨跑了，但赵远阳不想去，发了短信让牟涛帮自己答到，顺便代打卡。

他坐起来，想去摸一下霍戎的心脏还是不是好的，但是不太敢触碰，便伸手去探他的鼻息。

嗯……出气正常。

赵远阳这才放心了些，回房间躺着。

他没去上学，那住院女生的室友就扑了个空。

“碰瓷”的计划是两个人一起想的，起先只是想引起他的注意，然后要个联系方式什么的。但事情发生后，就演变成假装住院，促进下一步接触。

结果她们千算万算，没想到手机号码居然是错的，打过去竟然是一个陌生人的声音！

赵远阳本来都要把这件事忘了，但霍戎没有删除他的短信，他一开机看见短信，就想起来了。

当时他在车内，他还真不确定自己是不是开车碰到了人。

居然还住院了？这么严重啊……他看了一眼医院地址，是大学城的一家大医院。

他回复了一条短信：“同学，你好，我是赵远阳，这两天有事没看手机，不好意思。请问你的室友情况严重吗？医生怎么说？你们放心，我会承担全部的医药费。”

短信发出去，他才注意到有一个十秒钟的通话记录，是从他这边拨出去的——应该是霍戎打的电话。

赵远阳知道霍戎不开心，既然霍戎用他的手机打了电话，那么问题来了，为什么不把短信删了呢？

他非常了解霍戎的性格，按照霍戎的行事风格，肯定会首先把这两条短信删除，接着去帮自己解决问题。

通常等他自己意识到了，问题已经解决掉了。

过了好一会儿，赵远阳才收到回复。

对方说：“说没什么大事，不用专门过来一趟了，就是住几天院罢了。”

赵远阳不是个逃避责任的人，想了想，还是决定去医院看看。

“我还是过去看看吧，你在哪家医院？哪个病房？”

那女生没想到他会这样，一时有些慌了。她没有生病，医院怎么可能让她住院占病床？

现在医院病床这么紧张，怎么可能允许有人胡搅蛮缠，昨天能住进去，都还是装晕的结果。

她们给赵远阳发了短信，半夜里发现这手机号码的主人似乎是个陌生人，女生和她的室友就郁闷地连夜出院了。

谁能想到第二天，事情居然峰回路转。

大学城医院，某病房。

谎言就像雪球，越滚越大，一个谎言需要用无数个谎来圆。医院病床紧张，要想住进来可不容易。

阿珍按照室友说的，再次装晕，医院给她做脑 CT，检查不出来毛病，就只能先让她住院了。

毕竟晕倒可不是小事，脑 CT 看不出问题，不代表没有病。

住进病房后，装晕的那位才偷偷睁开眼：“我们真的要这么干啊？”

“不这么干能怎么办？我们不要他的医药费，坚决不要……这样赵远阳就会觉得愧疚吧？到时候你就装睡，我跟他说话。”

阿珍不满道：“我不能清醒吗？”

“当然不行了！你是病人，你要装病，你清醒着怎么显得严重？”

阿珍道：“涂点遮瑕霜在嘴唇上不就严重了？早知道就应该你来装病的！”

那女生一个白眼：“喜欢他的是你，又不是我，我还不都是为了帮你！”

“可……”她的表情仍旧很犹豫，“我们这样算诈骗吗？他要是知道了真相怎么办？”

“跟你说说不明白，我们不要他的医药费不就完了。”

“可是……学校论坛不是说，他有对象吗？”

“那是论坛，谁都可以乱说话，论坛还有人说是假的，说他单身……谁知道呢？”

她们在病房里讨论计划，讨论等一下该说什么，该怎么装。

另一边，赵远阳找到了霍戎。去医院这件事必须要先跟霍戎打声招呼，要是他不打声招呼就去了，回来有他好受的。

他一说，霍戎便提出陪他去医院。

赵远阳没有拒绝，以另一种不容置喙的语气道：“你顺便去做个身体检查，你这样……我不放心。”

在霍戎睡着的时候，赵远阳多次去探他的鼻息，确认他是不是还活着。

他觉得自己简直有些神经质了。

两人到了医院，赵远阳让霍戎去做检查，准备自己去那女生的病房。

霍戎提醒了他一句：“我查过了，她们昨天夜里出院了，今天在你回短信后，重新回到了医院。”

赵远阳愣了一秒，霍戎继续说：“所以她们的动机很可能不纯。”

他点头：“好，我知道了。”

医院大厅人满为患，两人暂时分开，霍戎去做检查，赵远阳去看望病人。

既然病人有可能是装病，那么她们装病的目的无非有两种，一种是讹诈，另一种是为了自己。不是赵远阳自恋，这点儿自信他还是有的。

别看他平时在学校装高冷，其实整天摸到学校论坛“潜水”，看别人在帖子里讨论他。

有时候他去上公开课，一刷新，又有人发帖，附图说：激动！和“男神”一起上课！

赵远阳搜寻一圈，竟然找不到是哪个女生拍的。他表面相当淡定，摆出自认为最上镜的表情。在别人眼里，他俊朗非凡，眉目如画，低头认真看书，偶尔一个表情又显得玩世不恭、深情款款。简直就是校园王子！

没人知道，校草没看书，在看手机，而且还在翻着帖子自恋。

牟涛整日为了找不到女朋友而唉声叹气，之前让赵远阳给他做媒的那个女生，聊了没多久，那女生就不怎么乐意搭理他了，理由是他聊天时总爱说“我妈说什么什么，我妈怎么怎么”……

像他这样的男生，哪怕长得不丑，人高腿长，也没有哪个女生会接受。

所以他整日嫉妒赵远阳的女人缘：“我们学校女生这么多！女生多得像蝗虫过境！结果十个里有八个都说喜欢你！还有没有道理了！”

所以真不是赵远阳自恋。

他进病房前，先礼貌地敲了门，接着有个短头发女生给他开了门。他有些脸盲，或者说他不记人，所以总记不住别人的长相。

病床上还躺了个女生，短发的那个说：“她刚刚是清醒的，情况挺乐观的，没什么大碍，其实你不用来的。”

赵远阳定睛一看，有些不确定道：“嗯……可是她的脸白成这样，真没问题吗？”

“没有，没有，就是看着夸张，其实没什么大问题。”

病床上的女生脸色白，嘴唇也白，是病态的白，化妆化出来的白。

但赵远阳不知道啊，就觉得还挺严重的。想起霍戎提醒他的，他便问道：“看着好严重，医生怎么说？医药费是多少？我来给。”

来了！她们就等他这句话了。

“不要医药费，不用给，没关系的。”

病床上的女生也附和说：“是啊，是啊……我没关系的，咯咯——”

“医药费是基本的，要给的。”赵远阳试探着问，“昨天检查出问题了就一直住医院吗？这期间一直昏迷？”

他问话时，拿出手机来，往416寝室群里发消息：“今天早上来找我的女生是不是短发的？”

牟涛在玩游戏，回消息很快：“是啊，短发的。”

这时，赵远阳听见短发女生说：“嗯，昨天住院了，然后联系你没联系上……其实没有大问题的，真劳烦你跑这一趟了，医药费也没关系，不用给。”

赵远阳听完，一时间没说话，低头快速打字：“你们谁现在能帮我一个忙？”

牟涛：“什么，什么？”

“我要拒绝一个女生，但是不想太直接了，你们谁等一下给我打个电话。”赵远阳发消息。

“我，我，我，多久？”牟涛特别积极，也特别“羡慕嫉妒恨”。

“什么女生？漂亮吗？漂亮你还拒绝啊？人性呢？！”

赵远阳发消息说：“还可以，但是漂不漂亮对我来说一点儿也不重要。”

牟涛：“……”

“那我给你打电话说什么？”

“随你说什么。”

跟人说话的时候低头发消息，的确有些不礼貌，但因为霍戎的那句提醒，赵远阳也发现病床上那同学多半是装的。这装病的演技还不如他呢！

赵远阳准备给她们露一手。

“等一下我出去帮你们交医药费……该是我的责任，我肯定不会推卸的。”赵远阳说着，手机铃声响了，电话如期而至。

他接起电话，像他在霍戎面前装病似的，演技大爆发。

“喂？亲爱的。”

牟涛恶心吐了：“不是吧，你这么演？”

赵远阳温和道：“嗯……在医院呢……不是，不是，我没生病，看望一个同学。”

牟涛：“……”

赵远阳继续说：“你别误会啊，是不熟的同学……”

他露出那种不好意思的表情，跟短发女生打了个手势，表示自己出去打电话。

那短发女生瞬间和病床上的女生一同傻眼了。

赵远阳演技爆棚，一口一个“亲爱的”：“好，我马上就回去……”

他说着推开病房门，却看见门口那尊门神似的男人。

赵远阳一噎：“亲爱的，我挂了……我马上回家。”

牟涛早在十秒前就挂断了电话，嘴里还在吐槽：“有病，滚滚滚。”

他这一通电话，效果显著。一说自己有事要离开，两个女生也没纠缠，就放他走了，并且那短发女生也没再坚持说不要医药费了。

赵远阳帮她们把医药费结了，就和霍戎从医院出去了。

他们没有挤电梯，而是走的楼梯。

赵远阳问他：“哥哥，你……你的检查结果怎么样？”

体检报告都是即时出来的，霍戎把体检单递给他，答道：“没问题。”

次日，赵远阳终于去上课了。他恢复了晨跑加上课的生活，只不过和之前有点儿不一样，他现在每天都要往家里跑，也要住家里，让牟涛帮他打晨跑卡，而他会给牟涛买丰盛的早餐，带到教室里去。

赵远阳经常下课就不见人影，寝室其他人都以为他跟朋友去外面住了。

他没否认，相当于默认了。

每次系群里辅导员提醒说要查寝、查晚归，赵远阳就会在十分钟内回到寝室，他一点儿也不怕麻烦，就是车没办法开得很快。

系群的消息刚发出来没多久，赵远阳就到了。

他来得太快了，赵琨被他这反应速度惊到了：“我的天，你这么快就回来了啊？你不是在家里吗？”

赵远阳是奔跑上楼的，气喘吁吁地说：“我开车来的，很快……查寝的来了吗？还没来吧？”

“没呢。”

赵琨还问他：“你这车都开了快三个月了，你朋友是把车送给你了？”

赵远阳之前解释说车不是自己的，怕招仇恨也怕节外生枝，于是就谎称是朋友借给他的。

结果他现在整天在开。

“啊……这个啊——”赵远阳尴尬地解释，“朋友出国读书了，说闲着也是闲着，就留给我开了。”

不过这车……既然只能开六十迈的速度，还不如换一辆，浪费了超跑的性能。

“过一阵子就得还给他了。”

虽然赵琨眼红他的车，很想借来带朋友去兜风，但碍着赵远阳不是车主，一直也不好意思开口。

“对了，老大，我朋友说周末要去什么海岛吃海鲜，就是你们那个吃东西的社团……”

“是饮食文化社。”赵远阳纠正道。

“哎，反正就是吃东西嘛。她就在那个社团，说周末有两天的活动，拒绝跟我约会……是真的吗？”

赵远阳说不知道，掏出手机，道：“我看一下啊。”

上午的时候，社长在群里问大家有没有什么好吃的：“不要太普通的，要吃点儿不一样的，正好新闻传播社那边问我要美食攻略，大家有推荐的吗？”

社员八仙过海各显神通，都把自己吃过的“不普通的”好吃的发在群上。

赵远阳当初进社团的时候，还是经过了考试的。要笔试，然后面试，必须是一位合格的、经过考核的吃货，才被允许加入社团。

最后社长挑了个白灼海鲜宴。

但是要去吃这个海鲜，必须得出海。要去码头坐船，需要一个多小时才能到达那座海岛。

据去过一次的社员说：“那座岛与世隔绝、民风淳朴，靠打鱼，自给自足为生。我也是跟着家人出海的时候迷路了，才不小心寻到的。岛上都是原著居民，我们这么多人，可以购买渔民刚打捞起来的新鲜海产，然后在岛上找一户人家，付给他们加工费。”

“新鲜的海产，厚切的三文鱼入口即化，辣炒的蛤蜊回味无穷……我再去找个做寿司的厨师，带着一起去。”那社员的提议得到了全体成员的赞同。

赵远阳翻了一下消息，还看见群管理员，也就是副社长私聊自己的消息，问他去不去。

他这么怕海，当然不会去了，再好吃、再原生态也不会去。

他便发消息称：“周末我有事，太可惜了。”

副社长也说：“是啊，是啊，太可惜了，你不知道我们社团里多少女生都来问我你去不去，你要是去她们就去。”

赵远阳想不到自己比厚切三文鱼的魅力还大，一时有些受宠若惊。他其实也很心动，但是海……他是绝对不会靠近的。

他看完消息，对赵琨说：“是有这么个活动，不过只有一天，不是两天，你可以跟着你朋友去，我们社团的氛围很好。”

赵琨的眼睛一亮，立刻去问了。

查寝的来过后，赵远阳就走了。

他有时候还是要在学校住，但是最近……他不想离开霍戎。

每天晚上，赵远阳都要仔细地看看他的伤口痊愈得怎么样了，每次都一副钻研的样子，想碰不敢碰，觉得自己的心脏都跟着抽疼起来。

他撩起霍戎的上衣看了半天，才得出一个“比半个月前看着颜色浅了点儿”的结论。

周末，大家都去偏僻的海岛吃海鲜了，赵远阳无聊得快要发霉，看到别人出海了，说过会儿就到岛上，他自己也闲不住了。

他查了下日历，发现这天是感恩节。

中国人不过这个节日，而赵远阳以前在国外读书的时候，入乡随俗，也会在朋友家过节，但是没这个习惯。

他掀开被子下床，朝书房走去。

书房在卧室旁边，是一个打通地下室和四米层高平层的哥特式大型图书室。

为了装饰，周围一圈的书架都堆满了精装书籍，上面的都是假书装饰品，靠下的就全是用得着的书了。

霍戎在做自己的事，赵远阳一进去，他就停下了手里正在做的事。

赵远阳轻手轻脚地进去，走到他身旁问他："哥哥，你忙不忙？"

"不是很忙，怎么？"

赵远阳轻声说："你要是忙……我就出去了，不打扰你了。"

霍戎轻笑，看着他："无聊了？"

"嗯……不无聊，我是怕你闷。我真的一点儿都不无聊，我的事情可多了！我们社团今天有活动，但是我想着你一个人在家，就想留下来陪着你。"赵远阳眨了一下眼睛，"今天是感恩节，你想不想吃烤火鸡？"

他没这个习惯，在看日历前，他也不知道是感恩节到了。他就是借着这个节日，想出去玩一圈罢了。

而且明明是他自己嘴馋想吃，偏偏要问霍戎想不想吃，霍戎当然是顺水推舟，点头说想："现在社团活动还要占用周末时间？"

赵远阳两眼弯弯，笑着说："社团今天组织去附近的海岛吃海鲜，那岛有点儿远，只能占周末的时间了。"

霍戎的瞳孔微不可察地一缩："海岛？"

他此刻无比庆幸赵远阳怕海，因为怕海，所以永远也不会出海，更不会闲来无事去什么海岛吃东西。

赵远阳没有发现他的神色有一瞬间不对劲，点头道："对啊，从来没听过的一个岛，叫……忘了，反正有些远，居然要坐一个多小时的船！"

霍戎很快恢复常态，赵远阳根本没来得及发现不对，笑着说："你怕海，那就别去了。"

"才不是因为怕海不去的！"赵远阳认真地反驳，"是因为你一个人在家，我要是出去了，那你不就一个人了吗？”

到了晚上，赵远阳起来吃了顿感恩节大餐。他打开手机，看到社团群和 416 寝室群的消息，他们一行约三十人，加上隔壁大学的饮食文化社，一起坐船去了这个叫“利冲”的小岛。

赵琨也跟着朋友一起去了，发了好多张图片。那种出发时发送的大海的图，赵远阳没点开看，而是点开了岛上风光图，以及白灼海鲜宴的照片。

从图片可以看出来，岛上基本以农田为主，农田附近是民居。赵琨发消息说：“岛上总共才不到十户人家，不超过四十个人……我们去的时候，找到当地一个做饭手艺很好的女主人。我们三十个人，买了快两千块钱的海鲜，什么象牙蚌、鲍鱼……跟不要钱似的！才出了八百块钱的加工费，中午和晚上吃了两顿，还没吃完！”

总共花销是三千块钱，每人平摊一百块钱。

赵琨号召着：“下次我们寝室一块去吧！”

赵琨继续说：“那岛上是真不错！空气特别好！女主人很好客，手艺也很好……家里有两个十多岁的小孩子，还问我们字怎么写呢。”

赵远阳回道：“感觉好像很有意思。”

他顺手拍了张夜宵照片发过去。

牟涛怒道：“没人性！”

赵琨发消息道：“那户人家的男主人也很有意思，喜欢自己用小刀做木雕，我买了个他雕刻的海鸥送给我朋友，才十块钱！”

赵远阳看着笑了：“你不如自己雕刻一个送你朋友，还有牟涛，你学着点儿，当初我爸追我妈的时候，我妈是个大美人，他是个穷小子，我爸就是用木雕把她追到手的。”

牟涛赶紧取经：“还有吗？再说说。”

赵远阳继续发消息：“先天条件不够，那就得努力，你得比女生心灵手巧，什么活都要会干，还得嘴甜，最好还会做饭、打扫、洗衣服，这样就不愁找不到女朋友了。”

牟涛觉得有道理：“可是我妈说，找女朋友得找个体贴的，漂不漂亮不要紧，关键是要会疼人。”

赵远阳无语，难怪女生不理他。

“你疼她不就完了？女孩子就是拿来宠的！你妈这个观念有问题啊。”

赵远阳发了一大堆消息，看见霍戎进来了，就没再继续发消息了。

赵琨还在群里发：“老大！我还买了点儿象牙蚌！你明天来学校拿吧，多吃一些，这个对身体好。”

睡前，赵远阳再次掀开霍戎的衣服检查了一遍伤疤，过去这么久了，他终于敢拿手碰了。他轻轻地碰了一下，抬头看霍戎：“现在还疼不？”

“不疼了。”霍戎注视着他说，“早就不疼了，没什么能让我觉得疼的。”

赵远阳小心翼翼地碰碰那道疤痕。他有点儿强迫症，想把疤给抠下来，但还是强忍住了。

自从上次去了霍戎家里，赵远阳发现自己非但没有了解他，他身上反倒越加迷雾重重了。赵远阳每次想到他家里的几位兄弟姐妹，就觉得有些背脊发寒。

但他没有办法劝霍戎，他不能插手自己不了解的事情，只能顺其自然，在霍戎回家后给予对方温暖。

进入十二月后，天气彻底转凉了，赵远阳现在的专业学起来并不算特别累。但本专业的学生，要是想学好，就得像赵远阳的室友黄家辉一样，除了上课特别认真，下课还要争分夺秒地听英语磁带、看英语电影，一边看一边跟着念，还要抄台词，默背台词。

黄家辉可谓是本专业最认真的学生了。

赵远阳跟他的学习态度不一样，懒懒散散，但是成绩还算可以。

抢选修课的时候，赵远阳手慢了，最后抢到了一个让他很蒙的希伯来语。

选修课是大课，会和外校来“S外”辅修外语的学生一起上课，一周一节课。

快到年底时，课就变少了，一些课程结束了，一些还在上。

这段时间，赵远阳在学校里交到了很多“点头之交”的朋友，以及能出去一起吃顿饭的、见面打个招呼的朋友。

至于他关系最好的那位哥们儿魏海，则是在努力打拼自己的事业。

赵远阳玩上了他收购的公司出品的游戏，卡里也在圣诞节收到了第一笔分红。虽然不算很多，但也不少了，是他当初投资资金的三分之二。

这才半年时间，就快回本了。

赵远阳很欣慰，可以说，他凭借一己之力救了魏海，改变了魏海的命运。

毕业后，他和魏海的联系不如以往多了，他找不到原因，心想大概是因为分别，大家在两个城市，魏海在创业，而他有霍戎。

他们都抽不出时间。而且去了新的学校，也会交到新的朋友，虽然老朋友才是最珍贵的，但珍贵不代表每天都必须聊天。

到了晚上，霍戎给赵远阳放电影看，过圣诞节。

他们吃了晚饭就靠在沙发上，赵远阳看了会儿就无趣地打哈欠："这什么破电影？十分钟过去了还是一群猴子，也太无聊了吧！"

霍戎没脾气道："那换部电影看？"

其实电影本身很有意思，但赵远阳看不进去。

赵远阳懒洋洋地说："换吧。"

于是他们换了一部。

电影的开头冗长缓慢，只有两个主角的对白，让赵远阳一度想睡觉。

这节奏太催眠了，赵远阳坐在霍戎旁边，昏昏欲睡。好在慢慢儿地，他就看出了点儿意思来，瞌睡也消失了。

主角们在小山下争吵，赵远阳听见男生说的那句英文台词的时候，有片刻的愣怔。他怎么觉得在哪里听过这句话？

他不自觉地重复了一遍台词，但他的记性一向时好时坏，无论如何也想不起来。

霍戎听见他的念叨："喜欢这句话？"

"我感觉自己好像在哪儿听过的样子。"

他说："快倒退回去。"

电影再次回到那个片段。

男主角说："I wish I knew……"

赵远阳总觉得就是听过，但百思不得其解。

霍戎说："没准儿是你们上课的时候说的。"

赵远阳想想也是，就认可了他的这个说法。

看到主角分开、各自结婚，赵远阳差点儿被电影催泪，问霍戎："那他们最后在一起没有？"

霍戎脸上的神情像是在思索，思索该怎么回答。

"在一起了。"

听到霍戎的答案赵远阳这才放心地继续往下看。

等电影结束，赵远阳睁大眼睛，抿着唇不知道要说什么："你怎么骗我呢？还说在一起了，骗子！"

这部电影让无数人潸然泪下，赵远阳也不能免俗。他的眼角湿润了，谢幕名单在片尾音乐里滚动着，他积攒了一大颗的泪珠从脸颊滚落。他深吸了一口气，神色怅然若失，带着同情。

赵远阳把霍戎骗自己"他们最后在一起了"的事给忘了，扭头看着他时眼睛还是湿的。

霍戎柔声道："这么难受？"

赵远阳有些失神地望着他："是啊……我在想……"

——我死了你怎么办？或者你要是有一天不在了，我该怎么办？

"想什么？"霍戎低声问。

"没什么。"赵远阳不肯告诉他。

十二月过去，很快就翻过了一年，旧篇章翻页了，赵远阳又成长了一岁。

他二十岁了，年轻气盛，神采飞扬，风度翩翩。每次走在校园里，都有同样年轻的女孩子对他暗送秋波。

他意气风发的新车让人总是忍不住对他侧目。

霍戎问赵远阳要什么的时候，他就说想要一辆可以加速、可以超车的车。

他这个性格，霍戎怕他开车出意外，于是又送了辆新车给他，但是不肯给他升级系统。

不能加速不能超车，要新车有什么用？

到了期末，就有一大堆的考试接踵而至，虽然赵远阳的语言底子好，但专业上的一些东西，他要是完全不看书、不学习，照样不及格，更何况还有“思修毛概”这种课。最扯淡的是，他们专业居然还有语文课和语文考试！

不过，赵远阳最怕的是选修的那门希伯来语。

赵远阳上了几次课，听着听着就睡过去了。因为教室大，人多，不明显，所以老师没有发现。

但是考试的时候就麻烦了。

赵远阳开始恶补语言，可是他头大如斗，完全摸不着头脑，太难了！虽然这个希伯来语冷门，但对他家万能的戎哥来说，也是不在话下。

赵远阳非常诧异，也很嫉妒：“你怎么什么都会？！你老实说，你会多少种语言？”

霍戎想了想说：“人的大脑里，有一个专门控制语言的中枢系统，也就是说你学习语言，都是靠这个中枢……而人的大脑是不同的，中枢神经当然不同，学习能力自然也不同。”

他这个婉转的说法让赵远阳后知后觉道：“你的意思是，我学不好这个语言，不是我的问题，是我脑子的毛病？”

霍戎笑着说：“阳阳，哥不是这个意思。大脑是复杂的，每个中枢神经都各司其职，每个人的……打个比方，技能点不同，有可能我的技能点在学习上，而你的点在了……”

“我的在哪里？”赵远阳盯着他的眼睛，一副凶巴巴的样子。

霍戎恭维道：“你的技能点，统统点在了智慧、可爱和帅气上。你很聪明，你的学习能力也很强，比普通人强，但是你没有认真去学，你要是认真了，谁也比不过你。”

赵远阳被奉承得相当满意：“我也是这么想的！”

霍戎说：“是哥哥耽误了你认真学习，都怪我，跟你没关系。”

赵远阳厚脸皮地点头道："是啊，每次都赖你，所以我学习困难，完全是因为不够专心！"

霍戎"嗯"了一声，眼里带着笑意："你要是专心的话，那希伯来语的期末考试还不是轻轻松松？"

他的这番话，特别像学校老师总是对学生说的话："你很聪明，就是不够专心。"

但赵远阳非常吃这一套。

考试前，赵远阳在家里，由"私人教师"帮他恶补，他专业的所有科目，似乎都难不倒霍戎。当然，在对上语文时，两人则面面相觑，一起发愁。

赵远阳只好在 QQ 上找到老师，开始求情。

一些老师耳根子软，一些是怎么都不留情面，说等他的考试成绩出来再谈。

而赵远阳的缺勤记录也很少，因为每一次都有人帮他喊到，所以只要分数差得不远，老师对他没有偏见，都是可以"低空飞过"的。

终于，在这种程度的补习下，赵远阳所有科目成绩都"低空飞过"，有几门课的教授还给了他高分。

寒假时，二十岁的赵远阳和三十一岁的戎哥再次去了雪山度假，滑雪。

住了十天半个月，赵远阳看着窗外白雪皑皑的世界看得厌烦了，便回国了。

他回到禹海市的家，先趁着假期，去祭拜了父母，再和一干许久没见的朋友聚会。

魏海变了不少，斯文地戴了副眼镜。

赵远阳看得一惊："你近视了？"

"不是，假的，没有度数的。"他把眼镜往下一拉，露出一双明亮的眼睛来，"有人说我看着凶，看着太年轻，谈生意的时候别人会轻视我，所以我就去弄了副眼镜戴。"

他说着又把眼镜推回原位，隔着镜片注视着赵远阳，得意扬扬道："怎么样，是不是很成熟，很像大老板？"

赵远阳瞅着他，点头称是。

因为许久不见，赵远阳觉得高兴，大家都很高兴。

他现在没有不能喝酒的顾虑了，他早已成年，加上放假，喝酒也不会误事，他便喝了个痛快。

他从酒吧出来，还没上车，就跪在地上吐了个稀里哗啦。

来接他的霍戎看到赵远阳这副鬼样子，气不打一处来，拉开车门下来。他身高腿长，几步过了马路，把赵远阳抓起来。

赵远阳吐干净了，外套帽子被霍戎抓着，整个人几乎被拎了起来。

他非常不爽，嘴里骂了句什么。

赵远阳摇摇晃晃地站直了，眯着眼看是哪个浑蛋，眼前四五个重影，加上路灯晃眼，他花了点儿时间才辨认出来。

春节期间的酒吧一条街空前热闹，赵远阳手搭在霍戎的手臂上，忽然开始放声唱歌。

一些醉酒的、没醉的，统统看向这个醉汉。

他大着舌头吼着歌，“男神”形象霎时毁于一旦，一身的酒味，嘴里还有呕吐物的味道。

霍戎被他吐出来的气息给熏到了，皱了一下眉，双臂稳稳地扶着他，防止他突然滑下去。

“怎么喝了这么多？”霍戎猜测他喝得不少，不然不会这样。

赵远阳笑嘻嘻地说：“你猜啊。”接着继续唱歌。

霍戎轻轻皱着眉：“阳阳……”

他现在听不懂人话，眼里人畜不分，能够认出霍戎来，已经很难得了。

霍戎叹气：“别闹了，我们回家。”

他想把赵远阳扶上车，结果喝得烂醉的赵远阳突然大喊大叫，浑然不觉自己的声音有多大，连路人都替他觉得丢人。

霍戎忽略旁人的目光，面不改色地把他带到车里去。霍戎远远看到他的一群朋友在街边，或许是认得自己，所以没有过来阻止自己。

但是他们都听到了赵远阳方才唱的歌，听见他说的那几句非常丢人的话。

魏海替赵远阳辩解：“他喝醉了就那样，认不得人。”

霍戎把赵远阳推到宽敞的车厢后座，跟着上车，再拉上车门。

静默而私密的车厢内，霍戎盯着赵远阳迷离的眼睛说：“你喝醉的样子太难看了，下次别喝这么多了，知不知道？”

赵远阳都人畜不分了，怎么会听懂他说的话。

他靠在椅背上，开始呼呼大睡。

他睡觉是很安静的，不打呼噜，结果可能是因为喝醉了，鼻子出气声变大。霍戎捏着他的鼻子，他的嘴巴自动张开，吐出一个口水泡，在空气里破掉。

霍戎被逗笑了，一直捏着他的鼻子玩。他喘不过气了，就像鱼一样呼吸着。

Serenade

第七章

山鸟雪明

在老家这边待不到几天，过完春节，出去聚会几次，赵远阳就要回学校报到了。

度过一个假期，再回学校上课，他有了不同的感受。

一开学，寝室就要出去聚餐，还有班级聚餐、社团聚餐，都挤在一周了。

他的大学生活被这个饮食文化社所感染，几乎每天都是在各种吃当中度过，学习的时间也就相对只占了非常少的部分，他不怎么学习，但成绩还算中等。

整个S市，一有什么好吃的，社团群上立刻会有人分享出来。

赵远阳看见了，就按捺不住带着霍戎一起去吃。

而同寝室的人有非常有野心的，比如牟涛，参加了学生会，整日都很忙碌，问他忙些什么，他回答说："打杂……坐办公室，也没干什么，没有想象中那么有用处，反倒很占用时间。"

还有黄家辉，参加了一个叫"职业精英俱乐部"的社团，每周都有各种各样的就业指导课程、宣讲会和讲座之类的，这个社团除了听讲座，就是帮忙布置展会厅和讲座礼堂，也相当无用。

赵琨因为朋友在赵远阳这个社团，便走了后门，退了之前那个街舞社，跟着饮食文化社混吃混喝，和女朋友公然腻歪。

有一天赵琨喝多了，赵远阳因为要开车就没喝酒，赵琨的女朋友便拜托他帮忙一起把赵琨送回寝室。

赵远阳虽然开了车，但他的车是两座的，只能打出租帮忙一起把喝醉酒的室友一起送回寝室。

喝醉酒的人特别让人讨厌，尤其是要说醉话的。赵远阳坐在副驾驶，听着赵琨的胡言乱语，心里悠然自得——幸好他从不喝醉，喝醉了也不会这么说醉话，实在是太难看了。

赵琨的女朋友一直安抚着赵琨，还一直尴尬地道歉："不好意思啊，我不知道他喝醉是这样的。"

赵远阳维持着"男神"形象，很有风度地表示没事，下车的时候主动帮她开车门，并且把车内那位猪一样沉的室友给扶了出来。

女生是不能进男生宿舍的，赵远阳在校门口打电话叫了室友出来。

赵琨的女朋友陪着他等，两人并不熟悉，只能尴尬地聊着天。

她说："赵琨跟我说过你们寝室，说你是个……很好的人。"

赵远阳点了一下头道："嗯，是啊。"

气氛一度非常尴尬，赵琨更是抱着路灯，一副要翩翩起舞、羽化登仙的模样。

有些人喝醉酒是很安静的，有些人就非常闹腾，会做一些放飞自我的、平时不会做的事。

赵远阳认为自己是前者。

过了会儿，牟涛和黄家辉都出来了，抬着烂醉如泥的赵琨回去。

赵琨的女朋友跟赵远阳道谢，转身走的时候，赵远阳一下子注意到了她的包挂。

"廖……等下。"赵远阳记不清她的名字，只知道姓"廖"。

女生回头，赵远阳指了一下说："我问问哦，你的包挂，那个毛球球旁边的海鸥是在哪买的？嗯……"

他解释了句："我觉得好看，也想买个送朋友。"

她说："是上次去利冲岛时买的手工艺品，很好看是吧？"

赵远阳点头说好看，甚至有种向她买下来的冲动。但他知道这很不礼貌，只是问了句："可以拿给我看一下吗？谢谢。"

她愣了一下，有点茫然，但还是笑着"嗯"了一声。

那姑娘没有把包取下来，赵远阳借着路灯的微弱光芒看着那个海鸥挂件，伸手仔细地摸，眼睛里带着怀疑和探究。

这是用原木料雕刻的手工艺品，木料就是普通的木头，白色的，现在因为包浆而变成光滑的米色。

他抚摸这海鸥的时间实在太长了，赵琨的女朋友有点儿不知道该怎么办了："下次去这个岛的时候可以买一个。我看你这么喜欢，要不趁着周末就去一次吧？"

赵远阳抬头问她："这个海鸥的雕刻者是谁？"

她摇头："是我们去吃东西那家店的男主人雕的，我没看见他人，家里只有女主人在，是女主人卖给赵琨的。"

赵远阳的神情变得有些复杂，夹杂着悲伤。

女生小心翼翼地问："你……你没事吧？"

"没事。"他摇头，放下那包挂，"谢谢你了，早些回寝室吧，用不用我送你？"

她红着脸摆手："这就不用了，我不想变成全校公敌，学校挺安全的，我一个人也没关系。"

"那好吧，注意安全，到寝室后要发一条消息……"赵远阳很有风度地说完，还目视着她的背影离开。

像他这样的男生，虽然性格有时候不讨喜，但大部分时候，他都是很讨女生喜欢的，譬如这种天生的风度翩翩，非常绅士，难有女生不心动。

但真正接触才会发现，他只对陌生人，对一些让他没有厌恶感的陌生人才会如此礼貌，真正熟稔起来了，他就不是这样的了。

赵远阳脑子里还装着那个海鸥雕刻品的事，觉得自己是不是想多了，这世界上，又不是只有他父亲一个人会弄这些小玩意儿，又不是只有他的父亲才这么心灵手巧。他要是让霍戎给自己打磨个小木马，霍戎也能做到。

他是打车过来的，车停放在很远的地方。他站了会儿，就等到了来接他的霍戎。

赵远阳心事重重，霍戎一眼便看出来了，问他怎么了。

他不会对霍戎瞒事，直接道："我觉得自己可能是想多了……刚刚我看见我室友女朋友的包挂着一个手工雕刻的海鸥挂件，我……"

霍戎神情未变，非常自然地说："我知道你的意思，但你可能真的是想多了，死而复生这种事发生的概率太小了。"

他摸了一下赵远阳的额头，探测他的温度，低头看着他说："阳阳，如果你不确定，我们可以一起去确认一下。"

当初母亲的死亡、父亲的不告而别，对赵远阳造成了很大的影响。

他一下子从家里受宠的独生子变成孤儿，这种落差可想而知。

而且赵远阳还固执地认为是父亲不要自己了，丢下自己走了。不管是不是真的死了，都改变不了他抛弃自己的事实。

这件事情一度是他的阴影，是他人生里挥之不去的阴霾。

直到在梦里过完一生后，他才想开了些。

不管是不是丢掉他，不要他了，他都不会为此而难过。而且更大的可能性是父亲在外面死掉了，否则怎么可能有人放弃自己用十几二十年打拼下来的事业，抛下尚且年幼的孩子？

可这天，当他看到那个海鸥，突然又有些不确定了。

赵远阳捏了捏眉心，无论如何，他都想去确认一下。可为难的是，他偏偏恐惧大海，他克服不了这种恐惧，也不想去克服这么困难的事。他曾发誓这辈子都不会再靠近海，更别说出海了。

所以这个问题，他只能交给霍戎。

霍戎是一开始就什么都知道，知道全部的内情，之所以不告诉赵远阳，都是有原因的。他应了下来，承诺会去调查。

而他这个“调查”，实际就是给自己一个时间思考利弊。

他该不该对赵远阳坦白？

如果告诉赵远阳就是他想多了，那赵远阳无疑是会相信的。但倘若赵远阳未来有一天得知了事情真相，得知了自己出于私心的“欺骗”，才造成了如今的局面，届时，赵远阳会怎么想？

此刻，赵远阳还处于一种长久而持续的茫然中，原以为自己无依无靠，现在他都有戎哥了，结果“死去的父亲”却突然有了消息，这不是开玩笑吗？

私心来说，赵远阳不愿意深究这件事，可他又想知道结果。

是真是假，这两个结果……对赵远阳而言都不是什么特别值得高兴的事。

他可没忘记，在赵琨朋友的描述中，这个卖手工木雕工艺品的是一个家庭的男主人，这说明了什么？说明这个曾经在赵远阳心里顶天立地的男子汉背叛了家庭！

幸而赵远阳是个乐天派，不会钻死胡同，而且还天生喜欢自己欺骗自己。

他很快就没怎么把这件事放在心上，直到几天后，“调查”出结果的霍戎把赵远阳拉到书房来，给他说了事情始末，以及真相。

他完完全全把自己择了出去，表示在赵远阳提出疑惑前，自己对赵远阳父亲的下落是完全不知情的。

首先，霍戎安抚了赵远阳，让他无论如何也不要激动，接着丢下一个重磅消息：“阳阳，你父亲还活着。”

赵远阳猛地瞪大眼。

他张了张嘴，眼里流露出强烈的难以置信来，因为过于惊愕，也由于没想到这个结果，他的手都在不可控制地颤抖着。

霍戎拍拍他的肩，继续冷静道：“我们都以为他死了，法律也以为他死了，但实际上他还活着，改头换面，在一个与世隔绝的地方生活着。这么多年，他之所以不回来找你，我们也找不到他，全因他溺海失忆了，他不知道自己是谁，我们自然也找不到他。”

霍戎肯定地说：“他不记得你了，而且已经开始了新生活。”

赵远阳非常茫然，“他不记得你”这句话像魔咒一样不停地在耳边回响。他屏住呼吸，思绪万千：“那……那……他不是故意丢下我的？只是因为事故失忆，所以……他才一直没回来？他不是故意的？”

但赵远阳根本不知道，早在三年前，霍戎就找到了他失踪的、在法律上被宣布死亡，而且已经“盖棺”的父亲了。

如果那时候，霍戎就能把他的父亲给找回来，就不会是这个情形了。

因为在那时，赵远阳父亲的新生活还没开始，他还只是一个从海里飘向岛屿的失忆的人。

可独占欲作祟，现在的赵远阳无依无靠、无亲无故，生命里就只剩下霍戎，还把他当作相依为命的家人，所以他并未告诉赵远阳事情的真相。

现在木已成舟，哪怕赵远阳知道了，也不会改变他们之间的关系。

“他不是故意的，三年前，他在昏迷状态下，被周淳控制的商船带到离禹海有上千千米远的海域，但他大难不死。阳阳，你别想太多，你爸爸不是故意的。”霍戎告诉他残酷的现状，“他现在在那座小岛上，居住在一个寡妇家里，那寡妇身边有两个孩子，你爸爸现在已经是别人的父亲了。”

“但是没关系，你还有我，我还在。”他柔声安抚道，“我们也是家人，我永远也不会离开你。”

霍戎没告诉赵远阳的是，其实他父亲并未和别人重组家庭，只能说是同住一个屋檐下，出于救命之恩，出于报答之心而帮忙在海上打鱼养家罢了。

他之所以这么说，只是为了让赵远阳做出正确的、令人满意的决定。

这是他一贯处理事情的方式，为达目的不择手段，而且轻松把自己的责任择了出去。

只能说，赵远阳还不够了解霍戎。

他现在脑子里如有一团乱麻，神情怅然若失。这种情节听着玄乎，实际上新闻上也曾播报过，而且还不在少数。

赵远阳也看过类似的电影。所以他该庆幸这里还是大陆，他父亲没有被冲到某个孤岛，从此过上野人的生活吗？

他的手心有汗，一片湿滑，声音颤抖道："哥，你……你让我想想，我想想……我……我需要点儿时间。"

他需要时间，霍戎便给他时间，没有出声。

赵远阳一件一件地回想事情始末。

首先，这件事任何人都没有错，父亲一向相信周淳——赵远阳识人不清是有家族基因的。在母亲去世后，周淳给他父亲下药，或者打晕，这都是有可能的，接着把人当成货物一样运到商船上去。

至于为什么这么做，当然是因为野心败露，或是早有预谋。

如果赵家只剩下一个年幼、蠢笨且任人摆布的赵远阳，那想要得到他们家的财产和股份便非常容易。

商船开到很远的地方时，开到茫茫大海中央时，再把人丢下去，神不知鬼不觉。加上日期独特，丈夫在妻子去世第二天失踪，只会造成一种为情所困而逃离的假象。

梦中的赵远阳死的时候，是被走投无路的周淳拽着一起跳海的。他被喂了药，毫无反抗能力。死前，周淳还狰狞地说过一句话："滚去见你父亲吧！"

这句话是什么意思，赵远阳理所当然地理解为"去死人的世界"。

他有种迷雾散去、茅塞顿开的感受，可内心是复杂难言的。最浓烈的一种情绪是释然，当初被父亲抛弃掉，不被人需要的阴霾彻底被驱散。

另外几种情绪，有对他重组家庭的愤怒和惊愕，还有对他还活着的庆幸。

赵远阳靠着霍戎，声音很轻地说：“哥，你告诉我，他现在过得好吗？要是过得好，我就不去打扰他了，”

霍戎说：“他有新的家庭，过得还算幸福，生活清贫，这是很简单的快乐。你现在若是让他去做生意，他肯定是不会了……他现在只会打鱼，是这方面的专家了。”

“你想去看看他吗？”霍戎问道。

赵远阳犹豫了一下，丝毫没有怀疑过霍戎的说法，没有怀疑过现在这样的局面实际上是霍戎一手造成，甚至可以说他就是背后的推手。

他的神情显得有些难过：“他不记得我了，有别的孩子叫他爸爸了，我不想去见他，不想打扰他现在的生活了。”

他想起自己每年都去墓地祭拜父母，现在想来，母亲孤孤单单地在坟墓里，无人陪伴，实在是太可怜了。

他想了许久，霍戎都没有出声，只是轻轻拍着他的背，安抚着。

赵远阳拿不定主意，继续道：“哥，我该怎么办？”

霍戎的语气里带着煽动的意味：“他不认你了，你去看他也只是徒增伤悲……阳阳，哥不该跟你说真相的，可是哥哥不想骗你，你有权利知道事情的经过。”

赵远阳闻言更难过了。他低着头，全身透着一种破碎感。

霍戎抚摸着他的后脑勺儿，微侧着脑袋，声音温暖：“想哭就哭，哥哥永远是你的依靠。”

在这种情况下，不知内情的赵远阳对霍戎依赖的感情全部宣泄出来，他声音低沉而悲恸地呜咽着。

如果按照霍戎所说，父亲现在拥有了新生活，并且完全不记得自己，那赵远阳真不知道该怎么办才好了。这个问题放在谁身上都难，对他来说就更难了。

如果他现在没有在S市读书，那他也不会有机会接触“S外”的同学，不会知道这座几乎与世隔绝的岛屿。

他忍不住问："有能让人恢复记忆的医学手段吗？现在科学这么发达了……"

霍戎理智地说："科学虽然发达，但人的大脑依旧是一个未知领域，现在还没有能让人恢复记忆的手段。"

赵远阳顿了顿："我听说好像可以催眠……"

他看电视剧的时候，看到过类似的情节，似乎催眠可以唤醒人的记忆。

霍戎叹了口气："阳阳……"

赵远阳非常无助，有种举目无亲的感觉："这样也不行，那样也不行，我该怎么办？哥，你教教我，我怎么办？"

现在可以确定的是，赵父没有恢复记忆的迹象，日子过得很快乐，也根本不知道在一群大学生上岛后，外面有他真正的家人试图找回他。

霍戎给他提供了一些照片："这是他现在的生活。"

赵远阳低头看着这些照片，照片的内容很丰富，有他在船上的，和同一个岛上的渔民一起出海，抱着大丰收的渔网的照片，脸上是纯朴而满足的笑容；也有岛上的，他们"一家人"相处的照片，照片里有两个孩子，十二三岁的孩子，黑黑的，还有女人，很普通的、眼睛很单纯很明亮的女人，他们都在微笑。

而父亲脸上蓄着大量的胡须，可以说，不修边幅到哪怕赵远阳正面看见他，都很有可能认不出来。

赵远阳有些难以相信这是他那个总是谈笑自若、运筹帷幄的父亲。

他反复翻看着那些照片，越翻越觉得难受。鼻头酸涩难忍，像是被陌生人侵占了属于自己的财产般。那是他的父亲，现在却有两个孩子在用岛上方言叫父亲"爸爸"。

霍戎做事，是考虑过多方面的，别人顶多有个 B 计划，可他这个人，要在脑子里演化出所有的抉择，以及这些抉择会导致的后果。人生的轨迹不就是一个个的抉择演变来的吗？只要做出正确的抉择，事情就会朝着他预计的方向发展。

虽然他的智商不如爱因斯坦，但他能在短时间内，在脑海里营造一座思维宫殿出来。

通常来说，他一般还有E计划，或者F计划。赵远阳的反应，在他的意料当中。

他看着赵远阳说："每周四，他都会去码头一次，如果你想去看他一眼，下周四我们就过去。"

赵远阳捏着手里的照片，低垂着脑袋没出声。

霍戎继续说："不过码头也靠近海，如果你怕，我们可以请他上岸。"

赵远阳怔怔道："那……那我可以跟他说话吗？"

霍戎顿了顿，说点头道："可以。"

他一再退让，也是因为对事情的结果有了把握。

"但是结果可能会让你觉得难过，阳阳——"他微微叹息道，"他并不认识你……"

"可是……"赵远阳抿着唇，"是啊，他不认识我了……所以我还是不要让他感到为难吧。我爸爸是个很聪明的人，跟我不一样，虽然他现在什么都不记得了，但如果请他上岸，他肯定会意识到有问题。我……我直接在码头和他攀谈吧……"

"但是阳阳，你害怕海，如果你能克服恐惧，那当然没有问题。"霍戎道。

赵远阳也是一筹莫展。

"是啊，我害怕海，我怎么办，我怎么办……"他焦躁道，"哥，我要怎么办……"

走投无路的时候，赵远阳只能依赖霍戎，他希望霍戎能给自己出个完美的主意来。

但霍戎给出的几个方案，赵远阳都做不到，像是"请"父亲上岸，这样代表着强权的方式，他实在是做不到。

赵远阳和父亲的关系谈不上非常亲。父母工作忙的缘故，对他疏于关心，但他们之间也有被血缘维系起来的亲情，以及长久以来只有彼此的、难以割舍的深厚感情。

对他而言，在一段很长时间里，他都认为父亲是丢下自己走了，认为对方是个心里只有深爱的妻子，对孩子却不负责任的、不合格的父亲。

现在真相大白了，让赵远阳意识到事实并不是自己想的那样。

最后，他们商讨出了一个折中的方法。

霍戎让人直接去和赵父接触，向他购买海产，而赵远阳就在不远处，在接触不到也看不到海水的地方，观看视频直播。

通过视频，赵远阳能清楚地看到父亲带着笑容的脸庞，好似非常快乐，而且说话带着口音，和从前的那个人判若两人。

他听见那人蹲下来问道："老乡，你这海参怎么卖？能加工吗？"

"一斤八十块钱，多买就便宜些。我这里不加工，那边有海鲜船舫，你可以去那边加工。"

赵远阳的手死死地捏在一起，眼眶立刻就红了。

霍戎轻轻地拍着他的肩。

那人问："卖这么便宜，不会吃亏吗？回家里怎么交代？老婆不会骂你？"

他和气地笑，仍能从那张晒黑的、蓄着大胡子的脸庞上看出英俊非凡的五官来，只是气质已经完完全全变成一个普普通通的渔民了："不便宜了，都是市场价，也不吃亏，不会挨骂的。"

"你们卖得太便宜了！是这边船舫压价吧？"那人手里掂着一个黑黝黝的、胖乎乎的海参，说道，"我们是市里一家餐厅来寻找供货商的，我看你很有眼缘，以后我们餐厅就在你这里购买原材料了，给你高出市场的价格，你看怎么样？"

但赵父不是普通的渔民，他依然精明，问他们是什么餐厅、为什么要提价。

那人道：“你要是不放心呢，你和你的同伴可以跟我们走一趟，亲自去看看，我们餐厅是正规的大餐厅，不会给你乱开价的。”

“你有名片吗？”

那人打开钱包笑道：“你还懂得挺多，见识不凡。”

他把名片递出去：“不如你现在就跟我走？我的车在那边，现在就载你过去看看。你不用这么警惕，我又不是人贩子。”

“胡经理……”赵父盯着名片看了几眼。

同伴拽他一下，低声道：“这可是个好活计……”

二人低声用当地方言交谈了几句，赵远阳根本听不懂他们在说什么，他的眼睛眨也不眨地盯着屏幕，从父亲身上传来的陌生感是如此强烈。

不是他认识的那个人了。

船上有两个人，其中一个留着看船，那西装革履的胡经理保证道：“耽搁不了多久，餐厅不远，我会负责把你送回来的，最多两三个小时。”

等赵父跟着这位看着不凡的胡经理上了岸，靠近他的车，却倏地停下了。

“怎么停下了？”胡经理道。

赵父低头看看自己沾满海水、脏泥，还有乌贼吐出的墨汁的鞋，他闻到自己身上有很大一股海产味道，又抬头看看那辆车。

“这……我还是不上车了吧，不太好。”他话里话外都是局促的意思，但再看看他的神情，却并没有谈吐间的局促。

这时，后座车门从里面被打开。

稳定了情绪的赵远阳近距离地注视着父亲，努力地控制住自己，没有出声，也没有露出过激的情绪。

赵父看见了赵远阳，却什么怪异的表情都没出现，而是有些疑惑地望着胡经理，问道：“这位……”

胡经理笑着道：“上车吧，没有关系，这是我们餐厅的小老板，赵小老板。”

“把你们车弄脏了不太好吧？”

胡经理却礼貌中带着强硬：“上车吧，没有关系。你不去看看我们餐厅，不进去逛逛，怎么知道我们是不是在骗你？”

赵父上了车才发现，前座还坐着一个高大魁梧的男性。

胡经理笑着介绍：“这是餐厅的大老板，霍大老板。”

车子开得很慢，赵父徐徐说道：“胡经理，说实话，我不是不相信你，看见你的名片时，我就相信你了。但是要供货，还是得去看一眼的。”他的话里带着口音。

赵远阳感觉他很陌生，可是又忍不住想接近，替胡经理回答道：“我们餐厅是很正规的，有营业……营业执照的。”

他点点头：“我看出来了。”

他对赵远阳，没有那种所谓的“亲近感”。

赵远阳内心苦涩，扯了几个无关紧要的问题，比如“捕鱼产量”“赚多少钱”之类的，赵父一一回答。他的姿态很自然，没有那种局促感，也就是说，身体是有记忆的，但他不认识赵远阳了。

一点儿也不认识了。

“你们岛上有多少人在打鱼？我们餐厅做得很大，准备开分店了。你知道禹海市吧？准备在禹海市开分店，那边也是沿海城市。”

赵父却说：“我没文化，没听过，但肯定是个大城市吧。”

赵远阳的眼里带着一丝错愕。他深吸口气，微微扭头看着车窗外，轻声问：“你有孩子吗？要养家，很辛苦吧？”

他爽快地笑着说：“算是有孩子吧，不过倒是一点儿也不辛苦。”

赵远阳痛苦而迫切地问：“赚那么点儿钱，还要养家，在海上还会遭遇难测的风暴！难道不辛苦吗？”

赵父有些意外，更多的是莫名其妙，还有些愤怒在里头：“又不是每个人都一样，我活得快乐自在，和我赚多少钱有什么关系？”

赵远阳被他的话弄得难堪至极，但是络腮胡下的那张脸，分明就是他的父亲，不是别人。他情绪一时失控，低吼了一声，埋头抱着自己的脑袋，很无措。

霍戎喊了一声："阳阳。"

赵远阳逐渐冷静下来，嗅到了身边的父亲身上散发的那股和以往不同的气味。但这声称呼，似乎是一把钥匙，让赵父愣了一秒，但连他自己都不知道自己为什么会愣住，但很快恢复正常。

车到了餐厅，赵远阳有些浑浑噩噩地下了车，陪着父亲在这间新开的海鲜餐厅里逛了一圈。

赵远阳把提前准备好的名片递给他，艰难地说："大叔，这是我的名片。"

他低头看到赵远阳的名字，憨厚地笑道："小老板的名字好听，有文化。"

赵远阳不知该笑还是该哭，脸上带着愁绪："你没有文化，怎么看得懂字？"

赵父有些懊恼，瞅着这个奇怪的年轻人。刚才赵远阳在车上那么情绪外露，着实有些吓人。而他也被赵远阳这一个两个，似乎饱含深意的问题给刁难住了。他为什么识字，他也不清楚，还有很多东西，他天生就会，哪怕他现在想不起来，但曾经学过的东西是一种本能。

赵远阳听过一句话，大致意思是说，人哪怕失忆了，感情也还在。

然而这句话没有应验。

赵远阳心灰意冷，返程途中，忍不住想质问父亲："你难道不好奇自己的过去？不好奇自己是谁？你曾经有一个幸福美满的家庭！"

但是霍戎告诉他，他这么问倒是没问题，只是有利有弊。

"如果运气好，说不定他会有一些印象，但是可能性微乎其微。如果运气差了，他认为你有病，以后再也不会和你接触。你的问话会让他提高警惕，我们这个餐厅的'谎言'也会被拆穿，他不会选择再和我们来往，会放弃赚钱的机会。”

霍戎也曾看过赵远阳父亲的资料，看得尤其多的是他在商业上的决策与案例，可以看出这是个非常谨慎的人，但再谨慎的人，有时候也会做鲁莽的决定，这都是有概率的。

但霍戎不一样，他不存在失误这一说法。

最后，赵远阳憋着没问，也没告诉眼前的人他们是什么关系，有什么样的联系。

咄咄逼人，有时候不见得能起到好效果。没准儿他问了，得到的只是警惕，以及一句“我现在过得开心，为什么要去关心从前”的回答。

哪怕在赵远阳的记忆里，父亲是个野心十足的资本家，表面看着儒雅，其实是步步为营的类型。像他这样的人，不应该是安于现状的。

赵远阳目送着父亲回到码头，回到他的船上，和他的同伴笑着说话。

赵远阳回去就生病了，发了烧，这病来得离奇而突然，没有征兆，似乎只是被自己的心魔折磨成了这样，没有其他外因。他可怜地拉着霍戎的手说：“哥哥，我想吃海参，你带我……带我去买吧。”

霍戎当然明白他是什么意思，坐在床边，垂首注视着他：“你好好躺着养病，哥哥给你买回来。”

赵远阳浑身淌着热汗，嘴唇发白，虚脱地握着他的手腕，用干涩的喉咙发出声音：“哥哥……”

霍戎满眼心疼：“阳阳，哥没有家人，只有你，我不离开你，你也永远留在我身边。”

赵远阳身边只有他了，慢慢被烧得迷糊，进入忐忑的梦乡。

其实赵父对赵远阳来说更像是一个心结。他的心结解开了，知道父亲不是故意抛弃自己后，按理说就会没事了，结果他的情绪一发不可收拾，被曾经相熟如今却陌生的人刺激到病倒了。

因为生病，赵远阳请了几天假，病好了也没有回学校上课，而是回老家，把那栋很久没有住人的、满屋子灰尘的别墅给收拾了一下。

屋子里缺乏人气，赵远阳收拾了一些旧的东西，带着回忆的物件，把它们擦拭得光洁如新，然后全部摆了出来，仿佛就能时光回溯。

过了会儿，赵远阳觉得没意思，再次把那些擦得干干净净的物品放回原位。

做完这些，他去了公墓，往常他拿着花和祭拜用品去看望父母，都要坐在那里不停歇地说话，讲自己的生活，都是说些开心的，从不提不开心的事。

他也鲜少有不开心的时候。

这次去了，赵远阳仅仅是悲伤地盯着墓碑上的黑白照，一言不发地掉眼泪。

母亲去世的时候，他的反应不是很大，在葬礼上也没有哭，后来父亲也失踪了。空无一人的家里，摆设如常的家里，家人却没了。

赵远阳当时还很小，不懂事，对着空落落的家哭了许久，哭着大喊："爸爸，你为什么不要我了……"

但是很快，他就恢复了，至少在人前，他不会显得那么可怜。

周淳的关心是他那时候感受到的第一份温暖。

周淳对他说："远阳，不难过，爸爸不要你了，叔叔要你，来我家里住吧？"

赵远阳在墓碑前坐了许久，直到腿麻了，没有知觉了，最后站起身说："您泉下有知，不要怪他。"

他回到学校，继续上课。

很多同学来慰问他，还给他带了礼物或者补品，还有什么庙里求来的平安符，乱七八糟的。但那都是关心他："你病好了吗？你生病的时候我们想去看望你，但是联系不上你，电话也打不通。"

赵远阳笑着说："已经好了，不是很大的问题，谢谢你们。"

"病好了就好，你要多注意身体啊，你是我们'S 外'的门面，病了怎么能行？还有三校联谊会要开，我们学校拿得出手的男生就只有你了！”

“谢谢关心。”

“三校联谊你会参加吧？我们学校都是女生，都没几个能拿出手的男生。”

赵远阳歉意道：“我有对象了，联谊……”

“联谊又不一定是找对象嘛！不参加舞池活动就行了，不用跟其他女生跳舞。如果你女朋友介意，可以跟她说说，或者你带着来一起参加也是可以的。”

赵远阳知道这是有找自己撑场子的意思。他不是不近人情的人，想了想，说道：“那我露个面就走吧，别的联谊活动我就不参加了。”

女生脸上露出失望的表情：“本来还指望着你表演个什么节目呢……”

赵远阳淡定地说：“我不喜欢出风头，还是算了吧。”

其实是因为他什么都不会，什么才艺都没有。

回到了学校，他仿佛什么都没有发生，照常和同学们开着玩笑，时不时给他们带丰盛的早餐，让他们帮忙在晨跑打一下卡，在自己逃课的时候帮自己喊一下到，在老师画重点的时候帮自己也画一份。

他是恢复能力很强的人，至少看起来表面的创伤已经痊愈了，哪怕心里还有创伤，但其实不是很严重，并不是很影响正常生活。

赵远阳比霍戎想象中的要坚强，很快就好起来了，甚至还要去参加学校组织的三校联谊！

联谊是什么意思？就是不认识的一群人以某个由头聚在一起交流、交朋友。现在来说，就是促进男女互相认识的大型相亲活动。

赵远阳也不是没参加过联谊。他知道，霍戎当然也知道。

他一听，立刻就不准赵远阳去。

赵远阳解释说：“我就去露个面，我又不跟人相亲。”

霍戎不爽地说：“专门要你露面几个意思？你又不是大明星。”

赵远阳很欠扁地说："可能长得帅的人就是有特权吧。"

他好整以暇地看了霍戎一眼："你要是不放心，也可以跟我去，就是你这个年纪，跟我去不太合适吧，谁这么大了还有家长跟着啊？"

"阳阳！"霍戎作势生气。

赵远阳撒娇道："又不做什么，就是吃顿饭，你就让我去嘛，让我去好不好，哥哥，哥哥，哥哥……"

他这么一撒娇，霍戎就没辙了。他深深皱眉，知道不好干涉他的生活，只好同意了。

传说中的联谊会，虽说是三校，但其实也没多少人。赵远阳果然像他说好的那样，只是像个大明星一样露个面。他平日在学校里作风低调，但还是很帅，这次更是震惊了外校。

他露给外人看的表象，斯文优雅、玩世不恭又风度翩翩，脸颊边那颗痣带着特殊的性感。

不过几分钟时间，他就收获了一大堆来自女性的痴迷目光。

赵远阳司空见惯，听见别人在打听他，在谈论着他，问他是哪个学校的。

他们学校是外国语大学，学校里不乏外国交换生和留学生，不乏异国风情、浓眉大眼的大帅哥，但赵远阳依旧是场上最亮眼的发光体。他鹤立鸡群地站在那里，有不熟的同学过来跟他打招呼装熟，他记不清人家是谁，但还是一副很友好的模样。

就他这样不认识人家，都能和人攀谈的本事，要是再有点儿经商的头脑，一定早就混到年轻企业家群体里去了。

还有人故意过来，撞在他身上，把酒泼在他身上。他也不恼，撞他的女生连连给他道歉，承诺说赔偿洗衣费，他客气地拒绝了。

在引起了一定的关注度后，他借口整理衣服，便悄然退场。

不知不觉间，他的性格和处事风格，已经在向霍戎靠拢了。换成以前的他，没准儿会当众给人难堪，也会直接把不满挂在脸上。

回家后，赵远阳沉沉地睡了一觉。接到电话的时候，他还睡着呢，天色未亮，是晨跑的时间。他迷迷糊糊，只听黄家辉有些焦急磕巴的声音道：“赵……赵……赵……赵远阳，你来……来趟学校！晨跑糟……糟啦！”

“晨跑怎么了？”他坐起来一些。

赵远阳的晨跑一直是由牟涛帮着打卡的，他只有大一刚开学，霍戎不在的那段时间坚持过。后来霍戎在的时候，他每天睡过头，过着神仙日子，嫌夏天太热、冬天太冷，不肯去了。牟涛好像还专门在男寝发展了不少像赵远阳这样的“客户”。

他每天去晨跑，起得特别早，挎个小腰包，包里全是各色的校园卡。

他帮人代打卡收五块钱一次，女生看脸，男生掏钱。

结果被人给举报了。

学校的校园卡都是实名制的，一查就知道是谁，牟涛腰包里所有卡的主人都得完蛋。好在这次，抓的不只牟涛一个，还有不少和牟涛一样，不怕起早并以此牟利的学生。

这学期马上就结束了，到大二，上午打卡制度就变成了下午打卡，到了大三，才能算是彻底解脱。

赵远阳没想到学校还管这个。

黄家辉解释说：“本来是不管，结果被人举报了，怎么办？这……这好像是要留记录的，而且罚了牟涛一笔钱，好像还准备让我们重修体育，大二再跟着大一一起晨跑，每天上午打卡，下午还要打卡。现在让你来学校呢！”

赵远阳头靠在墙上，无精打采地应了一声。

大一下学期的课比上半学期多了不少，赵远阳每天上课都足够辛苦了，还要被晨跑的事给困扰。

他挂了电话，又躺回被窝里。

霍戎问他：“不去学校了？”

“不去了，重修就重修！”赵远阳闭上双眼，“懒得去了，再说……今天是周四。”

每个星期四，赵远阳都会去本地的码头，那边有热闹的海鲜市场，热闹的船舫，有数不清的游客在夜晚来这边吃饭。

赵远阳怕海，就走到那附近，但是不会走近。

他现在似乎没有以前那么害怕大海了，站得远一些，远远看着，就不怕了。可能是因为生活安逸，过去的也已经消逝，记忆模糊，导致他暂时没有对死亡的恐惧了。

他会坐在车里，远远地看上一个下午，然后轻声对霍戎说：“哥，我想吃海参和海胆，你买一些给我吧。”

霍戎听了，就去给他买回来，买了很多。

赵远阳靠在车窗上，头歪着，发呆似的望着远处停着许多渔船和船舫的码头。

他长此以往地看着，注视着，但是一次都没有下过车，他的恐惧是根深蒂固的，很难克服的。

一个暑假过去，到了大二，赵远阳为了逃避体育重修的晨跑，便参加了学校的交流生活动。在大部分学生都选择了欧美国家或是日本的时候，赵远阳和新闻传媒学院的一个女生一起选了 F 国的 C 市。

学校的交流生活动选项众多，但只有他们选择报名 C 市。赵远阳是为了更深入地了解霍戎，了解他以前经常生活的地方是什么样子的，而新闻传媒学院的那个女生则是梦想做一名战地记者，所以准备第一站先去这座繁华的旅游城市看看。

赵远阳虽然报了名，但是没跟霍戎说。

他查过，在 C 市，英语也是通用语言，所以他办好手续，考完雅思，就能直接出发了。

在大家都说英语的情况下，赵远阳要去做交流生，那他这个商务英语专业自然只能作为工具，为他提供语言上的便利。学校老师便建议他选择一个第二学位专业，回来后还可以考本校的研究生。

赵远阳选了犯罪学。这是个很新鲜的专业，犯罪学这个概念对于而今在国内读书的赵远阳来说，听起来很有意思。

跟他同行的那个女生仍旧是选择新闻学。

他什么都自己弄好了，办好手续，才向霍戎说这件事。

赵远阳是怕霍戎不同意，才冒着风险自己偷偷报名的，结果他给霍戎一说，霍戎的反应并不如想象中的那般大。

他笑着说："那边很安全，只是太热了，你会受不了的。"

霍戎在那边有很多熟人，可以保证赵远阳的安全，加上这座城市算是 F 国治安最好的城市之一了，所以霍戎并没有独裁地禁止赵远阳这样那样。

他算是非常开明的家长了，除了独占欲很强，别的都没得说。

兴许是霍戎在背后推波助澜的缘故，赵远阳一次就申请上了。他只是去当交流生，并非去读研究生，不用很深入地学习，而且对成绩也没有太多的要求，只要求学生语言过关，交流沟通不存在问题，上课也能保证听明白就可以了。

跟他一起报名的女同学还准备和他同行，加了他好友，经常问他什么时候出发、买几点的机票、住哪里……诸如此类的问题。

赵远阳回复说："我在那边有朋友，住朋友家里。"

那女生又问他："那你准备什么时候出发，我们一起买机票？"

赵远阳模棱两可道："你先过去吧，我不确定时间，我会自己过去的。"

他女人缘好，哪怕他有"对象"是一个公开的秘密，仍是有女生在追求他。

但大部分都是抱着一种欣赏美好事物的心态来看待赵远阳的，就像是在电视里看明星一样的感觉。

赵远阳作为交换生，需要在 C 市大学（简称"C 大"）待够一年。

这所大学差不多有百年历史了，古老的建筑物墙壁上爬满了深绿色的枫藤，无论四季，这些生命力顽强的爬山虎都固执地贴在墙上。

不仅教学楼外表的墙壁，就连楼内，都充满了潮湿的绿植。

而且这所大学还有一些非常优良的传统，譬如赵远阳选的犯罪学，一天只有两三节课，剩下的时间就任由他支配。

虽说他去过许多地方，但 F 国他是第一次来，他怕热，所以对 F 国这种拥有恶劣天气的地方向来是敬谢不敏的。这座城市非常美，是他没见过的那种类型，山脉、森林和海湾沙滩等同时处于一片区域。

赵远阳一下飞机，从东南方吹来的强风就让人有些站不稳，他的鸭舌帽都被吹掉了。

在办手续时，校方联系“C 大”的时候，专门给他准备了宿舍，但他不住宿舍，有霍戎这层关系，他很容易就办理好了外住的手续。

霍戎在 C 市有自己的房子，不是什么夸张的大庄园，似乎是他一个人住的地方，小小的独门独院，墙壁上有着和“C 大”一样的、绿油油的枫藤。虽然房子很小，但贵在安静，后面还有个游泳池，三四棵高大的、生长得旺盛的棕榈树立在泳池旁，下面有一张孤零零的白色沙滩躺椅。

赵远阳怕海，对游泳池也会产生同样的感觉，但是会微弱许多。

他感到难受，一阵晕眩，觉得太阳光在蓝色泳池上的反光非常刺目。

霍戎便问他：“要不要换个房子住？”

这是座海滨城市。

赵远阳来之前，在飞机停靠前，就从空中俯瞰到了广袤的大西洋。这种大面积的海洋，无疑让赵远阳想起了不好的事。他只看了一眼就不敢再看了，发誓只在市中心活动，坚决不靠近海湾。

没想到霍戎的房子里居然也有泳池，赵远阳努力抵抗这股不适感，别开眼睛：“我去看看房间。哥，你在这里住了多久？”

霍戎的记忆力好，一边带着赵远阳去看卧室，一边回答道：“房子是一九九八年买的，在认识你之前，我很长一段时间都住在这里。”

“你都一个人住？”赵远阳推门进入霍戎的卧室，发现卧室也是普普通通的，但床无疑是新换的，崭新的床单和崭新的大床。这里天气炎热，地上没有地毯，是冰凉的黑色大理石。

装潢的确非常普通，一点儿也不奢华，只能说是舒服。而且房子是十多年前买的了，有岁月的痕迹很正常。

房间里没开空调，但是非常凉快。

霍戎在身后道：“一个人住。这里环境比较简陋。阳阳，你要是不喜欢这里，我们就换个地方住。”

赵远阳申请这边的交换生，虽然最主要是为了逃避体育的重修，逃避晨跑，但还有一个关键原因，就是他想着自己既然不能参与霍戎的过去，那总可以了解一下吧？

对于霍戎生活了十年的房子，他当然不能只是参观一下。

赵远阳站在原地想了会儿，内心在打架，最后还是决定住在这里。

霍戎有些意外。一开始他没抱什么希望，只是赵远阳提出要过来看，想住在他住过的房子里，他才提前更换了一部分家具，再带着赵远阳过来参观。他甚至没把赵远阳的行李打包放进来，他根本就没抱着赵远阳会乐意住在这种老房子里的念头。

况且，这所房子还有一个最大的弊端——有泳池。

赵远阳怕海，所以对游泳池也有着相同的惧怕，霍戎是知道的。

这件事，霍戎第一次知道的时候，是他刚接手赵远阳那年年末。赵远阳出去跟人跨年，一群不知分寸的小孩子要去海边放烟花，赵远阳给他打电话，声音含着痛苦。

一个人会对一样东西产生这么大的恐惧，那肯定是因为经历了很严重的打击，赵远阳应该是在海上出过什么事故吧？

可是哪怕霍戎有着非常详尽的资料，在关于赵远阳过去的资料里，根本没提到过这件事，资料甚至还说他爱好冲浪和游泳。

但是霍戎看他怕海怕成那副样子，哪里像是爱好冲浪和游泳？

他一直没有问，不想让赵远阳回忆起不好的事。

此刻，霍戎才生出一丝冒犯的心思，打定主意倘若赵远阳露出一点点不适，他就不继续问下去了。

霍戎想了很久，才开口："阳阳……哥问你一件事，你要是不想说、不想回忆，就不用回答。"

赵远阳懒懒道："什么事？说吧。"

"你这么怕海，是为什么？"

赵远阳浑身一僵。

霍戎轻声道："你可以不说，我以后都不问了。"

赵远阳有些为难，不知道该如何把这件事说清楚，毕竟他的语文不太好……而且，这也是一件常人难以相信的事。

他沉默了会儿，翻了个身，两人面对着面。

他说道："我……我做了个梦，我在海里被淹死过，但是那种可怕的黑暗与压力，临死前的绝望与光明，我记得非常清楚，我也没想到我会那么怕这个。"

赵远阳的理由听起来就好像是在胡扯，但霍戎仍是相信了。

"绝望是因为我要死了，光明是因为我看见了你。"他看着霍戎，"你救了我。"

霍戎仔细地看他的神情，看他的眼睛，发现他在述说这件事的时候，似乎没有很大的压力。他眼里的痛苦在说到那句"我看见了你"后，恐慌就迅速被一种耀眼的亮光驱散了。

要说霍戎当时救了他，其实也不完全是，这句话应该是错的。

因为当时的赵远阳，尸体已经在海水里被冻僵，甚至泡得浮肿了，非常难看，连赵远阳自己都不忍心多看一眼，他觉得肯定很臭。

可是霍戎就那么抱住他，一点儿也没有嫌弃的意思，甚至抱住那具冰冷的尸体，神情无助可怜，目光痛苦而沉湎。

霍戎这个举措为他提供了一些信念，梦里的他心想，要是重来一次，要是还有来生，他肯定不会那么对霍戎了，他肯定会对霍戎特别特别好，只对霍戎一个人好。

而今，霍戎问了这件事，赵远阳当然不可能全部坦白。

可是说出来了，他的心理压力也小了许多。

赵远阳就在这座年久失修的房子里住下了。他的专业课程非常少，一天两三节课，而且最妙的是，居然不点名！

赵远阳有时候起得晚了，就懈怠地想——算了，算了，不去了，继续睡觉好了。

他在图书馆借了几本教授推荐的书籍，不上课的时候，就在家里研究类似《犯罪心理学》《犯罪被害人学导论》这样的书籍，闲来无事再看几部犯罪电影，日子过得非常惬意。

没有课的下午，霍戎在泳池里游泳，赵远阳便站在不远处看他。霍戎从水里冒出头来，甩了甩头发上的水，水珠从他英俊的脸上滑落。他对赵远阳招手道："下来吗？"

赵远阳离泳池不近不远，处于一个安全距离。他心里的惧怕似乎被驱散了，没有那种难受至极的晕眩，但他仍是摇头："算了，你自己游。"

他问道："哥，你喝鳄梨汁吗？我去给你榨。"

霍戎趴在泳池边，阳光使他沾满水珠的皮肤发光，眼睛很亮："为什么不下来？我会救你的。"

"因为我怕啊，我下去肯定会溺死的，所以我不下去。"赵远阳在心里这么回答说，可是霍戎后面那句话让他动摇了。

他心里升腾起一股暖意来，一瞬间觉得似乎没什么好怕的了，可他就是迈不动步子，只远远地看着霍戎。

霍戎从泳池里站起来，朝他勾了勾手指："过来。"

赵远阳却转身就走。他准备去厨房打点儿鳄梨汁，再在绿色的鳄梨汁表面淋上浓稠的巧克力酱。

这是赵远阳跟班上另一个留学生学的。这也是目前，除了泡面和煮面，他唯一会做的食物。

他在厨房榨果汁时，霍戎从泳池上岸，光脚走过来，满地都是他脚印上带的水。

水迹一路蔓延到厨房。

下午时分，阳光从窗外透进来，那带着温度的光让人从心底涌起温暖来。赵远阳自顾自地把加工完毕的鳄梨汁分成两杯，最后娴熟地淋上巧克力酱。

在“C 大”做交换生这段时光，可以说是赵远阳过得最顺心顺意的时间了。

赵远阳不需要为学习、为考核而发愁，这里的教授都非常好说话。他私底下去找他们一说，加上他是交换生，教授便只让他交一份研究报告及论文。

“犯罪学”这个专业的期末考核研究报告，赵远阳正好有现成的素材。

赵远阳交上去的论文十分出色，教授对他大加赞赏，其他的几个科目也都很优秀，全 A 通过。

回国后，赵远阳至少在家里待了两个月没出门。这两个月间，他在 F 国被晒得有些黑的皮肤恢复了原来的模样，变回了那个帅气的校草。回到学校的那天，还有人给他送花。

变得有些陌生的班上同学笑着说：“虽然你不在学校了，但还是有很多小学妹来打听你，一听你去 F 国做交换生了，都等着你回来呢。”

有大胆的学妹对他展开了猛烈的攻势，早上给他送早餐，晚上还在他寝室楼下给他唱歌，最后还点了玫瑰花蜡烛，对他深情告白。

结果那寝室的窗口齐齐地探出三个脑袋来：“小妹妹，校草不住寝室。”

大三上学期课很多，到了下学期，就几乎没什么课了，学生可以选择出去实习。

赵远阳做了份不怎么样的简历，四处给公司投简历。

外语这行还是非常吃香的，可是工作也不好找。他有英语专八证书，雅思和托福也拿了高分，但他看得上的公司又都看不上他，最后发邮件让他去面试的，就只有两家规模中等的公司。

赵远阳不是很愿意工作，听学校里的学姐说，等工作了才知道，读书时是多么美好的时光。拿着微薄的工资，给上司打工，给公司做牛做马，整天让加班还不给加班费，出一个小错误就要扣工资，扣着扣着，就要倒贴钱了……

但赵远阳还记得自己说要养霍戎的话。

况且，工作再怎么难，他也没经历过，他觉得高考那种事他都挺过来了，总要去试试才知道。

如果只是单纯为了应付学校，给学校增加就业率，那赵远阳想找到一份工作是很容易的一件事。

他完全可以回老家，去家里的公司开个实习证明，进公司实习，想怎么偷懒怎么偷懒……想迟到就迟到，不怕有人说，不怕有人不满，有人不服也只能憋着。

但坏就坏在，虽然赵远阳不管公司，但并不代表公司没人认识他。父母的葬礼上，公司高层全来了，都认识他这个小老板。

他若是真的回东方地产上班，当个翻译，或是去别的部门，那他的上司会直接把他当顶头上司看待，什么都不让他做，反过来给他端茶递水，同事也会巴结他。表面巴结，背后说闲话，这有什么意思？

对于他这样的想法，霍戎并没有干涉，虽然怕他吃苦，但也知道有些事急不得，得等他自己领悟。

结果赵远阳还挺让人刮目相看，一举面试成功。该公司是 E 国一家私营工商业集团的在华分部，刚刚成立不到一年。学外语的人就业面很广，而赵远阳找到的这个公司无疑是其中翘楚，薪资待遇都称得上是最好的。

顺利通过面试，但当他签合同时，看见实习期工资只有五千块钱的时候，仍旧皱了皱眉，但也只是略微皱了一下眉，就爽快地签下了名字。

人事眼光毒辣，怎么会看不出他在想什么。

赵远阳穿着挺拔合身的深蓝色职业装，一眼就能看出是高定，一般来说，像他这样的富家子弟，是不会出来找工作的。

赵远阳的工作内容就是跟着上司出差，翻译材料，以及做随身翻译。公司不养闲人，哪怕他才刚开始实习，工作内容就已经很复杂了。似乎是为了让实习的员工知难而退，工作需要消磨掉所有的空闲时间，常常加班，加班费很少。

谁也没想到，赵远阳坚持了一个月之久，一个月后，前上司调职，新换了一位上司。新来的上司不好相处，颐指气使，在所有同事诧异的目光下，赵远阳公然顶撞了对方，但在被开除前，他就递交了辞职信。

他把辛辛苦苦赚来的工资拿去买了一份礼物，送给了霍戎。

这时，对赵远阳不薄的前上司给赵远阳介绍了份新工作，在某个商贸国际会议上，给人做同声翻译的替补。

虽说是替补，但报酬还算不错。

好巧不巧，当天那口译硕士出门被狗咬了，直接进了医院，几个替补竞相出了一些无伤大雅的事故。作为当天唯一一个到场的翻译，赵远阳云里雾里地顶了上去。

他还强调说自己只能做翻译，不是专业口译。

但临时找个高级口译太困难了，赵远阳硬着头皮就上了。

同声翻译和高级翻译不一样，这是一种受时间限制，且难度极高的翻译，要求译员在听辨同时，迅速对源语信息进行预测、理解、记忆以及转换，还要计划、组织、表达、监听与修正，并同步说出译文。所以，不是外语好的人就能做口译，因为听得懂不代表能正确地表达出来。

这需要一种边听边说的多重任务处理能力，总之不是会外语的人就能上。

尤其赵远阳的语文还不怎么样。

但他有个优点，就是死猪不怕开水烫，事到如今也只能死马当活马医了。他硬着头皮上场，但也不想把会议搞砸了，只能现场求助霍戎，结果现场有信号屏蔽，联系不上霍戎。他求助无门，只能一不做二不休，自己上了。

结果不知该说他是运气好还是老天爷在帮他，居然完美地完成了同声翻译的工作。

结束后，他的大脑仍旧一片空白，双目迷茫，喘着粗气，结果旁边的人夸他做得好。

赵远阳茫然地说“谢谢”。

一年后。

远处，海浪从海平线上卷来，冲在礁石上，和礁石激烈地搏斗，天空掠过几只白色海鸥。

岸边停靠着许多当地渔船，还有一艘巨大的白色轮船，带着腥味的海风吹过来，赵远阳一开窗就嗅到了。

他安静地望向蓝色的海平线。

过了会儿，赵远阳突然打开车门下了车，霍戎也跟着下车，一把拉住他，问他去哪儿。

“我就过去看看。”赵远阳看向他，“就……买点儿海参什么的，或者象牙蚌。”

霍戎说：“怎么自己去？不是怕吗？”

赵远阳每次过来，都有霍戎陪着。他就让霍戎去买些海产回来，但很少自己去，从来就只是远远地看着，因为那股压抑感，让他不敢靠近。

他说道：“我不怕了，你看我都能游泳了……”

比起几年前，他的外表变化并不大，只是变得成熟许多，让人感觉到他是个成年人了，真的长大了，独立了。

霍戎想说游泳池和真正的大海是两码事，可看见赵远阳认真的神色，只能默许："我陪你一起去买。"

赵远阳却拒绝了："哥，我不是小孩子了。我怕的话，会退回来的。"

他坚定道："你让我自己去吧。"

他总有本事让霍戎脾气全无，霍戎只好点头同意："去吧，我站在这里看着你。"

赵远阳朝沙滩那头走去，海浪的声音很大，海风呼啸着，他的衣服被猎猎的风吹起来。

近几年，因为赵远阳私下的帮助，赵父从一个小渔民变成海鲜大王。他从零售海鲜做起，逐渐规模化，批发海产品、冻品，如今还开了店，注册了商标，带着岛上居民发家致富。

尽管如此，他仍旧喜欢做一些基层工作，和老乡们一起出海打鱼，似乎乐在其中。

赵远阳慢慢地走过去，直到靠近海边，才感觉自己的腿在发抖。

海水的声音冲击着耳膜，打在耳畔，赵远阳的脸色变得苍白起来，呼吸也变得急促，脑子一阵晕眩。

他一下子跪倒在地，手掌和膝盖统统陷入黄色的沙子中。

霍戎站在原地，见他不对，立刻跑了过来。

还没等他过来，赵远阳感觉有一个人过来了，伸手扶起他："小伙子，你没事吧？"

赵远阳的脑子晕乎乎的，但这声音让他精神一振。

"我……我没事。"他站起身来，看向来人，"这位……"

他纠结着用词，却被对方疑惑的声音打断："小伙子，我是不是在哪见过你？"

赵远阳心里倏地一热，一开口就道："你记起来了？"

赵父端详着他，望着他欣喜若狂的脸，突然恍然大悟，一拍手道："我记起来了，你是当年那个餐厅的小老板，我记得你，我不会忘的。”

赵远阳愣了愣，海风呼啸着，吹得他脸生疼，吹得眼睛酸涩。

见他没说话，赵父开始怀疑自己的记性了：“你不是吗？像你这样好看的人，我应该不会认错的。”

赵远阳苦涩道：“是啊，是我，你没记错。”

他的眼眶略微湿润，声音却显得镇静：“我过来买点儿海参，我记得这边的海参新鲜又便宜，没想到遇到了您……”

他说到这里，已经感觉到泪水顺着脸颊下来了，他伸手一抹，解释道：“说起来，您长得很像我一位故人，我总是忍不住认错，一看见就难过。”

赵远阳他微微一笑：“不过……您不是他。”

赵父哂笑：“不只是你，我也遇见好些个人了，说我长得像一位企业家……其实我就是打鱼的，哪里有企业家的本事。”

赵远阳有种说不出的感觉。他点点头，最后以极优惠的价格购买了大量新鲜海产品，转身回到车上。

当然，他并未靠近海，而是走到旁边的市场上购买的。还买了一些闭合的蚌，打开后里面有一些天然珍珠。他挑了几个，把那些大小各异的珍珠冲洗干净后，揣到了兜里。

上了车，他坐在霍戎身旁，心里有种怅然若失的感觉，剩下的就是释然了。

“我们阳阳变勇敢了。”霍戎轻声道。

赵远阳闭着眼睛说：“我还是怕，但是没以前那么怕了，可能再过几年，等我忘记那个梦，我就真正变得勇敢了吧。”

他伸手一摸兜，摸出几颗大小不一的珍珠来。他有个习惯，就是无论见到了什么，只要让他觉得欣喜的东西，他就会送给霍戎。譬如几年前，他们刚认识不久，他在九月的校园里摘了一捧桂花，就顺手送给霍戎了。

不是什么贵重的礼物，赵远阳很难想起当时的感觉了，只隐约记得，他走在高中校园里，馥郁的桂花香让他心里一片安宁喜悦。他觉得这东西既然能让他高兴，自然也能让霍戎高兴，于是出于讨好的心态，就摘了一把送给霍戎。

他在手心里挑了挑，想挑个好看些、圆润些的，但这些珍珠毕竟都是天然的，都有瑕疵，没有特别圆润、特别规整的。他挑不出来了，索性全丢给霍戎："送你了。"

霍戎一笑，用手心握住："谢谢阳阳。"

霍戎也有个习惯，那就是无论赵远阳送他什么，他一定好好收着。

他非常珍惜这些礼物，哪怕再微不足道的礼物，也是赵远阳出于真心送的，胜过金山银山。

因为珍惜这个人，所以珍惜全部的点点滴滴。从前到后，跨越生命的长度。

番外章

童年旧事

刚认识赵远阳的时候，魏海还是个小屁孩儿。

魏家人丁兴旺，家教严，魏海是家中排行老四的孩子。

虽说兄弟众多，可在他这种家庭长大的孩子，手足情谊不比普通家庭。他幼时聪慧，模样更是聪明相，没去学校，是请的老师来家里教学，学什么都快，很得父亲宠爱。

只不过莫名其妙生了两场大病后，母亲便提醒他收敛锋芒，可以“愚笨”一些。

年仅八岁的魏海还很懵懂，问为什么。

她说等他长大就懂了。

魏海是自己琢磨透的。

他们家里几兄弟，老头子在外面还有其他孩子，虎视眈眈盯着继承人位置的太多了，哪怕他无意继承家业，但聪明外露又乖巧的性格，加上得宠，反而让他成了别人的眼中钉。

父亲在外面的孩子没人告诉他，魏海也是听家中阿姨说的。八岁那年，他偶然知道有个同父异母的弟弟生病了在医院。

有个穿白色长裙、身材纤弱的女人找上门来，眼眶湿润地问父亲要钱，说孩子病了，要五十万元。

她没见到人。

秘书利叔把人打发走了，给没给钱，魏海不知道。他只疑惑那生病的弟弟怎么办？病得严重吗？会死吗？

年幼的魏海对这个素未谋面的弟弟产生了好奇、同情，也有隐秘的厌恶。

家中的几个兄长，虽说并未针对他，但也不太跟他玩。当时他唯一的玩伴是利叔的儿子潘潘，潘潘比他大四岁，是大哥哥。他待潘潘极好，好吃的、好玩的都会留给这个玩伴。

潘潘悄悄带他出去玩的时候，魏海第一次见到了赵远阳。

他跟一个扎着半马尾，皮肤白皙，穿着温柔的米白色长裙的女人在一起。女人拎着价格不菲的品牌购物袋，给他买了一个冰激凌。

魏海认出那个女人来过自己家。

他盯着那个小男孩儿，看起来和自己差不多大的模样，乍一看有些像女孩子，模样生得极漂亮，眼睛大，瞳孔不是像自己这样的黑色，反而像玻璃珠一样，是琥珀一样的剔透。

是……弟弟吗？

再一眨眼的工夫，两个人都不见了。

后来家里让他去学校上课，那是他第一次上学。在学校里再一次遇见这个漂亮男孩儿时，魏海便主动接近他，问他叫什么。

“你问我叫什么，你怎么不自报家门？”那男孩子有些警惕，头发很柔顺，穿着校服，看起来生活并不拮据，也不太像生病的模样。就是过于白了，透过白皙的皮肤能清晰地看见血管，让人怀疑他是不是有白血病。

“我……我姓魏。”他不擅长撒谎，觉得对方没准儿知道自己的名字。

男孩子“哦”了一声。

“我都告诉你我的名字了，你怎么不告诉我你叫什么啊？”

小远阳眨了下眼：“我又没答应要说呀，你是哪个班的？我怎么没见过你。”

这间私立小学只有四个班，魏海是刚入学的。

他说自己是刚转学来的，顿了顿又说：“我想认识一下你，想跟你……

交朋友。你告诉我你叫什么，我请你吃……冰激凌。”

小远阳脾气不太好，人缘倒是不错，并不缺朋友。他托着下巴望着他，望了一会儿，才说：“好吧，那我们交朋友吧。我姓赵，我叫赵远阳。”

那天魏海自报家门，说自己叫魏海，却没得到对方很特别的反应，似乎并不认识自己。

魏海本要请他吃东西，结果发现自己根本没有带钱的习惯。他外出向来有人陪同，一时掏不出钱来非常窘迫。

赵远阳非常大方地笑着说：“我们是朋友了对吧？没关系，我请客。”

在认识弟弟以前，他不知道弟弟是这样可爱的生物，和他想象中的不一样。总是懒懒的，不爱动弹，像冬眠中的动物，戳一下就会笑。

他们不在一个班级，但魏海每到下课都会去找赵远阳玩，放学也要一起走。但一走到校门口，魏海就要跑开，怕司机叔叔看见赵远阳。

有时候魏海叫他弟弟，赵远阳不要，脑袋摆得像拨浪鼓：“我们一样高，你就比我大几个月，你不要这样叫，占我便宜。”

“好吧，那……那不叫弟弟了。”

更熟一些了，魏海对他的称呼变成了“远阳”，突然有一天他问赵远阳：“你是不是生病了啊？”

“你才有病嘞！”

“我不是那个意思，我是说，你身体不太好，是不是？”

他想了一会儿，道：“是啊，妈妈说我吃得太多。”

魏海问：“那，你没有生过很严重的病吗？比如，白血病什么的。”

“你干吗要诅咒我啊？我倒是经常装病。因为不想来学校上课。”

“哎？”他睁大了眼睛，“装病？”

小远阳握紧了拳头：“是啊，不过每次都被我妈妈识破！可恶！”

由于魏海爱找他玩，对他好，给他带零食，请他吃好吃的，跟他分享玩具、书本和动画片。小孩子的友谊很简单，很快地，两人就处成了最好的朋友。

在长大的过程中，赵远阳逐渐染上一些恶习，魏海从一个乖宝宝，也变得向他靠齐，学会了很多以前自己想都不敢想的事。

认识得久了，他知道原来赵远阳有父亲，是个公司老板。

他当时以为是赵远阳的母亲二婚了，觉得这样也好。不过这样的话，弟弟永远都不会姓魏了吧。

那他们要做一辈子的好朋友。

再后来，赵远阳请他去家里玩，他见到了赵远阳的母亲，才发觉自己好像误会了什么。

赵远阳的妈妈是个很温柔的人，可是和那天来他们家里的那个阿姨不是同一个人。

和他见到的、那个给赵远阳买冰激凌的女人，是截然不同的两个人。

他花了很久才弄清楚，那是赵远阳的钢琴老师。他说："老师的孩子好像是生病了，她没有给我上课了，因为儿子生病了要去国外治疗，她也去国外了。"

原来赵远阳不是自己的亲弟弟。

魏海莫无端松了口气。

后来在很长的一段时间里，他都拿赵远阳当最亲的弟弟看待，至此之后的很多年也未曾变过。

图书在版编目（CIP）数据

小夜曲．2 / 睡芒著．— 广州 ：广东旅游出版社，2023.8
ISBN 978-7-5570-3023-0

Ⅰ．①小… Ⅱ．①睡… Ⅲ．①长篇小说－中国－当代 Ⅳ．① I247.5

中国国家版本馆 CIP 数据核字（2023）第 058912 号

小夜曲．2
XIAO YE QU. 2

总 策 划：曾英姿
责任编辑：陈　吉
责任校对：李瑞苑
责任技编：冼志良
选题策划：吴小波
特约编辑：唐　慧
装帧设计：白茫茫
封面画手：梁阿渣　岑　岑　荀白茶司

广东旅游出版社出版发行
地址：广州市荔湾区沙面北街 71 号首、二层
邮编：510130
电话：020-87347732（总编室）　020-87348887（销售热线）
投稿邮箱：2026542779@qq.com
印刷：湖南天闻新华印务有限公司
（地址：长沙市望城区星城镇星城大道湖南出版科技园　电话：0731-88387578）
开本：880 毫米 ×1230 毫米　1/32
字数：287 千字
印张：10
版次：2023 年 8 月第 1 版
印次：2023 年 8 月第 1 次印刷
定价：49.80 元